Fournaise

ÉDITION SPÉCIALE

www.chellebliss.com

CHELLE BLISS

USA TODAY BESTSELLING AUTHOR

mentions légales

— QUOI QUE T'AIES à vendre, trésor, ça nous intéresse pas, me lance le biker.

Il commence à me fermer la porte au nez.

— Je suis attendue par Crow.

Avec un grognement, il la rouvre lentement. Son regard passe sur mon corps, s'attarde sur ma poitrine avant de jauger le reste.

— Eh, Crow ! T'as de la compagnie ! beugle le baraqué, qui me bloque toujours le passage et m'empêche d'entrer.

— Il m'a dit de passer le voir à l'occasion, alors me voilà. Youpi.

Je lève les mains, comme une parfaite idiote, mais j'essaie de faire de mon mieux.

Un léger tressaillement apparaît au coin des lèvres du grincheux, et je me dis qu'on progresse, jusqu'à ce qu'il hurle :

— Crow ! Ramène-toi avant que cette fille se ridiculise un peu plus.

Mon sourire se fane et je fronce les sourcils. Si je

faisais la même taille que lui, je lui mettrais une pastèque dans les gencives.

— C'est pas très sympa.

— Trésor, tu te pointes à ma porte en prétendant être une invitée de Crow et t'agites tes jolis nibards sous mon nez, comme si t'allais y gagner quelque chose. Je suis franc, c'est tout.

J'ouvre la bouche, prête à lui dire d'aller se faire foutre, puis la referme, parce qu'il a dit que j'avais des *jolis nibards*.

— Bordel de merde, peste Crow, dont le martèlement des bottes résonne contre le sol en béton derrière le grincheux.

J'ai l'estomac noué, mais je plaque un nouveau sourire sur mon visage et je mets de côté mon appréhension. Je sais que Crow sera excité de me voir. Il le sera forcément. La nuit dernière, avant de quitter le bar, il m'a dit que je pouvais passer à l'occasion, histoire de s'amuser un peu.

— Putain ! lâche-t-il, dès qu'il me voit. Qu'est-ce que tu fais là ?

— Surprise ! je réponds, les bras levés, tout comme mes seins, prête à me jeter au cou de mon biker sexy.

Mes mains n'ont pas le temps d'arriver à ses épaules que ses doigts s'enroulent autour de mes poignets.

— À quoi tu joues, là ?

Je fronce les sourcils, interloquée.

— À quoi je joue ?

— Oui.

Il baisse le menton et ses cheveux noirs retombent devant ses yeux sombres.

— À quoi tu joues ? répète-t-il en détachant chaque mot.

J'ai les bras encore en l'air, le corps qui oscille vers lui, puisqu'il retient captifs mes poignets.

— Tu m'as dit de passer te voir.

— Oui. Et alors ?

Ses yeux me détaillent entièrement et il me tire un peu plus haut les bras, raffermissant du même coup ma poitrine. Puis il sort et me fait reculer à la force de ses mains autour de mes poignets.

— Je pensais que tu m'appellerais avant, un truc dans le genre. Tu peux pas te *pointer*, comme ça, au QG.

— Eh ben, trop tard.

Je tire les bras en arrière pour me dégager et le fusille du regard.

— Pourquoi t'es devenu le plus grand des connards tout à coup ?

J'entends l'enfoiré de grincheux, qui m'a ouvert la porte, renifler d'un air moqueur, mais il s'arrête dès l'instant où Crow lui lance un regard par-dessus l'épaule.

— Putain ! Rentre, Eagle ! gronde-t-il, avant de reporter son attention sur moi. Répète un peu pour voir.

Il hausse un sourcil, comme si j'allais réviser mon propos.

Eh bien, non. Je reste fidèle à ce que j'ai dit une seconde plus tôt et aboie :

— Tu fais ton connard.

Il fait son connard de premier ordre. Le Crow que j'ai rencontré quelques jours plus tôt, celui qui m'appelait *poupée*, s'est volatilisé. Me voilà coincée avec cet abruti qui fait comme s'il ne me connaissait ni d'Ève ni d'Adam. Comme s'il ne m'avait jamais proposé de venir passer un peu de bon temps. Comme si je n'étais rien qu'une enquiquineuse.

Il tend le bras en arrière et referme la porte, avant de tirer la cigarette coincée derrière son oreille.

— Je comprends que tout ça, c'est nouveau pour toi, et que t'entraves rien à la façon dont ça marche ici.

Il place la cigarette entre ses lèvres et la tournicote, les yeux plissés.

— Alors je vais laisser couler pour cette fois, mais refais-moi ce coup-là...

Il marque une pause pour aller farfouiller dans sa poche avant de jean et en ressortir un briquet.

— ... et je me montrerai pas aussi sympa.

Je cligne des yeux, ahurie, et le regarde frotter la pierre de son briquet avec le pouce et lever la flamme près de son visage.

— Sympa ? je lâche, battant une fois de plus des paupières lorsqu'il tire sur sa clope. Là, t'es sympa ?

— Poupée, me dit-il, la bouche tout entière qui forme un rond autour de la cigarette coincée entre ses lèvres. Là, je suis très sympa. Alors je te laisse trente secondes pour traîner ton joli petit cul jusqu'au portail, monter dans ta caisse et disparaître.

Je serre les poings jusqu'à ce que mes ongles me rentrent dans la peau et je lui lance un regard assassin, le souffle rauque. J'aimerais être un mec pour pouvoir lui mettre une raclée.

— Disparaître ? C'est tout ?

— Oui, marmonne-t-il, haussant une épaule avec une totale désinvolture.

— Je les ai lâchés pour venir te voir ! Ils sont déjà rentrés. J'ai pris un taxi jusqu'ici. Tu m'avais fait miroiter la grande aventure, alors je me suis dit : « Pourquoi attendre ? »

Bon Dieu, ce que je suis bête. Je pensais compter à ses yeux, qu'il irait au bout de toutes ses promesses. J'aurais dû me douter que non. Des hommes comme lui, j'en ai connu beaucoup, et il n'y en a pas un pour relever l'autre. Tout ce qui sort de leur bouche est un tissu de mensonges.

— Bébé...

Le ton est bref et sans douceur.

— ... on déconnait, c'est tout. Je pensais pas que tu me prendrais au sérieux. T'étais là, à me parler de vouloir vivre la *grande aventure*, alors, moi, j'ai joué le jeu pour te faire plaisir, je me suis dit qu'on terminerait peut-être au lit, mais rien. Les allumeuses, c'est pas mon truc, et j'ai certainement autre chose à foutre que de m'embarquer dans ta *grande aventure*, avec les affaires du club à régler.

Chaque fois qu'il prononce les mots *grande aventure* pour m'imiter, sa voix part dans les aigus, comme si j'étais une nunuche.

— Une allumeuse ?

Je secoue la tête et tends le bras en arrière, comme pour lui balancer mon poing en pleine poire.

— Deux fois, on s'est vus. Deux fois, je suis reparti sans même une branlette. Si, ça, c'est pas être une allumeuse, alors je sais pas ce que c'est.

Il retire la cigarette de ses lèvres et la tapote pour faire tomber la cendre à terre.

— Tu vas me cogner ou tu vas rester là, à faire encore une fois semblant d'être une femme d'action ?

Je cligne des yeux et baisse le bras, très déroutée par son changement d'attitude et son comportement de merde envers moi.

— T'es vraiment une enflure.

— Brave fille.

Il replace sa clope entre ses lèvres.

— Maintenant, vire ton joli petit cul d'ici, avant que je prenne les choses en main.

Je le regarde, bouche bée, et me demande si le type adorable des jours précédents n'était finalement pas le fruit de mon imagination. Étais-je complètement beurrée durant l'intégralité du voyage au point de faire erreur sur toute la ligne ? Absolument pas. Et puis, il y a eu les textos mignons, les caresses, les murmures sexy... Tout ça, je m'en souviens parfaitement.

— Je compte jusqu'à dix, et si tu n'es pas pa...

La porte s'ouvre à la volée derrière lui et je fais de grands yeux ronds. Morris, l'ami de Pike, se tient dans l'entrée, les épaules carrées, et semble à deux doigts de sauter les marches pour venir m'étrangler.

— Salut, je lâche d'une petite voix tout en reculant d'un pas. Je m'en allais.

Je pointe le pouce au-dessus de mon épaule, traînant les pieds dans la cendre.

— Je passais juste dire bonjour à Crow avant de rentrer chez moi.

— Arrête-toi là ! rugit Morris si fort que je sursaute et m'immobilise. Tamara, ramène tes fesses à l'intérieur !

Je regarde tour à tour les deux bikers.

— Mais Crow a dit que je devais m'en aller. Alors j'étais...

Je me frotte la nuque et fais une grimace. Bon sang, la honte.

— ... en train de m'en aller.

Je souris et rentre la tête dans les épaules. J'aimerais ramper à l'intérieur de moi-même et disparaître.

— T'as quoi dans le ciboulot ?

Il a le doigt pointé vers moi et fusille Crow du regard.

— Tu sais qui est cette fille. Tu comptes la laisser repartir toute seule chez elle ?

Crow hausse les épaules et continue de tourner la cigarette entre ses lèvres de traîtres, sans jamais me quitter des yeux.

— Je m'en cogne de qui elle est, Morris. C'est pas mon problème et c'est certainement pas mon invitée.

Je marmonne entre mes dents serrées :

— Une belle enflure.

— Laisse-nous, feule Morris.

Je recule, les mains levées.

— J'y vais. J'y vais.

Crow me décoche un petit sourire arrogant et je lui lance un regard noir.

Morris pousse un grognement et secoue la tête.

— Pas toi, Tamara.

Je m'arrête de marcher, de respirer, et tourne les yeux vers lui.

Il fait un signe de tête en direction du QG et regarde Crow, les sourcils froncés.

— Rentre, avant que je perde patience et fasse quelque chose que je vais regretter.

Crow jette sa cigarette à terre et l'écrabouille sous sa botte.

— Et tu vas laisser une greluche foutre la merde ? ricane-t-il.

— Je vais faire comme si j'avais pas entendu que tu l'as traitée de greluche, lui rétorque Morris, les bras croisés, des fentes à la place des yeux. Maintenant, tu rentres et tu fermes ton claque-merde.

Lorsque Crow part en direction de la porte, je déglutis et mes genoux se mettent à trembler. Curieusement, je parviens à rester debout.

— Je peux repartir toute seule. C'est pas très grave.

— Reste ici, me lance Morris.

Son ton n'a rien d'implorant. Il me commande comme si j'étais une de leurs recrues ou, pire, un toutou.

Putain. J'en ai fait, des trucs bêtes, dans ma vie, mais, là, ça remporte la palme. Au moins, personne n'est là pour assister à mon calvaire. Si Gigi se trouvait ici, elle ne me lâcherait pas la grappe avec ça. Et si c'était Pike, il m'enguirlanderait sévèrement.

Morris et moi nous dévisageons en silence jusqu'à ce que la porte claque et que nous nous retrouvions seuls.

Lorsque je le vois descendre les marches, je me mets à reculer.

— Je suis désolée. Je voulais pas causer d'ennuis. Laisse-moi partir, et je reviendrai plus jamais. Promis !

Il soupire et s'arrête à quelques mètres de moi.

— Où étais-tu, bon sang ?

Je penche la tête, déconcertée. J'ai dû mal comprendre.

— Pardon ?

— Pike a appelé il y a douze heures. Il te cherchait.

Il se masse lentement le front.

— Alors, je te repose la question. Où étais-tu ?

— Je, euh…

Je songe à détaler en courant, or je sais que je n'irai pas loin. Morris me rattrapera vite. Il est beaucoup trop près de moi.

— J'ai passé un peu de temps à la plage, histoire de rassembler mon courage pour venir jusqu'ici. Et puis, j'ai pris le taxi. Mais le chauffeur ne voulait pas me déposer devant le QG.

Je hausse les épaules.

— Alors quand il m'a laissée sur la grand-route, j'ai marché le reste du chemin.

— Il y a cinq kilomètres de marche.

Je hoche la tête. La plante de mes pieds les sent encore, ces cinq bornes.

— Bordel de Dieu, marmonne-t-il.

— La balade est pas si mal. J'ai juste à rejoindre la grand-route et j'appellerai un Uber.

Je commence à pivoter, prête à retourner vers le portail.

— S'il te plaît, ne dis pas à Pike que je suis venue ici.

— Ne bouge pas de là, me dit Morris, qui fait un pas vers moi. Tu ne pars pas d'ici.

— Je t'en supplie. Je ne dirai rien à personne !

Je suis trop jeune pour mourir. Et puis, tout ça pour quoi ? Un connard dont la bistouquette n'est probablement même pas mémorable.

Sa main avance vers moi, alors je tressaille et presse les paupières en attendant qu'arrive la douleur.

— Qu'est-ce qui te prend ? me demande-t-il.

J'ouvre un œil et remarque sa main près de mon bras, figée à mi-parcours.

— Fais ça vite. Si tu me tues, s'il te plaît, tire-moi plutôt une balle.

Un rire rocailleux éclate de la gorge de Morris.

— J'allais pas te tuer, ma grande. J'allais simplement...

Il jette la main derrière la tête et se frotte la nuque.

— J'allais te réconforter, passer un bras autour de toi et te ramener à l'intérieur jusqu'à ce qu'on trouve quelqu'un pour te ramener.

Je bats des paupières, étonnée, et décortique ce qu'il vient de me dire, la tête relevée pour le regarder dans les yeux.

— Tu allais me réconforter ?

Ma voix se brise sur le dernier mot.

— Tu n'allais pas me tuer ?

Il secoue la tête et fait une grimace.

— Pourquoi je ferais ça ?

— Parce que j'ai débarqué ici sans y être invitée.

Je me cache le visage dans les mains et baragouine derrière mes paumes.

— Et parce que t'es un biker, et que c'est leurs méthodes.

Ses mains touchent les miennes et écartent les doigts de mon visage.

— Je ne te ferai jamais de mal. Jamais.

Je laisse échapper un soupir tremblant et murmure :

— OK.

— Allez, trésor.

Il fait un signe de tête en direction du QG.

— Rentrons et trouvons quelqu'un pour te ramener chez toi.

Au début, je ne bouge pas. Et puis, je me souviens de tout ce que Gigi et Pike m'ont dit sur Morris. Ils l'encensaient, disaient de lui que c'était un homme d'honneur et loyal. Je n'ai aucune raison de ne pas lui faire confiance.

— Il faut juste que quelqu'un me redépose à Daytona.

— Ils n'y sont plus. Ils sont rentrés depuis.

— Je sais.

Je souris et passe un bras sous le sien lorsqu'il me l'offre.

— Je ne rentre pas tout de suite.

Il hausse les sourcils.

— Tu ne rentres pas tout de suite ?

— Il me reste quelques semaines de vacances avant la rentrée, et je compte bien en profiter !

Morris pousse un juron dans sa barbe.

— Bon, on les appellera pour leur dire que tu vas bien.

Je secoue la tête et m'arrête juste devant les marches.

— Seulement si tu me promets de leur dire que je suis partie, et que tu ne sais pas où je suis allée.

— Comme tu voudras, tant que je te dépose dans un endroit sûr.

— Marché conclu, Morris !

tamara

— SALUT, fillette.

— Dans tes rêves ! je réponds.

Les yeux braqués droit devant moi, je remue la paille dans mon verre et ignore royalement le type à mes côtés.

— Allons, bébé...

Il se glisse sur un tabouret à ma droite.

Je prends une grande inspiration et tâche de me rappeler que ce n'est pas un bar étudiant, ici. Je me trouve dans le QG des Disciples, entourée de bikers, et, par-dessus le marché, je n'y suis pas la bienvenue.

— Bien que j'apprécie l'offre, c'est non.

— Tu m'as même pas regardé, bébé. Je pourrais te plaire.

L'intégralité de mes muscles se crispe à l'intonation que prend sa voix lorsqu'il m'appelle *bébé*. Je tourne la tête pour observer le boulet. La pointe de sa barbe touche son vieux tee-shirt Guns N' Roses et il manque des dents à son sourire. Dans sa jeunesse, il était sans doute potable, mais, là, assis près de moi, il est loin d'être baisable.

Je lui adresse un sourire qui, j'espère, aidera à faire passer la pilule, parce que tourner autour de pot n'a jamais été mon genre.

— J'ai vu, j'ai bien regardé, et c'est toujours non.

Son rictus en clavier de piano s'évanouit alors qu'il se caresse la barbe, et ses yeux me lancent des éclairs.

— T'es rien qu'une petite conne, de toute façon.

Puis il quitte le tabouret aussi vite qu'il s'y est assis.

Je hausse les épaules. Je m'en contrefiche si cette tête de nœud pense que je suis une petite conne ou si j'ai heurté sa sensibilité. Je suis très certainement la seule nana qu'il a draguée de la soirée et je ne serai pas la dernière à l'envoyer paître.

— Couillu, marmonne un mec mignon, qui vient chercher quelque chose sous le bar.

Je prends mon verre, la paille en plastique entre les doigts, et reluque la bombe intersidérale qui se tient devant moi.

— La vérité est parfois bonne à dire.

Il se penche au-dessus du bar, pose les coudes sur le comptoir, une bière à la main, un sourire prétentieux aux lèvres.

— Quand ne l'est-elle pas ?

Les suspensions miteuses qui tombent du plafond m'offrent pour la première fois un véritable aperçu du canon devant moi.

Sainte Marie, mère de Dieu.

Canon n'est même pas le terme approprié pour son degré de sexitude. Ses yeux gris clair, de cette couleur que prend le ciel juste après la tempête, m'examinent attentivement.

Je m'efforce de faire comme si je ne le trouvais pas bien différent du type qui vient de descendre du tabouret et n'étais aucunement affectée par son magnétisme.

— Quand on veut se protéger ou protéger les autres, je réponds, parvenant je ne sais comment à dissimuler la lubricité dans ma voix.

— Comment tu t'appelles, princesse ?

Son sourire s'élargit, faisant naître une fossette. Ouep, une putain de fossette.

Seigneur... je sais qu'on n'a pas toujours été copains, toi et moi, mais, bon sang, laisse-moi respirer.

— Tamara, je lui souffle, et je fronce aussitôt le nez.

Merde. On aurait dit une prostituée, à susurrer ainsi mon prénom. Pourquoi ce type est-il aussi sexy ? Il ferait passer Crow pour banal, alors que pas une seule femme ne le repousserait.

— Tamara, reprend-il sur un ton grave et soyeux.

Je papillote des yeux à la sensation d'un tressaillement entre mes cuisses. *Un peu de tenue !* Ça fait tellement longtemps qu'on ne m'a pas touchée qu'un simple mot me fait mouiller. Je ne vaux pas un clou.

— Moi, c'est Mammoth.

Tu m'en diras tant, me dis-je intérieurement. Du moins, le crois-je jusqu'à ce qu'il se penche vers moi et place ses yeux d'orage à hauteur des miens.

— T'es mignonne.

Oh, putain.

Bravo, Tamara.

Je n'ai jamais eu de filtre, et le peu que j'en ai semble me faire défaut ces derniers temps. Ma tête et ma bouche vont avoir une petite discussion, et ça ne va pas être du joli.

Je n'évite pas son regard pénétrant, n'affiche aucune crainte – ou devrais-je parler d'*excitation* dans mon cas ? Je peux le faire. Rien ne m'oblige à me jeter par-dessus le bar pour le galocher. Je peux tenir une conversation parfaitement normale avec un mec canon sans le baiser jusqu'à la moelle, non ?

— T'es correct, je marmonne en réponse, sans même ciller devant le mensonge.

Par *correct*, j'entends évidemment *archisexy*. C'est le genre type sur lequel vous vous retourneriez et cligneriez des yeux, persuadés que votre cerveau vous joue des tours, car il ne devrait pas exister homme aussi séduisant sur terre. Il est tatoué de partout. Du moins, sur toutes les zones de son corps qui ne sont pas couvertes par son tee-shirt noir. Ses cheveux sont ramenés en arrière. Seules quelques mèches retombent sur les côtés et me supplient de les remettre en place, ce que je me garde de faire.

Un de ses sourcils se lève, mais ce sourire à tomber ne disparaît pas, comme pour me narguer.

— Correct, c'est tout ?

— Ouep, je balance pour enfoncer le clou et le regarde droit dans les yeux.

— Tu restes sacrément mignonne, répète-t-il

tout en portant sa bière à ses épaisses et allé-chantes lèvres.

— Je suis pas *mignonne*.

Les lapins, c'est mignon.

Les chatons, c'est mignon.

Les bébés, c'est mignon.

Mais moi, Tamara Gallo, je ne suis pas mignonne.

Je suis *bonne*. Nuance.

— Si.

— Nan, le contredis-je. Pas *mignonne*.

Mon corps, lui, ne voit pas les choses du même œil. Il se réchauffe et devient guimauve sous l'effet du compliment.

— Si, grave mignonne.

Il rit et me décoche un clin d'œil.

— Qu'est-ce que tu branles ? tempête une voix familière dans mon dos, gâchant tout le plaisir.

— C'est pas tes affaires, je réplique, sans prendre la peine de me retourner pour regarder l'abruti, parce que j'ai ce nouveau mec canon de-vant moi.

Mammoth lance un regard à Crow.

— Elle est avec toi ?

Il a posé la question au biker, mais pas à moi, comme si je comptais pour du beurre ou, du moins, que mon opinion importait peu.

— Oui, grommelle Crow.

Ce mensonge me fait pivoter si vite sur le ta-bouret que du liquide jaillit de mon verre et m'écla-bousse la main.

— Mentir est une seconde nature chez toi ?

Je fusille des yeux le baratineur.

— De quel nom t'es-tu servi pour avoir ton petit cul rebondi posé sur ce tabouret ? raille-t-il, l'esquisse d'un sourire aux lèvres.

Je plisse les yeux. J'aimerais tout bonnement lui faire ravaler sa joie.

— De celui d'un branquignol que je croyais connaître.

Si le rire de Mammoth est léger, il est tout de même là.

— Qu'est-ce qui te fait marrer ? l'interroge Crow, les yeux plissés et noirs de colère.

Il fait un pas en avant, le regard braqué sur Mammoth qui lui rétorque :

— T'es vraiment un manche, mec. Une belle nana se pointe ici pour venir te voir, et qu'est-ce que tu fais ? Tu te foires. Pas surprenant. Baltringue un jour, baltringue toujours.

Le compliment qui sort de la bouche de Mammoth me va droit au cœur et rend cet esclandre encore plus excitant qu'il ne l'est déjà.

Me voilà prise en sandwich entre deux bikers sexy, deux hommes que je sauterais sans l'ombre d'une hésitation, et ils se disputent pour moi.

Seigneur, je suis peut-être un peu cochonne.

Ma sexualité est bien un point sur lequel je ne m'excuserai jamais.

Les hommes, eux, ne le font pas.

Ils récoltent de leurs potes une tape dans le dos, rehaussée d'un *bien joué*, pour leurs prouesses au lit.

Nous, les femmes, on nous jette la pierre quand on couche à droite et à gauche. Même nos amies nous jugent. Nos conquêtes ne sont pas des encoches à notre tableau de chasse, mais un crâne rasé de la « honte ».

Moi, je refuse. Jamais je ne baisserai la tête, et je n'en ai jamais rien eu à cirer de ce que pensent les autres de moi.

Crow pousse un grognement et avance encore, tête rentrée dans les épaules. Ce que Mammoth lui a dit l'a foutu en pétard et, je ne vais pas mentir, sa colère me fait jubiler.

— Va te faire foutre, tonne Crow.

Je lui flanque ma main libre en plein milieu du torse avant qu'il approche davantage.

— Ça suffit.

Je descends du tabouret de façon à me retrouver pratiquement nez à nez avec lui. Il mesure bien quinze centimètres de plus que moi, mais mes talons vertigineux rattrapent la différence.

— Tu as fait comme si tu ne me connaissais pas, comme si tu ne voulais pas de moi ici. Alors, maintenant, je fais ma petite vie, discute avec ce gars...

Je tends le pouce au-dessus de mon épaule en direction du grand type tout en soutenant le regard dur de Crow.

— ... et te fous une paix royale. Ça ne te donne par le droit de jouer les connards et de t'incruster là où t'es pas le bienvenu ! je braille, attirant l'attention de plus d'un biker, y compris celle de Morris et de Tiny.

— Ça va barder ! s'exclame quelqu'un lorsque les deux hommes se mettent à traverser la pièce et à se diriger sur nous, comme s'ils allaient nous rentrer dans le lard.

Oh, putain, putain, putain.

J'ai dépassé les bornes.

Crier après un frère et être une femme ne font pas bon ménage.

Je le savais bien.

Je ne suis pas une experte en clubs de motards, toutefois j'en connais assez, ou plutôt j'ai suffisamment regardé la télé, pour savoir qu'on est censé me voir, mais pas m'entendre moufter.

— Je suis vraiment, vraiment, vraiment désolée ! je m'excuse tout en reculant, les mains levées devant moi, jusqu'à ce que mes fesses touchent le bar. Je ne voulais pas...

— Qu'est-ce qui te prend ? aboie Morris, qui croise les bras, l'air particulièrement terrifiant.

— Je... je...

Je me ratatine avec une grimace et attends après... Je n'en sais rien, mais je me dis que ça ne va pas être du joli.

Tiny lance un regard dans ma direction et secoue la tête avant de revenir à Crow. Il lâche sur un ton glaçant :

— Crow, à la Chapelle, maintenant.

— C'est n'importe quoi, s'irrite le biker, qui se tourne vers moi et me jette un regard assassin, comme s'il aspirait à me voir prendre soudainement feu et cesser d'exister. Cette pouffiasse débarque ici, débite des conneries, et c'est moi qu'on envoie à la Chapelle. Elle mérite d'être flanquée dehors pour...

— Je t'arrête tout de suite ! rugit Morris, qui arrive derrière Crow et pose sa grosse paluche sur l'épaule de l'abruti. Encore un mot, et tu boiras ta bière à la paille demain.

Crow pousse un râle frustré et me dévisage comme s'il voulait m'égorger et me regarder me vider de mon sang avant de pouvoir s'y baigner.

Les yeux écarquillés, je suis à deux doigts de faire une crise de panique. Je n'ai jamais eu aussi peur de ma vie. Lorsqu'il me tourne enfin le dos, mon corps se relâche et je dois m'agripper au comptoir pour ne pas défaillir.

— Putain, je murmure aussi bas que possible.

Je n'ai pas envie d'attirer davantage l'attention sur moi.

Morris m'étudie longuement du regard, un tic aux lèvres, avant de décroiser enfin ses bras de la taille de mes cuisses.

— Mammoth, t'es occupé ?

— Non. Je suis en train de boire une bière et je discute avec cette charmante créature.

— Charmante ? s'étonne Morris.

Il pousse un rire goguenard qui m'arrache un sourire, même si j'ai encore les miquettes.

— Cette petite n'a rien de *charmant*.

— Je faisais référence à son joli cul, pas à ce qui sort de sa bouche, lui répond Mammoth.

Je lance un regard désapprobateur au beau biker pour lui donner le change. En réalité, ça fait des cabrioles à l'intérieur de mon ventre comme si mes organes exécutaient un numéro acrobatique. Il trouve mes fesses jolies. Encore heureux ! Vu le nombre de squats que je fais par jour pour les garder fermes.

— Finis ta bière, lui ordonne Morris, avant de

pointer son large index vers moi, et raccompagne le joli cul dans sa famille.

— Mais c'est à trois heures de route ! je croasse.

Les yeux de Morris se tournent brusquement vers moi, et je me mords aussitôt la lèvre.

Il se passe la main sur le visage et lâche contre sa paume une bordée d'injures particulièrement créatives.

— Prépare la chambre de Pike et tiens-la à l'œil. Demain, tu la reconduiras chez elle.

— J'ai été promu femme de chambre ? Aurai-je aussi droit à ma tenue de soubrette ? plaisante Mammoth.

Morris pousse un soupir, se pince l'arête du nez et ferme les yeux une seconde.

— Arrête tes conneries. Demande à une des gonzesses de faire le lit pour elle et veille à ce qu'elle rejoigne la chambre en un morceau et qu'elle ne remue pas davantage la merde ce soir.

— Entendu, répond Mammoth. Je ferai en sorte qu'elle arrive à bon port.

— Ne la saute pas, l'avertit Morris, ruinant tous mes espoirs de nuit coquine.

— Super, je marmonne et tressaille aussitôt que Morris darde ses yeux noirs sur moi. Tu es le meilleur, grand chef.

Je lui souris pour tâcher de rester dans ses petits papiers... si toutefois il en a.

— Ces filles Gallo... marmonne-t-il. De vraies casse-burnes, des nids à emmerdes, et des fichues beautés. Un combo fatal.

Puis il s'en va rejoindre la pièce dans laquelle Crow et Tiny ont disparu.

Je me rassieds sur le tabouret et m'empare d'une serviette sur le comptoir pour essuyer le soda que j'ai renversé sur mes mains. Je n'ose pas regarder Mammoth.

Je ne peux pas.

Pas après tout ce qui vient de se passer.

— Je squatterai le canap', lui dis-je, pour ne pas l'accabler par mes problèmes. Je veux pas être un fardeau.

Sa main se pose sur la mienne et m'arrête dans mes mouvements.

— Une jolie nana n'est jamais un fardeau, assure-t-il tout en pressant légèrement mes doigts.

Je lève les yeux et manque de fondre sur place lorsque la fichue fossette refait son apparition, de même que son satané sourire.

— Une jolie nana que tu ne peux pas sauter est forcément un bon gros fardeau.

Un coin de sa bouche se relève encore et creuse un peu plus la fossette.

— Il n'a jamais dit qu'on ne pouvait pas s'y amuser un peu, dans ce lit, après que je t'y aurai mise, me murmure-t-il.

Mes yeux se posent sur ses lèvres charnues et je songe à l'embrasser. Je serre les cuisses pour tenter d'éteindre le feu, en vain.

— Qu'est-ce qui te fait penser que je veux t'embrasser ? je demande sur un ton rauque, me trahissant par le regard que je braque sur sa bouche.

Il passe la langue sur sa lèvre inférieure tout en se penchant vers moi, et son pouce caresse le dos de ma main, si bien que mon bras se couvre de chair de poule.

— Dis-moi ce qui te ferait envie, princesse, et je m'arrangerai pour te donner satisfaction.

— Je... euh...

Toutes sortes d'obscénités flottent dans ma tête. Je ne pense pas seulement à l'embrasser, mais au sexe, et le plus cochon qui soit. Le genre qui vous suit jusqu'à votre mort, qui reste gravé en mémoire aussi bien que sur la peau.

— Elle reste mignonne, me titille-t-il, ce qui a pour effet immédiat de mettre un terme à mes rêves pornographiques.

Je lève brusquement les yeux et fronce le nez.

— Tu bousilles tes chances.

De ma main libre, je pousse mon verre en grande partie vide vers lui.

— Il me faut un truc raide.

Il hausse les sourcils et ce foutu sourire mouille-culotte revient.

— J'aime les filles qui savent ce qu'elles veulent.

Je réalise ce que ma crétine de bouche vient de déverser et toussote, embarrassée.

— À boire, dis-je, faisant de mon mieux pour me rattraper après ce lapsus. Je voulais dire un « truc raide à boire ».

— Mmh mmh.

Il rit et lâche ma main pour prendre le verre.

— Que veux-tu ?

Toi.

— Téquila.

J'ai besoin de m'enfiler le truc le plus fort que je saurai tenir. Si ma bouche ne rentre pas dans le rang, autant faire mon possible pour que je ne puisse pas me souvenir de cette soirée.

Il sort la bouteille du bar et dévisse lentement le bouchon.

— Un ou deux doigts ?

Je cligne des yeux, le souffle court, et oublie l'espace d'une seconde qu'il parle de la téquila. Mes yeux se posent sur ses mains et le tatouage qui en recouvre le dos et court sur ses doigts fins, pratiquement jusqu'à la naissance des ongles.

— Princesse ? me souffle-t-il lorsque ma bouche s'ouvre et se referme, comme si les mots me restaient coincés dans la gorge.

Je déglutis. Je n'ai jamais eu aussi soif de ma vie.

— Deux doigts, je réponds dans un murmure, sans me laisser la possibilité de demander une quantité égale à la grosseur de sa queue, juste pour voir ce qu'il me servirait.

Il baisse le regard sur le verre lorsqu'il verse la téquila, me libérant de ses iris gris incroyablement sexy. Son sourire reste.

Je l'observe et savoure chaque détail de sa personne. Ses cheveux bruns, sa mâchoire saillante, jusqu'aux veines apparentes sur ses avant-bras tatoués.

Je n'avais pas imaginé que la soirée prendrait cette tournure, mais ce n'est peut-être pas plus mal, après tout.

mammoth

— T'ES VRAIMENT BEAU GOSSE.

Tamara a pratiquement ronronné le dernier mot et se tient si près de moi que je sens la chaleur de son corps contre mon dos.

Je tapote son oreiller pour lui redonner du volume et fais le lit moi-même, parce que toutes les femmes du QG étaient « occupées ».

— Et toi, t'es foutrement mignonne, dis-je avec un rire léger.

Je tâche de rappeler à ma queue que cette fille m'est interdite, même si je ne demanderais pas mieux que de l'enfouir en elle.

— **Je ne veux** pas être *foutrement mignonne*, chouine-t-elle alors que je me retourne pour lui faire face. Je veux être *foutrement bonne*.

Elle me jette un regard oblique que la téquila a rendu légèrement vitreux.

Je pose une main sur sa joue et effleure lentement sa mâchoire avec le pouce.

— Tu l'es.

Mes yeux fixent ces lèvres sur lesquelles je fantasme depuis une heure. J'ai conscience que je vais trop loin.

Sa bouche s'incurve et ses yeux noisette clignent en décalé. Elle est nettement ivre et je la trouve, d'une certaine manière, encore plus mignonne qu'elle ne l'était au bar, lorsqu'elle avait la langue bien pendue.

— Merci, me répond-elle.

Elle se penche vers moi et approche, aguicheuse, ses lèvres charnues et roses.

Je n'arrive pas à quitter des yeux sa bouche sublime, en particulier les deux hautes arcades et ce V profond qui y est enchâssé.

— Tu restes mignonne, j'ajoute pour l'agacer.

Je n'ai jamais été attiré par les filles avec du tempérament, mais sa propension à sortir de ses gonds me donne envie de l'énerver encore et encore.

— Mammoth, me rabroue-t-elle, chancelante, tandis que je tiens sa joue dans ma paume de main.

— Tamara, dis-je pour la taquiner, sans parvenir à réprimer un sourire amusé.

— T'es un petit con.

— Mais tu as envie de moi.

— Oui, me répond-elle.

La pointe de sa langue surgit et glisse sur ces lèvres que je n'ai cessé d'imaginer autour de ma queue dès l'instant où elle les a ouvertes pour parler.

— Bon, tu m'embrasses, oui ou non ?

— Tu t'es tapé Crow ?

J'ai besoin de savoir. La dernière chose dont j'ai

envie, c'est de m'envoyer une nana qui se serait enfilé le QG entier. Je ne fais pas dans les prostituées du club, et déconner avec les gonzesses des autres, ce n'est pas mon truc non plus.

— Pas du tout, me répond-elle avec fierté.

— Tu l'as tripoté ?

Elle fait « non » de la tête.

— Tu l'as embrassé ?

Elle marque un temps d'arrêt et me dévisage, avant de secouer la tête à nouveau.

Je lui effleure la lèvre avec la pulpe de mon pouce, contemplant son beau visage, m'imprégnant de ses iris noisette mouchetés d'or.

— Pourquoi es-tu venue ici pour lui, alors ?

Sa poitrine se soulève, et elle me scrute.

— Je croyais qu'on était amis…

Elle hausse les épaules. Elle est tellement adorable, toute perdue qu'elle est.

— … mais je me suis trompée.

— L'amitié entre un homme et une femme, c'est rare, princesse. Surtout quand la femme est aussi bien foutue que toi, admets-je.

J'en sais quelque chose.

— Je suis bien foutue, répète-t-elle tandis que ses joues s'empourprent. Tu veux Crow pour toi tout seul ? C'est pour ça que tu me questionnes sur lui ?

J'incline la tête, la serre contre moi et approche ma bouche de la sienne.

— Est-ce que j'ai l'air d'avoir envie de Crow ?

Ma pine est pressée contre elle et tressaille sous la chaleur de son ventre.

Elle pousse un long soupir fébrile, et l'envie brille dans ses yeux.

— Non, mais ta queue n'a pas l'air de me trouver simplement mignonne non plus, me provoque-t-elle tout en passant les bras autour de moi pour m'empoigner les fesses. Tu vas enfin m'embrasser ou tu comptes me poser encore trente-six mille questions ? Tu me tues, là.

Elle plaque ses seins contre moi et me sourit. Voilà le petit ange le plus vicieux que j'aie rencontré de ma vie.

— Tu es une plaie, princesse, je lâche d'une voix rauque.

Je ne rêve que d'une chose : lui arracher ses vêtements et lui montrer à quel point j'ai envie d'elle.

Sauf que je ne peux pas.

Morris m'a défendu de toucher à une femme et c'est une première.

S'il m'a interdit de la baiser, il n'a jamais dit que je ne pouvais pas m'amuser un peu.

— Mais la meilleure des plaies, me réplique-t-elle.

Elle me sourit et bat des cils avec la candeur d'une innocente.

Je resserre les doigts autour de sa nuque et approche son visage du mien pour fouiller ses yeux du regard. Je veux m'assurer que ce n'est pas des paroles en l'air et la téquila qui parle.

— Tu as envie de moi, Tamara ?

Je n'abuserais jamais d'une femme qui a bu.

Ses doigts s'enfoncent dans mes fesses et elle frotte le bassin contre moi pour me faire clairement comprendre qu'elle désire plus qu'un baiser.

— Oui, gémit-elle, avant de s'humecter les lèvres. Et toi ?

Elle hausse un sourcil.

Ma bouche vient s'écraser sur la sienne. J'ai eu ma dose de ce petit jeu. Je suis tellement excité que je vais éjaculer dans mon jean si elle continue à se frotter contre moi. Cette fille est ultraexcitante. Non seulement elle est belle, mais son répondant pourrait pousser un homme à la supplier à genoux de lécher son sexe ou d'abréger ses souffrances.

Ses lèvres ont le goût de la téquila et la douceur du plus soyeux des velours que j'ai touchés. Je voudrais m'y perdre et oublier toutes mes emmerdes.

Elle est la distraction idéale et, à la façon dont elle me rend mes baisers et dont elle se frotte à moi, elle en a autant envie que moi.

Je mêle les doigts à sa crinière brune et lui renverse la tête pour pouvoir l'embrasser à pleine bouche. Un gémissement passe ses lèvres et se glisse dans ma bouche en même temps que sa langue.

Mon corps me fourmille de partout, comme électrisé par son simple contact. La main que j'avais posée dans son dos descend et vient agripper sans ménagement une fesse ronde par-dessus la jupe.

— J'ai envie de toi, me murmure-t-elle entre deux baisers. J'ai trop envie de toi.

— Chut.

Je n'ai pas besoin d'entendre ces mots-là. Je dois déjà prendre sur moi pour ne pas me presser, pour savourer l'instant et ne pas la tringler méchamment. Je m'écarte, juste ce qu'il faut pour voir ses yeux.

— Je vais te donner ce que tu réclames, princesse.

Ses jambes se retrouvent instantanément autour de ma taille et se cramponnent fermement à moi, ne laissant aucun espace entre ma queue, sous le jean, et sa...

Elle porte une culotte ou non ?

J'ai pensé une fois ou deux à sa minijupe et me suis demandé si elle avait quelque chose en dessous. Toute la soirée, j'ai tâché tant bien que mal de ne pas m'attarder sur une question dont je n'aurais jamais la réponse.

Je pousse un grognement lorsqu'elle remue le bassin et écrase mon membre contre mon bassin. Toute cette mignonnerie que je lui trouvais n'est rien comparée à la bombe ultrasexy qui se frotte contre mon sexe.

Ses doigts sont sous mon tee-shirt et passent sous mon jean pour planter leurs ongles dans la chair de mes fesses. Le mélange de douleur et de plaisir me laisse pantelant et me pousse à redoubler les baisers.

Je recule et me déchausse du bout des orteils tandis que mes bras la tiennent fermement et que nos bouches ont fusionné. Lorsque mes mollets touchent le petit lit, je lâche :

— Prépare-toi pour le grand saut, princesse.

Une flamme éclaire ses yeux, et elle dénoue les jambes, sans pourtant descendre, le corps toujours serré contre moi, un bras enroulé autour de mon cou. Je me laisse tomber sur le matelas avec elle et étouffe un cri lorsque son sexe claque contre le mien avec une telle force que j'en perds le souffle. Elle se remet sur-le-champ à presser son bassin contre le mien, les seins pratiquement à hauteur de mon menton, et ses délicieuses lèvres m'insufflent l'air dont je viens de manquer.

Une moiteur passe à travers mon jean et vient recouvrir ma queue tandis qu'elle ondule de la croupe. Une vraie torture. Je remonte la main le long de sa cuisse, passe sur sa hanche, à la recherche de l'ourlet de sa culotte, mais ne trouve rien qu'une peau nue.

Bordel de Dieu.

Mon sexe tressaille et mes doigts s'enfoncent dans la chair de ses fesses pour l'écraser contre moi et contrôler la cadence, ce qui me vaut un gémissement de Tamara.

—Je veux jouir, gémit-elle.

Elle se remet dans sa position initiale et tente de reprendre la main sur le rythme que je lui impose.

Je roule sur le côté et me place au-dessus d'elle, la queue pressée contre son merveilleux sexe.

— Pas comme ça, je murmure contre ses lèvres, priant pour avoir la force de me retenir de la baiser sans ménagement.

Ma volonté va être mise à rude épreuve. Tamara n'est pas n'importe quelle fille... elle est un fascinant mélange de pure douceur et d'érotisme animal.

Je suis totalement foutu avec elle.

Une fille comme elle pourrait retourner le cerveau d'un homme et lui briser le cœur, sans une once de pitié pour son âme damnée.

Elle me regarde, amusée, lorsque je m'écarte. Cet adorable sourire espiègle danse sur ses lèvres.

—Tu vas me baiser ? me provoque-t-elle.

Elle sait très bien qu'on m'a ordonné de ne pas coucher avec elle.

—Avec ma bouche et mes doigts, c'est tout.

Sa moue est immédiate et farouche.

—Mais...

Je secoue la tête et presse mes lèvres contre les siennes sans lui laisser le temps de réclamer ma queue. Il en faut peu à un mec pour qu'il craque, et là, ma volonté ne tient vraiment qu'à un fil.

L'instant d'après, j'ai la main sous sa jupe et je caresse l'intérieur d'une cuisse tandis qu'elle soulève le bassin, impatiente. Je souris contre ses lèvres. J'aime sa façon d'embrasser et son appétit débridé.

Quelques centimètres plus haut, je glisse mes doigts entre ses replis moites et je ne peux contenir le râle excité qui se forme dans ma gorge.

Putain.

Ce que j'ai envie d'elle.

Je ne crois pas avoir déjà désiré quelqu'un à ce point.

Haletante, elle agrippe mes épaules et remonte un peu plus haut les cuisses pour me faciliter l'accès. Je me contente de l'effleurer entre les cuisses, de haut en bas, encore et encore, jusqu'à ce que mes doigts soient recouverts de ses fluides et que son bassin se mette à les réclamer frénétiquement, désespéré de les avoir en lui.

— Je t'en supplie, me gémit-elle tout en posant les genoux sur le lit, jambes complètement écartées.

Je me redresse et descends sur son corps, m'arrêtant en chemin pour embrasser la pointe ronde de ses seins qui percent sous son débardeur. Cette fille est parfaite et sa paire de nibards est telle qu'un homme pourrait l'admirer durant des heures sans se lasser.

Sauf que je n'ai pas le temps pour ça.

Elle me *veut* et, bordel, j'ai envie de la goûter.

Je me niche entre ses cuisses et rejette la jupe vers le haut pour révéler sa peau mordorée. Je salive à la vue de son abricot lisse et brillant, luisant dans la lumière tamisée de la chambre, ouvert, n'attendant plus que je le dévore.

Je lève les yeux vers elle et soutiens son regard tandis que je me redresse sur un coude et plaque une main sous sa cuisse pour la maintenir. J'effleure à peine la peau juste au-dessus de son clitoris et glisse vers le bas aussi lentement que possible.

Elle retient son souffle et ses yeux noisette se révulsent lorsque la pulpe de mon pouce passe sur la chair sensible et trouve sa cible. Je tords le cou, les yeux rivés sur son visage, puis place le plat de ma langue contre son clitoris et la goûte pour la première fois.

Jésus Marie Joseph. Le bouquet qui explose sur mes papilles est purement divin.

Elle hoquette lorsque je referme les lèvres sur elle, aspire le renflement moelleux et lui fait l'amour avec ma langue. Je gémis mon plaisir et glisse un doigt avide à l'entrée de son intimité. Elle s'humecte les lèvres, ses yeux rivés aux miens, et halète au moment où je l'enfonce à l'intérieur.

Lorsque sa main remonte de son ventre à sa poitrine pour pincer la pointe durcie d'un sein, je manque de perdre la tête.

Le bon Dieu, là-haut, se fout de ma gueule.

Purement et simplement.

Il me fait payer pour toutes les conneries que j'ai faites dans ma vie, et il y en a un sacré paquet.

Il s'est dit : « Rien de tel que de lui envoyer cette fille mégachaude, totalement à l'aise avec sa sexualité, qui a la saveur du paradis et un physique à se damner, et de faire en sorte qu'il n'ait pas le droit de l'enfiler au point de ne plus vouloir s'en retirer. »

Elle soulève le bassin et presse son intimité contre mon visage lorsque j'enfonce un deuxième doigt en elle et exécute de puissants va-et-vient. Je suis un homme investi d'une mission, déterminé à offrir à cette fille le meilleur orgasme de sa vie et à veiller à ce qu'elle ne m'oublie jamais.

Je courbe les doigts chaque fois que je me retire pour caresser son point G et la précipiter au bord du gouffre, accentuant un peu plus mon supplice.

Un homme moins expérimenté aurait joui sur-le-champ. Sa bouche entrouverte, sa peau mordorée perlée de sueur, sa respiration coupée tandis que son corps secoué de spasmes jouit sur mes doigts...

Bon sang.

À cet instant, il n'y a pas que son sexe qui me chamboule. Je suis frappé par une révélation : plus que tout, je veux la voir jouir sous l'action de mes lèvres, de mes doigts et de ma queue, encore et encore.

— Mon chou…

Elle se relève sur les coudes.

— … À mon tour. Je veux voir le vrai Mammoth.

Elle sourit et se passe la langue sur les lèvres.

Oui, je suis vraiment mal barré.

tamara

JE ROULE sur le côté avec une grimace, le martèlement dans ma tête quasi insupportable, et heurte quelque chose de chaud et d'entièrement nu. Je cligne des paupières dans ma douleur pour dissiper les brumes du sommeil, jusqu'à ce que je distingue son visage.

Mammoth a les yeux ouverts et me regarde.

— Bonjour, princesse.

Sa voix est archisexy, de ce ton pris au lever, qui a probablement fait mouiller plus de culottes que je n'ose imaginer.

— Bonjour.

Je me love contre son corps chaud et des souvenirs épars de la nuit dernière me reviennent.

La fossette, celle à l'origine de toute cette histoire, apparaît lorsqu'il esquisse un sourire en coin.

— Bien dormi ?

— Oui.

Je lui décoche un sourire paresseux et plisse

aussitôt le nez. Je n'aurais pas dû boire autant d'alcool.

— La téquila a eu raison de toi ?

Les pattes d'oie au coin de ses yeux se creusent. Il se régale visiblement de ma souffrance.

— Non, mens-je.

— Tu restes sacrément mignonne.

— Mammoth, je proteste, les lèvres pincées.

J'essaie de ne pas le trouver irrésistible, ce qui est franchement difficile. Dans le dictionnaire, à la définition du mot « parfait », on doit trouver sa photo.

— Princesse.

Il lève un sourcil, ce satané sourire fiché sur son visage incroyablement beau.

Je me mords la lèvre lorsqu'il me regarde de ses yeux gris cendré et me balance ce sourire suffisant ultrasexy qu'il a perfectionné.

— Hé, Mammoth ?

— Oui ?

— Pourquoi ne m'as-tu pas laissée te rendre la pareille hier soir ? Bon, je sais que, parfois, avec l'alcool, les hommes plus vieux galèrent à avoir la...

Il lève une main pour presser un index contre mes lèvres.

— Tais-toi.

— ... gaule.

J'ai prononcé le mot, un brin amusée, contre sa peau, car ce petit sourire suffisant, celui qui m'a mis dans de beaux draps, a disparu.

En un clin d'œil, il est au-dessus de moi.

— Je ne suis pas vieux, princesse, et jamais de ma vie je n'ai eu de mal à avoir la *gaule*.

Il y a un grognement dans sa voix, une attitude défensive, qui agite les pompons de ma cheerleader intérieure. J'ai percé sa façade, insulté sa virilité.

— T'as pas à avoir honte, bébé. Ça arrive à tout le monde.

Je le taquine, mais mon sourire s'évapore à la seconde où je sens sa grosse queue dure pressée contre mon entrejambe.

— Et ça ? C'est mou, selon toi ?

Il penche la tête vers moi et me mordille la lèvre.

— Disons que...

Je me retiens de pousser le bassin vers le bas pour m'empaler sur son gourdin.

— Pas vraiment. Je peux sentir quelque chose là-dessous.

Sans rien ajouter, il écrase ses lèvres sur les miennes et fait taire tous mes sarcasmes. Je me mets à haleter dans la seconde et frotte aussitôt mon sexe contre le sien.

Bon Dieu, ce que c'est bon.

Tout dur.

Tout gros.

Tout Mammoth.

— T'as envie de moi, Tamara ? murmure-t-il contre mes lèvres, les yeux tant allumés par l'excitation que c'est un miracle que je ne me brûle pas à son contact.

— Oui, je souffle, lorsque son gland glisse sur mon clitoris et provoque une onde de choc qui traverse mon système nerveux. J'ai grave envie de toi, là.

Il écarte sa bouche de la mienne et frotte sa barbe contre ma mâchoire.

— On ne peut pas, grommelle-t-il au moment où je passe le bras entre nous pour empoigner sa queue.

— Quoi ?!

J'ouvre brusquement les yeux et, déconcertée, le regarde bouche bée.

— Pourquoi ? On s'en fiche de ce que Morris a dit ! C'est pas mon père.

Il secoue la tête, descend le long de mon corps en laissant traîner sa fichue barbe sur ma peau, avant que le râpeux de ses poils et lui ne disparaissent.

— On ne peut pas, me répète-t-il, comme si je n'avais pas entendu la première fois.

Je me redresse sur les coudes et reluque son corps nu tandis qu'il se tient au pied du lit, sans même chercher à se couvrir. Les tatouages sur sa peau sont époustouflants. Il n'y a pas un centimètre qui ne soit pas recouvert d'encre.

— J'en ai fait la promesse à Morris, soupire-t-il tout en faisant courir une main dans ses cheveux. Je ne veux pas trahir sa confiance.

— Je dirai rien.

C'est tout ce que je suis capable de répondre, car, merde... ce corps ! Il est encore plus beau nu qu'il ne l'était habillé. Si je ne risquais pas de passer pour une pauvre idiote, je me mettrais à pleurer comme un veau devant sa beauté absolue.

Son sexe a un soubresaut et attire mon regard. J'étais trop occupée à mater son corps pour reluquer son paquet. Lorsque j'y vois briller un éclat, je redresse le buste pour mieux voir.

— Tu as des piercings ? je demande, sans jamais quitter des yeux sa gigantesque et scintillante queue. Fais voir !

Je remue les doigts pour l'inviter à se rapprocher.

Comment ne l'ai-je pas senti quand je me frottais à lui comme une chatte en chaleur ?

— Pas touche, me prévient-il, sans pour autant approcher, malgré ma demande. C'est pas le moment que tu poses tes mains sur mon attirail.

— Chochotte, je marmonne, levant enfin les yeux sur son visage. Bon, d'accord ! Je promets de ne pas toucher à ton *attirail*. Content ?

Je roule des yeux et peste à voix basse, avant de lâcher un nouveau juron lorsque je me retrouve nez à nez avec M. Mammoth en personne, dans toute sa splendeur.

Et ce n'est pas peu dire !

Une œuvre d'art.

Si je pouvais avoir un poster au-dessus de mon lit, une image pour assouvir mes envies chaque nuit, ce serait incontestablement sa queue.

— Tu l'as depuis combien de temps ?

Je me rapproche, si bien que je ne me trouve plus qu'à quelques centimètres du chef-d'œuvre.

— Quatre ans, me répond-il, une tension dans la voix, les mains appuyées sur ses hanches comme pour les retenir.

— Je rêverais de me faire percer le capuchon.

Je ne l'ai jamais avoué à qui que ce soit, mais ressens la nécessité de tout lui dire.

Mammoth toussote, l'air embarrassé. Il agrippe si fermement ses hanches que ses jointures deviennent toutes blanches.

— Alors fais-le, me lance-t-il.

— Mon père me tuerait, je lâche sur un ton acerbe.

Il resserre les genoux, envoyant sa queue un peu plus près de mon visage.

— Pourquoi le saurait-il ? C'est un peu curieux. T'as une relation malsaine avec ton père ?

Je secoue la tête et ferme les yeux, affligée, parce que ça sonnait exactement ainsi.

— Mais non. Il tient un salon de tatouage. Je pourrais me faire percer dans n'importe lequel des quarante-huit États que cette histoire lui arriverait aux oreilles avant même que j'aie franchi les portes de la boutique et sois remontée dans ma voiture.

— Je comprends mieux, me dit-il en riant, ce qui fait remuer sa longue queue dure et droite comme un I devant mon visage, comme une provocation.

— Arrête ça, je râle tout en lui lançant un regard noir. T'as pas le droit de m'interdire d'y toucher et, ensuite, de me l'agiter sous le nez comme un gros lot que je pourrai jamais décrocher. C'est injuste.

Il pousse un grognement et rentre à nouveau les genoux tout en serrant les paupières, comme s'il éprouvait une terrible douleur.

— Dépêche-toi. Je vais pas rester planté là éternellement pendant que tu regardes ma queue. C'est une torture, princesse. Je sens ton haleine chaude sur ma peau et, là, je dois vraiment prendre sur moi pour ne pas la fourrer dans ta jolie petite bouche.

Je le regarde, abasourdie.

— J'aurais dû te sucer hier soir.

Il secoue la tête, déclenchant un nouveau mouvement de sa queue.

— La nuit dernière était consacrée à toi. Pas à moi.

Je renverse la tête, totalement déroutée par son abnégation.

Aucun garçon, et, j'insiste, pas un seul mec avec lequel j'ai fricoté au cours de mes vingt et une années d'existence, ne s'est soucié de mon plaisir.

— Tu as une régulière ? je demande, parce que je me dis que, peut-être, il s'est engagé à ne pas laisser traîner sa queue n'importe où, et particulièrement dans la bouche d'autres femmes.

— Non.

— Vœu de chasteté ?

Je lève un sourcil.

Son rire est immédiat, ce qui agite son corps et son sexe.

— Certainement pas.

Je tends les deux mains, empoigne ses cuisses et le tire vers l'avant pour pouvoir continuer à contempler la magnificence.

— Alors pourquoi tu ne m'as pas au moins laissée te pignoler ? je demande alors que je lui tiens toujours les cuisses et pose à nouveau les yeux sur la terre promise.

— Pignoler ?

— Tu sais bien, une branlette, je murmure, complètement émerveillée par la tige de métal géante fichée dans son gland. Voir un piercing Prince Albert en vrai, c'est autre chose. C'est encore plus effrayant.

Je crois avoir prononcé les derniers mots dans ma tête. Il apparaît que non quand il me dit :

— Mais c'est tellement bon quand c'est enfoui bien profond.

— Bordel, je lâche, à la fois totalement gênée et hyperexcitée. Donc, pas même une branlette ?

J'ai changé de sujet, car je préfère ne pas penser à l'effet que me ferait le va-et-vient du métal froid en moi. Avant, arrière. Avant, arrière. Avant, arrière.

Fais chier.

— Les branlettes, j'en ai plus eu depuis le lycée, confesse-t-il.

Je lève brusquement la tête pour le regarder.

— Vraiment ?

Il opine du chef, le sourire ravageur de retour sur ses lèvres.

— Princesse, pourquoi aurais-je besoin d'une main quand des chattes et des bouches courent les rues ?

Des images de dizaines de filles fourrées par Mammoth se succèdent dans ma tête, comme un film porno qu'on passerait en accéléré, et je les déteste toutes illico. Je leur souhaite de connaître une mort horrible et cruelle, parce qu'elles ont pu jouir d'une queue que le destin me refuse.

— Mais ma bouche et ma chatte ne sont pas assez bien, c'est ça ?

Mes yeux lui lancent des éclairs.

Il s'est libéré et fait un pas en arrière, sa queue s'agitant comme pour me dire au revoir.

Nous aurions pu être de très bons amis, elle et moi, nouer une relation donnant-donnant absolument fantastique.

Mais non.

Le canon ne doit pas en pincer tant que ça pour moi, sans quoi il serait déjà *en* moi à l'heure qu'il est.

— Merde ! lâche-t-il, avant de traverser la pièce à grandes enjambées et de ramasser son jean sur le sol, m'offrant ainsi une délicieuse vue sur ses belles fesses musclées. Pourquoi faut-il que tu compliques une situation qui est déjà insoutenable ?

Je me dresse sur les genoux, exposant sans la moindre pudeur mes seins à son regard brûlant.

— Bordel, je pensais pas que tu te fâcherais tout rouge pour une histoire de branlette.

Je jette les mains en l'air et avance à genoux jusqu'au bord du lit, lui offrant ainsi une meilleure vue sur ma poitrine, parce que, merde, qu'il aille se faire foutre. S'il compte m'aguicher, lui aussi en aura pour son compte.

— Arrête, m'ordonne-t-il d'une voix grave et menaçante.

Je me lèche les lèvres. Je vais peut-être enfin avoir le droit d'y goûter, à ce bijou.

Il enfile vivement son jean et range le joyau dans le denim.

Au revoir, Prince Albert.

— Habille-toi, me dit-il tout en se dirigeant d'un pas ferme vers la sortie, sans même prendre le temps de fermer sa braguette. On se retrouve au bar.

Il me tourne le dos, ouvre la porte, sort en

trombe, et claque l'épais battant en bois derrière lui.

— OK, je murmure, les yeux écarquillés de stupeur. Ces bikers... des petites natures !

— Mais, bordel, c'est pas vrai ! braille dans le couloir une voix qui n'est clairement pas celle de Mammoth. Qu'est-ce que je t'ai dit, putain ?

Oups...

Morris.

Je descends du lit sur la pointe des pieds et prends garde à ne pas faire de bruit lorsque je rejoins la porte et colle l'oreille sur le bois.

— J'ai pas couché avec elle, mec. Une promesse est une promesse.

— Tu crois que je vais avaler ça ?

— J'ai dormi là, mais je te jure qu'il s'est rien passé.

Menteur.

— Si je découvre que tu m'as raconté des bobards, je...

— Est-ce que je t'ai déjà menti ? J'ai dit que je ne coucherais pas avec elle et je m'y suis tenu. C'est pas faute d'avoir eu envie, bordel de merde ! J'ai jamais eu autant envie d'une fille, mais je l'ai pas baisée.

Je lève le poing en l'air, victorieuse. Il ne m'a pas baisée, mais il en a eu envie, au moins. Bon, même s'il n'est pas passé à l'acte, ça reste une bonne nouvelle.

— Quelle mouche t'a piqué ? ajoute Mammoth. Tu sais très bien que je suis un homme de parole.

— Je sais. Je ne t'aurais pas demandé de jouer les baby-sitters, autrement.

Je fais un doigt d'honneur à la porte. Dieu merci, Morris ne peut pas me voir. Je ne suis pas un bébé, et la dernière chose dont j'ai besoin ici ou ailleurs, c'est d'un putain de baby-sitter.

— La rumeur dit que les Vipers sont en chemin et qu'ils cherchent la castagne, explique Morris à Mammoth. On boucle le QG.

J'étouffe un cri d'exclamation, la main sur la bouche pour qu'ils ne m'entendent pas.

— Merde.

J'ai vu suffisamment de films et de séries pour comprendre ce que ça signifie. Du reste, avec tout ce qui est arrivé à Gigi et à Pike, toutes ces horreurs qu'on m'a racontées, j'en sais plus que je ne le voudrais.

Je balaie la chambre du regard et me demande si c'est ici que je rendrai mon dernier souffle.

Je vois déjà les gros titres de la presse locale.

Une enfant du pays, en quête de grande aventure, est décédée dans un affrontement de motards.

— Où me veux-tu ? demande Mammoth sans une once de peur ou d'hésitation.

— Tiny veut que tu restes avec la gamine et que tu la protèges. Quiconque s'en prend à elle, tu le sèches.

Le sèches ? Je crois comprendre le sous-entendu. Morris vient d'ordonner à Mammoth de *tuer* quiconque me voudrait du mal.

Tuer, genre commettre un meurtre. *Oh, mon Dieu.*

— Je la protégerai au prix de ma vie, promet Mammoth. Je peux la baiser, au moins ? Tu sais bien... Pour que, si je meurs, je ne meure pas pour rien.

Et voilà qu'au milieu de ce beau bazar, alors que la tête me tourne et que j'ai les genoux en coton sous l'effet de la peur, un rire nerveux me monte à la gorge, parce qu'il quémande la permission.

— Nan. Tu la baises pas, commande Morris. Elle a rien demandé à personne.

Je lève les yeux au ciel et pouffe devant la stupidité de leur échange.

Rien demandé à personne ?

Laissez-moi rire.

On dirait qu'il me prend pour une innocente.

Je ne le suis plus depuis que j'ai quinze ans et que j'ai laissé Tony Mandello me doigter sous les gradins après l'entraînement de pom-pom girls. Tout a commencé avec ce crétin, qui m'a enfoncé ses doigts comme s'il était Woody Woodpecker, et moi un arbre. J'ai mal chaque fois que je repense à la façon dont il m'a pénétrée, lui qui n'y connaissait rien à la façon dont on satisfait une femme.

— Tu te trompes, le contredit Mammoth. C'est une tigresse en talons aiguilles.

— Cette fille n'est ni une pute du club ni ta régulière. Je connais sa famille, Mammoth. Ils me pendront par les couilles s'il lui arrive quoi que ce soit. Et que tu la tringles en fait partie.

— J'ignorais qu'il me fallait ta permission pour disposer librement de ma queue, papi. Je t'ai fait une fleur, hier soir, en prenant sur moi. Par loyauté. Mais ma volonté a des limites.

— Si on survit au week-end et que tu la sautes,

tu vas regretter que les Vipers ne t'aient pas fait la peau à la place des Gallos.

— Oh, je t'en prie ! je lance tout bas tout en chassant sa remarque de la main.

Que ferait mon père, si ce n'est avoir une attaque foudroyante ? Il hurlerait, ça, c'est sûr, et me tordrait probablement le cou pour m'être rendue, en premier lieu, au QG. Heureusement, il n'a pas la trempe d'un meurtrier.

— Vous êtes tous deux des grandes personnes, mais sache que coucher avec une fille comme elle a des conséquences. Réfléchis-y. Avec ta tête et non ta queue. Je sais, elle est belle, mais, parfois, les choses les plus attirantes sont aussi les plus mortelles.

J'exécute une petite danse de la victoire en l'honneur de ce feu vert à la débauche, quand la réalité me revient en pleine face.

Le QG est bouclé et nous ne sommes pas certains de revoir le lendemain.

— À QUOI TU JOUES ?

Crow me regarde avec un air rageur dans notre face-à-face.

— Je vois pas de quoi tu parles.

Je parviens à rester impassible.

Il déconne ou quoi ? Il a bien fait comprendre à Tamara, et au club tout entier, qu'elle n'était pas la bienvenue ici. Et voilà qu'il nous fait son petit numéro de macho, comme si je lui avais piqué sa nana, alors que, pour commencer, il ne l'a jamais sautée.

— Elle n'est pas à toi, me dit-il.

Ses yeux marron brillent de colère. Il veut m'intimider, ce qui est risible.

— À toi non plus, je réplique. Et à voir comment tu l'as traitée, elle le sera jamais. Faisnous une fleur. Va te faire foutre, avant qu'on en vienne aux mains.

— Tu veux vraiment qu'on se mette sur la gueule à cause d'une salope ?

Je plisse les yeux et lâche sur un ton menaçant :

— Je vais laisser couler pour cette fois, parce que je me dis que t'es blessé dans ton amour-propre et par fraternité, mais traite-la à nouveau de salope et je te démolis le portrait.

— Vous avez terminé, les deux merdeux ? nous demande Tiny qui vient se planter à côté de nous.

Aucun de nous ne bouge. On ne se lâche pas du regard et l'air est chargé d'électricité, notre fureur pareille à un orage.

— Crow, tu as eu tort de la traiter comme tu l'as fait. Affaire classée. Tu as invité cette fille à passer ici et quand elle t'a pris au mot, tu t'es pas donné la peine de régler la question pour ne pas attirer l'attention sur toi ou sur le club.

Les yeux de Crow se tournent vers Tiny, et lorsqu'il ouvre la bouche pour répliquer, ce dernier conclut :

— T'as merdé. Assume.

Je souris d'un air narquois. J'exulte de voir Crow se faire remettre à sa place pour avoir été un crétin. Dès son arrivée au QG, ce type a été un parfait connard, à péter plus haut que son cul, comme si c'était lui, le patron.

— Quant à toi, me dit Tiny, et je sais qu'il s'adresse à moi avant même de tourner la tête vers lui. Tu seras responsable d'elle le temps que ça se tasse. Une demi-douzaine d'hommes, toi y compris, resteront ici pendant qu'on ira gérer les affaires du club. Personne n'entre, personne ne sort. Tu prends le commandement du QG. Pigé ?

— Pigé, j'acquiesce avec un hochement de tête. Et lui ?

— Il vient avec nous, répond Tiny.

Les petits miracles de la vie.

— Je ferais vraiment mieux de rester ici, offre Crow, qui essaie de jouer le mec responsable, alors qu'on sait tous qu'il ne l'est pas. Si elle est ici, c'est à cause de moi. C'est mon problème.

Tiny hausse ses sourcils poivre et sel.

— Tu me prends pour un con ou quoi ?

Crow secoue la tête.

— Le club avant tout. C'est ma faute si elle est ici et c'est à moi de m'occuper d'elle.

— C'est lui qui reste, rétorque Tiny en me pointant du doigt.

J'esquisse un sourire. Si je le pouvais, je fêterais ça par des *burns* sur le parking en veillant bien à projeter le gravier dans sa face de pet.

— Tu perds rien pour attendre, me menace Crow.

— Tu sais où me trouver.

Il ne me quitte pas des yeux jusqu'à ce qu'il soit obligé de se retourner pour suivre Tiny sur le parking. Ce type mérite sérieusement qu'on lui botte le cul, et je serais plus que disposé à m'y coller. Tamara ou pas, il a cherché les emmerdes dès son arrivée chez les Disciples.

J'entre dans le club-house et trouve une poignée de femmes agglutinées sur les canapés en train de discuter à voix basse. Je les salue d'un signe de tête, sans prendre la peine de m'arrêter. Je n'ai aucune envie de m'expliquer sur hier soir.

— Mammoth, chéri.

La voix de Sadie rampe sur moi comme un serpent.

Je m'arrête, les yeux rivés au bar devant moi, et demande sans me retourner :

— Quoi, Sadie ?

Elle glisse une main par-dessus mon épaule avant de presser sa poitrine contre mon dos.

— Puisqu'on est coincés ici, me susurre-t-elle à l'oreille, on pourrait peut-être se tenir compagnie.

J'ôte sa main de mon torse et me retourne, avant de glisser les doigts autour de son poignet et de le serrer suffisamment fort pour qu'elle écoute ce que j'ai à dire.

— Ça n'est jamais arrivé et ça n'arrivera jamais, Sadie. Le monde pourrait bien s'écrouler que je ne te laisserais pas approcher de ma queue.

— Mais...

Interloquée, elle tire le bras en arrière et se libère le poignet.

— ... je pensais que...

— J'ai toujours été sympa avec toi, mais ne confonds pas gentillesse et désir sexuel. J'ai aucune envie de fourrer ma queue là où toutes celles du club sont déjà passées. Tu ne seras jamais ma régulière. Jamais.

Elle tressaille et sa tête a un mouvement de recul.

— Je le savais. Tes airs gentils, c'était du pipeau. T'es le pire des salauds, Mammoth.

D'un pas irrité, elle repart en direction des canapés où se trouvent les femmes et me laisse tranquille, comme si elle venait de porter un coup fatal.

— Me voilà anéanti, je murmure pour moi-même, secouant la tête devant la connerie que vient de me sortir Sadie.

— Le portail est verrouillé, m'annonce Dog, qui entre d'un pas ferme dans le club-house, suivi de cinq autres frères. Tu prends le premier ou le deuxième tour de garde ?

— Le deuxième.

Une nana chaude comme la braise m'attend dans une des chambres et je n'y suis pas.

— Nous ferons des tours de garde de trois ou quatre heures jusqu'à ce que la nuit tombe. Après ça, tout le monde sur le pont.

Dog acquiesce d'un hochement de tête et donne une tape sur le torse de Brute.

— En piste. Tu viens devant avec moi. Et toi, Mac, tu prends l'arrière.

L'instant d'après, ils ont disparu.

— Vous deux, dis-je aux deux gars restants, Eagle et Ginger, allez vous reposer. Ça va être une putain de longue journée.

Ginger hoche la tête.

— Je serai dans ma chambre. Appelle-moi en cas de besoin.

Eagle lance un regard par-dessus son épaule et sourit de toutes ses dents à Sadie, qui n'a cessé de me fixer d'un œil mauvais.

— Pour ma part, je vais mettre mon temps à profit, me dit-il avant de me flanquer une tape amicale sur l'épaule et de partir rejoindre une Sadie très disposée.

Lorsqu'enfin j'ouvre la porte de la chambre où j'ai laissé Tamara, rien n'aurait pu me préparer à ce que j'y trouve.

— Salut, toi, me lance-t-elle, complètement à

poil, bras et jambes écartées sur le lit, son sourire espiègle pour seul habit.

Je bande aussitôt.

Nom de Dieu.

Tamara est le rêve érotique par excellence. Seulement, j'ai beau avoir envie d'elle comme un fou, je suis tellement furieux que mes poings se serrent.

— Mais qu'est-ce que tu fous ?

Je claque la porte du pied, avant qu'un des gars ne passe, l'aperçoive et puisse se rincer l'œil.

Elle se redresse contre la tête de lit, les seins fermes et les tétons durcis.

— D'après toi ?

Je m'apprête à ouvrir la bouche pour la traiter de cinglée, quand elle glisse une main entre ses jambes ouvertes et s'offre en spectacle.

— Je t'attendais.

Elle laisse échapper un petit gémissement lascif, sans me lâcher du regard, et caresse du bout du doigt les replis de son sexe.

— Ça a été dur, ajoute-t-elle tandis que ses yeux se posent sur mon entrejambe.

— Putain de merde.

Je ne demande qu'à me glisser entre ses cuisses et à enfouir ma queue dans le moelleux de son intimité.

Elle tapote le lit d'une main et se caresse de l'autre.

— Viens, m'implore-t-elle. Laisse-moi te faire du bien, à toi aussi.

J'attrape une couverture sur la commode et la lui jette sans l'approcher à moins de deux mètres, de peur de manquer de retenue et de lui sauter dessus.

— Couvre-toi, j'aboie sur un ton froid et indifférent.

Or, je suis loin d'être indifférent à ses charmes.

Je suis sensible à chaque délicieux centimètre de son corps, de même qu'à sa sexualité décomplexée.

Son sourire se fane.

— Tu ne veux pas… ?

Elle bat des cils, les larmes aux yeux, et bredouille encore :

— Je pensais que…

Bon sang, mais quel con.

— Je suis désolé, dis-je tout en avançant vers le lit pour m'y asseoir.

Une fois de plus, je veille à ne pas trop m'approcher d'elle.

Elle s'empare de la couverture et se couvre le corps d'un geste vif.

— Désolé ? répète-t-elle sur un ton mordant.

— Je suis désolé, redis-je tout en secouant la tête. Je voulais pas…

Elle croise les bras, la couverture toujours pressée contre son buste.

— Faire ton connard ?

Elle lève le menton, comme pour me défier de la contredire.

— Je suis un connard, princesse.

Je pousse un soupir et contemple son beau visage, pendant qu'elle s'essuie la joue pour en chasser une larme.

— Je voulais pas me mettre en colère, mais tu

as pensé à ce qui se serait passé si ce n'était pas moi qui étais entré dans cette chambre ?

Elle ouvre la bouche et la referme aussi sec tout en papillotant ses longs cils fins.

— Eh bien, je...

Elle ravale sa salive. Elle est probablement en train de réaliser ce qui aurait pu se passer si cela avait été un type comme Lefty ou, pire, Crow.

— Et si Crow était entré ?

Je serre un peu plus le poing pour tenter de canaliser la fureur qui s'empare de moi à l'idée que ce connard la voie nue.

— Mais c'est pas le cas.

— Il aurait pu, je gronde, laissant échapper ma colère.

Elle baisse la tête et remonte la couverture pour se couvrir entièrement la poitrine.

— J'ai voulu te faire plaisir, c'est tout.

Je me rapproche d'elle, place un index sous son menton et l'oblige à me regarder.

— On n'est pas dans une résidence étudiante, ici. C'est pas un endroit sûr pour quelqu'un comme toi.

— Quelqu'un comme moi ? répète-t-elle, ses yeux noisette brillant de colère.

— Oui, dis-je avec un sourire, absorbé par sa beauté.

Une jeune femme célibataire, coincée dans un repère de motards en chien... Ça pourrait tellement mal tourner. Sans parler des *brebis* jalouses en train de chuchoter sur les canapés.

— T'es gonflé !

Elle se libère le menton et se faufile sur le lit comme pour prendre la fuite.

— Quelqu'un comme moi, marmonne-t-elle.

— Hé !

Je tends la main et lui attrape le poignet pour la retenir au moment où elle descend du lit.

— Qu'est-ce qui te prend, princesse ?

Elle me foudroie du regard et sa pulpeuse lèvre supérieure se retrousse.

— Quelqu'un comme moi, répète-t-elle en haussant la voix.

Elle laisse tomber la couverture et sa poitrine apparaît.

— Je ne sais pas ce que je suis censée comprendre là-dedans, mais si tu me prends pour une gamine tout innocente, tu te fourres le doigt dans l'œil !

Je la regarde, interloqué.

— C'est pas ce que j'ai voulu dire. Je sais bien que t'es pas innocente. On vient tout juste de se rencontrer, et je t'ai déjà dévorée.

Elle tente de se dégager, mais je ne compte pas la laisser sortir d'ici tout énervée et nue comme un ver.

Jamais de la vie.

Je resserre la poigne en veillant à ne pas lui faire mal.

— Je voulais pas dire que t'étais une pute, Tamara.

Bon sang de bonsoir. Elle arrive à me déstabiliser avec une facilité déconcertante.

Elle relève le menton, les yeux plissés, la rage encore là.

— Alors qu'est-ce que tu voulais dire ?

Je l'attire contre moi, buste contre buste, les yeux dans les yeux, car je veux avoir toute son attention lorsque je parlerai.

— J'ai voulu dire qu'une petite nana excitante comme toi, dans un repère de motards, bras et jambes écartées, à attendre qu'on vienne la baiser, c'est risqué. Les femmes d'ici ne seront jamais tes amies et il y a certains connards que tu dois fuir. Tout ce que je veux, c'est te protéger. Si quelque chose t'arrivait...

— Je suis une petite nana excitante ? murmure-t-elle.

Elle n'a manifestement rien entendu du reste de ma tirade.

Je hoche la tête et relâche son poignet pour lui caresser le visage.

— Princesse, tu m'excites comme aucune autre femme.

— Alors je te plais comme je suis ?

— Tu me plais comme tu es, lui dis-je, le sourire aux lèvres. Si on me demandait « qui est Tamara », un tas d'adjectifs flatteurs me viendraient en tête.

— Comme quoi ?

Elle sourit et semble se détendre enfin.

— Intrépide, culottée, coriace, drôle, bien roulée, sexy et un peu folle, aussi.

Elle rit et remonte les mains sur mon torse pour passer les bras autour de mon cou.

— Ça te dit d'ajouter *cochonne* à cette liste ?

Elle remue ses sourcils bruns et frotte son nez contre le mien.

— J'y joins *fautrice de trouble*, je murmure contre ses lèvres avant de l'embrasser avec ardeur.

— Mammoth ? m'appelle tranquillement Ginger tout en frappant à la porte.

Il a le chic pour choisir son moment.

— Quoi ? je grogne tandis que j'empoigne les fesses de Tamara et la détourne de la porte pour dissimuler son corps derrière le mien.

— Dog t'appelle.

Par chance, il se montre suffisamment malin pour ne pas entrer.

— Fait chier...

Je soupire et crie :

— J'arrive !

Plus que jamais, je maudis ce foutu confinement.

— Vas-y, me dit-elle avec un sourire tout en me repoussant. Je ne bouge pas d'ici.

Elle a pointé le doigt vers le lit, avant d'agiter une main devant son corps.

— Je t'attendrai comme ça.

Je déglutis et m'efforce d'imaginer des chiots malades à crever ou mes parents en train de baiser pour m'aider à débander, sans succès.

— Verrouille la porte après mon départ. Personne n'entre, excepté moi, et tu ne quittes pas cette chambre, à moins d'être escortée par Ginger. Compris ?

Je suis incapable de détourner les yeux de son corps incroyable.

Elle hoche la tête et m'adresse un petit sourire.

— T'en fais pas, tu seras le seul à t'introduire ici, me dit-elle tout en replongeant les doigts entre ses cuisses en même temps qu'elle s'assied sur le bord du lit, genoux écartés. Je trouverai une façon de m'occuper en attendant.

— Tu peux rajouter *provocatrice* à la liste.

Je quitte la chambre et entends résonner son rire fripon dans le silence du couloir.

tamara

— À QUOI TU JOUES ? hurle la voix très, très énervée au bout du fil, si bien que je sursaute. Tu as perdu la tête ?

Eagle se marre et se passe une main sur le visage pour tenter de dissimuler son amusement, pendant que je reçois un savon.

— Merci, dis-je.

Je lui prends le téléphone des mains, planquée derrière la porte pour cacher mon corps nu, et ajoute :

— Tu peux t'en aller, maintenant.

— Dépose le téléphone devant la porte quand tu auras terminé de parler avec ta « môman », se moque-t-il, hilare.

Connard.

Je n'arrive pas à croire que mes parents aient appelé le QG à ma recherche. Bon, je retire ce que je viens de dire. C'était une évidence. Téléphoner à un club de motards, surtout pour me foutre la honte, ne les arrêterait pas.

Mais qui fait ça ? Maxine et Anthony Gallo, bien sûr.

Je ferme la porte au nez d'Eagle, respire un bon coup et me prépare au réquisitoire de ma mère.

— Salut, m'man ! je lance sur un ton désinvolte, comme si l'on se donnait tranquillement des nouvelles.

— Pas de « salut, m'man » avec moi !

Elle respire si fort qu'on la croirait tout juste revenue de sa séance de sport.

— Tu as de la chance que je me trouve à des centaines de kilomètres, parce que si j'étais là, je...

— Maman, je la coupe avant qu'elle menace de mettre fin à mes jours.

Je la vois venir. On est déjà passés par là une ou deux fois, elle et moi.

— Je suis en lieu sûr.

— En lieu sûr ?! hurle-t-elle si fort que je dois écarter le téléphone de mon oreille. Tu te trouves dans un club de bikers plein à craquer de criminels, et tu vas me dire que tu es *en lieu sûr* ? caquette-t-elle comme une foldingue échappée d'un asile. Je ne te croyais pas si bête, Tamara.

— Je suis une adulte. Je sais faire la part des choses et me débrouiller seule. Je savais que papa et toi alliez paniquer si je vous disais où j'allais. Je devais voir un gars pour un truc.

— Un gars pour un truc ? répète-t-elle, la respiration alourdie et le ton bas, ce qui est étrangement plus effrayant. Qu'est-ce que ça veut dire ?

— J'arrive pas à croire que Gigi ait cafté, je grommelle.

— Gigi n'a rien dit. C'est Pike qui a prévenu ton père.

Quel rapporteur, celui-là. Je pensais qu'Austin et Lily ouvriraient leur clapet bien avant que Pike vende la mèche à mon père.

— C'est un con.

— Il l'a fait par sollicitude et a agi en adulte, on ne peut pas en dire autant de toi, rouspète-t-elle. Ton départ l'a inquiété et il ignorait où tu étais allée. J'ai dû demander à James de retrouver ta trace, bon sang ! Imagine le choc que j'ai eu quand il m'a appris que tu te cachais chez les Disciples.

Je m'affale sur le lit. Cet appel va durer. Maxine Gallo en est seulement à l'échauffement et, une fois qu'elle sera lancée, on ne pourra plus l'arrêter jusqu'à ce qu'elle ait obtenu satisfaction.

Le regard tourné vers le plafond, je mémorise chaque craquelure dans la peinture et m'efforce d'ignorer le sermon de ma mère.

— Ce sont des gens bien, maman, soutiens-je lorsque, enfin, elle marque une pause suffisamment longue pour reprendre son souffle. C'est pas des criminels.

— Tu t'entends ?

— Oui.

Je ferme les yeux et jette un bras en travers de mon visage. J'aimerais pouvoir me cacher dans un trou de souris. La confrontation ne m'a jamais posé de problème, hormis avec mes parents. Ces deux-là sont mon point faible, en particulier mon père.

Ma mère me fout la frousse, mais mon père... Je déteste lire la déception dans ses yeux.

— Revenons au *truc*. Tu prends de la drogue ?

— Quoi ? Non ! Je n'ai jamais pris de drogue, maman. Tu le sais.

Nous avons eu des conversations interminables au sujet de la drogue et de ses dangers. Tellement longues que je pensais que mes oreilles allaient se mettre à saigner à force de l'écouter ressasser les effets à long terme et les ravages que ça pourrait infliger à mon corps. Le message est bien passé, et pour esquiver de nouvelles « longues discussions », je me suis tenue à l'écart de la drogue au lycée et à l'université.

Je l'entends bougonner et je l'imagine en train de secouer la tête, marchant de long en large de la cuisine.

— En même temps, je ne pensais pas que ma fille était du genre à fuguer et à se cacher dans un repaire de motards.

— Fuguer ?

J'éclate de rire dans mon coude.

— J'ai vingt et un ans et je ne vis même plus à la maison. En quoi est-ce fuguer ?

— Tu te crois peut-être grande, jeune fille, mais je t'ai donné la vie et je peux te la reprendre aussi, me met-elle en garde.

C'est la même rengaine chaque fois que je remets en cause son autorité.

C'est une réplique typique de mère et c'est hilarant.

Je me mords la lèvre pour taire mon rire.

— Tu ne peux pas me priver de sortie, maman.

— Ton père est tellement fâché contre toi qu'il préfère ne pas te parler pour l'heure. Tu vas regretter de ne pas être privée de sortie en rentrant.

Ce serait encore trop indulgent, et on ne se sent pas d'humeur généreuse.

Eh ben, la vache. Mon rire s'éteint quand j'apprends que mon père est déçu de moi.

— Je m'excuse.

Je pensais qu'il comprendrait. Bon sang, à mon âge, il faisait bien pire.

— Je passe prendre Nita et Malia, et on vient te chercher.

— Certainement pas ! hurle mon père en arrière-plan, si bien que ma mère pousse un grognement dans le micro du téléphone. James et moi irons la chercher dès que ce sera possible.

— Dès que ce sera possible ? lui demande-t-elle.

Je fais une grimace, parce que le véritable pépin ne lui est pas encore arrivé aux oreilles. Elle ne sait pas que je suis confinée.

Du bol.

— Ils sont confinés, putain ! vocifère mon père. Ils sont confinés dans ce foutu QG et ma gamine y est, à attendre de se faire trouer la peau. Elle a intérêt à s'en sortir vivante ou je...

Il continue de parler, mais je n'arrive pas à comprendre ce qu'il dit, parce que ma mère couvre le micro.

Si mon père n'était pas si furax, je piquerais un nouveau fou rire. Si je mourais, que ferait-il de plus ? Il ne pourrait plus me flanquer une correction ni m'envoyer dans ma chambre pour que je réfléchisse à ma conduite merdique. D'un autre côté, je serais morte, et mes parents ne se remettraient jamais de ma perte.

— Dis-lui que je vais bien, je demande d'une voix calme dans l'espoir d'apaiser tout le monde. Je ne risque rien.

— Elle dit qu'elle va bien et qu'elle ne risque rien, répète ma mère, levant certainement les yeux au ciel au moment où elle transmet le message à mon père.

— Elle a perdu les pédales ou quoi ? est sa réponse. Elle est là où se trouvait Gigi quand des types armés ont débarqué et ont canardé le lieu.

Il ajoute d'une voix caricaturale :

— *Oh, t'en fais pas, papa. Je vais bien.* Un tissu de conneries. Allume ton putain de téléphone, Tamara. Tu n'as plus seize ans et tu n'es pas en train de te cacher chez Blake. Tu cours un danger, et je veux te savoir vivante sans avoir à passer sur le corps d'un biker pour vérifier que tu respires encore.

Je me traîne hors du lit et vais chercher mon téléphone dans mon sac.

— Je l'ai rallumé, je confirme, un peu honteuse. Je m'excuse.

— Elle l'a rallumé, chéri.

Ma mère a relayé le message en ajoutant un « chéri » à la phrase, probablement pour tenter d'apaiser ce volcan infernal qu'est Anthony Gallo.

Dès lors que mon téléphone a redémarré, un chapelet d'une centaine de textos, d'une vingtaine d'appels manqués et d'une dizaine de messages vocaux emplit l'écran.

— À mon prochain appel, elle a intérêt à décrocher, aboie mon père, et je tressaille, car je ne l'ai jamais entendu fâché à ce point.

—Je décrocherai.

Je balaie aussitôt les notifications.

— Elle décrochera, répète ma mère. Si elle tient à la vie.

— Je lui enverrai un texto quand on sera en chemin, explique mon père sur un ton un poil plus calme.

Bon, il est encore en colère, je peux l'entendre dans sa voix, mais il ne crie plus.

— Mammoth va me raccompagner, dis-je, pensant aider.

C'est un long trajet. Oncle James et papa sont des hommes très occupés. Ils ont autre chose à faire que de venir me chercher.

— Seigneur, murmure ma mère. Celle-là, c'est le pompon ! Vas-y, toi, parle-lui. J'ai eu ma dose.

— Qu'as-tu dit à ta mère ? me demande mon père, après qu'elle lui a visiblement remis le téléphone entre les mains.

— Papa, j'ai simplement dit qu'on allait me raccompagner. C'est inutile de faire toute cette route pour rien.

Je grimace en attendant le retour de manivelle, car il y en a toujours un quand mon père est fâché.

— Crow te raccompagne ?

Mon visage se chiffonne sitôt que j'entends le nom de l'autre connard. Pike a tout raconté à mes parents.

— Non, pas lui. Crow est un abruti, et puis il est pas là, de toute façon. Il est parti faire...

Je m'interromps. En réalité, j'ignore totalement ce que ces hommes font en pareil cas.

— ... ce qu'il a à faire.

— Attends un peu, tu n'es pas avec lui ?

Je peux entendre la stupeur dans sa voix.

— Je pensais qu'au moins il était là pour veiller sur toi.

Je secoue la tête comme si mon père pouvait me voir.

— Il était pas très content de me voir débarquer ici et il a été le pire des salauds avec moi. Il est parti patrouiller ou faire le genre de truc ce qui se fait en confinement.

— Ils t'ont laissée toute seule là-bas ?

Il inspire brièvement, puis se met à respirer fort, visiblement pris de panique.

— On est là dans trois heures, assène-t-il, comme si j'avais besoin qu'on vienne me sauver.

— Je ne suis pas seule, papa.

Je glisse une fois de plus un *papa* dans la conversation pour lui passer de la pommade et tenter de le rassurer.

— Ils ont chargé un type de ma protection et, quand tout ça sera terminé, il me ramènera à la maison.

Je m'attends à une réponse immédiate, mais n'entends qu'un long silence. Bon, en réalité, il y a sa respiration lourde en fond sonore tandis qu'il digère l'information.

— D'accord ? je hasarde, quand je vois qu'il ne dit toujours rien après quelques secondes.

— Qui est chargé de ta protection ?

— Mammoth.

— C'est son vrai nom ?

— J'en sais rien. Ici, on l'appelle juste Mammoth. Je lui ai pas demandé sa carte d'identité.

— Faites des gosses, qu'ils disaient, marmonne-t-il. Tu verras, ça va être chouette. Le plus gros bobard qu'on m'ait raconté.

— Je t'aime.

Je sais que ces trois mots réussissent généralement à rendre Anthony Gallo un peu plus coopératif.

— Je t'enverrai un texto dès que James aura vérifié les antécédents de ce Mammoth pour te dire s'il a la permission ou non de te raccompagner.

— La permission ?

Je glousse. Il est trop chou, parfois.

— J'ai plus quinze ans, papa. Et Mammoth est un type réglo.

Et il est taillé dans un roc, mais je garde ce détail pour moi.

— Il n'est pas celui qu'on pourrait penser au premier abord. Même que tu l'aimerais bien, si tu le rencontrais.

— Si je le laisse te raccompagner, j'ai bien l'intention de le rencontrer, mais, d'abord, je vais demander à James de se renseigner sur lui. Garde ton téléphone près de toi et attends mon message. Ne quitte pas le QG sans m'en aviser. Attends mon feu vert pour rentrer à la maison.

— Je te préviendrai quand on partira, je rétorque.

Pas question d'attendre le feu vert pour faire quoi que ce soit. Pas à vingt et un ans… Ça, vous pouvez en être sûrs.

— Tamara.

— Papa.

— Quand je t'enverrai un message, pour

l'amour du ciel, réponds-moi pour que je ne commence pas à paniquer, croyant que tu es morte.

— Commencer ? je répète pour le taquiner un peu.

— Ne fais pas la maline.

— J'ai été à bonne école, dis-je avec un sourire.

J'aime tellement mes parents, même s'il leur arrive de me surprotéger.

— Tu vas finir par me tuer.

— Ça fait neuf ans que tu dis ça.

— Ah, ces foutus gosses !

— Tamara, lance Mammoth de l'autre côté de la porte tout en donnant un léger coup sur le bois.

— Je dois te laisser, papa. Je te promets de garder mon téléphone allumé. Essaie de te détendre. Je suis en sécurité.

— Je t'aime, ma chérie, me répond-il d'une voix si basse que je comprends qu'il s'est enfin calmé.

Du moins est-il presque redevenu normal. Pour le moment. L'émotivité de mon père est comme la marée, sauf qu'elle n'est pas soumise à l'attraction des astres, mais portée par ma mère.

— Je t'aime aussi. À très vite.

Je raccroche avant que Mammoth ne soit entré.

La porte s'ouvre et, la tête passée par l'entrebâillement, il balaie la pièce du regard.

— J'ai entendu des voix, déclare-t-il, ses yeux fouillant la chambre comme s'il pensait que quelqu'un s'y cachait.

J'agite le téléphone en l'air pour lui montrer qu'il se fait des idées et que je ne suis en compagnie d'absolument personne.

— Mes parents ont remonté ma trace et m'ont passé un savon.

La porte se referme et, l'instant d'après, Mammoth se tient devant moi.

— Ce n'est pas moi qui les blâmerais.

Il pose une main sur ma joue et me caresse avec le pouce.

— Si t'étais avec moi, je ne te laisserais pas me faire ce coup-là.

Je plonge le regard dans ses yeux de cendre.

— Ah oui ?

— Oui.

— Tu ne me *laisserais* pas te faire ce coup-là ?

Je parviens tant bien que mal à contenir mon rire, parce qu'il est tout sérieux.

Ses lèvres ne frémissent même pas lorsqu'il me dit :

— Je t'allongerais sur mes genoux et je collerais une bonne fessée à ce joli petit cul.

Mes yeux s'arrondissent.

— Tu... tu ferais ça ?

Je ravale ma salive, tout à coup incapable de respirer.

Puis il esquisse un sourire en coin.

— Tu veux me mettre au défi ?

Je lui donne une tape sur le torse et renifle d'un air moqueur.

— Bordel, j'ai cru que t'étais sérieux.

— Je l'étais, affirme-t-il avec un clin d'œil.

Je regarde son beau visage buriné, bouche bée.

— Eh bien, j'ai de la chance de ne pas être avec toi.

— Imagine comme on s'amuserait, toi et moi.

Ma main ferait des heures sup' avec ta manie de faire des bêtises.

— Tu me fais encore marcher.

— Qu'elle est mignonne, murmure-t-il avant de planter ses lèvres sur les miennes, de me pousser sur le matelas et de m'offrir une nuit inoubliable.

mammoth

TAMARA LÈVE les yeux vers moi, la tête posée sur mon torse.

— C'est quoi, ton vrai nom ?

Je caresse son épaule douce et dorée. J'aime la sensation de sa peau sur mon corps.

— J.D.

— J.D. comment ?

— J.D. Saint.

Elle se redresse sur un coude pour me surplomber.

— Monsieur Saint ? demande-t-elle en riant.

— Lui-même, princesse.

— Et J.D. ?

Je secoue la tête, car personne hormis mes parents, l'armée et ceux de ma ville natale que j'ai laissés derrière moi ne sait à quoi correspondent ces initiales.

— Mammoth, dis-je.

Elle lève les yeux au ciel et me donne une tape sur le torse.

— J.D., ça ne veut pas dire Mammoth.

— Tu crois ça ?

Je l'attire au creux de mon bras lorsqu'elle lève de nouveau les yeux au ciel.

— Tu connais mon nom de famille, alors tu en sais bien plus que la plupart des gens.

— Donc je suis une fille un peu à part ?

— Hé, Mammoth ! crie Ginger.

Il martèle si violemment la porte que Tamara sursaute contre moi.

Je l'embrasse sur le front avant de rouler hors du lit et de ramasser mon tee-shirt à terre. Elle a les yeux posés sur moi et ne me quitte pas du regard tandis que j'enfile mon jean et me dirige vers la porte. Je me retourne et lève un sourcil lorsque je la vois, assise, immobile, les seins à l'air.

— Couvre-toi.

Mes yeux plongent sur sa poitrine nue.

— Sauf si tu veux te retrouver le cul en feu pour avoir laissé Ginger se rincer l'œil.

Elle pique un fard et ricane tout en levant le drap sur sa poitrine pour se couvrir le corps.

— Le cul en feu, reprend-elle tout bas, comme si je plaisantais.

J'ouvre la porte pour trouver Ginger adossé au mur d'en face, les bras croisés.

— Tiny a appelé. Ils ont donné rencard aux Vipers dans la matinée pour régler ça sans devoir passer par un bain de sang. Alors soit ça dégénère en cinq sec, soit on lève le confinement demain soir.

Connaissant Tiny, il trouvera un arrangement et un moyen d'acheter la paix, ce qui profitera aux deux camps. Personne ne repartira lésé ou sans contrepartie, pourvu que le sang ne coule pas ou que les balles se mettent à pleuvoir avant d'avoir conclu le marché.

— Pigé, dis-je tout en tenant la porte contre mon épaule pour empêcher ce petit vicieux de rouquin d'entrevoir Tamara.

— Vous voulez pas prendre l'air, tous les deux ?

Il tente de jeter un coup d'œil derrière moi, sans succès.

— Nan ! lui crie Tamara.

La bouche de Ginger se fend en un gigantesque sourire et il secoue la tête.

— T'as fort à faire avec celle-là, frère.

— T'as pas idée, je rétorque. Et, d'ailleurs, t'auras jamais idée.

— J'avais compris, marmonne Ginger dans sa barbe, parce qu'il sait pertinemment que je ne partagerai pas cette fille. On a bien le droit de rêver.

— Réserve ça à ton imagination et censure au passage.

Ginger me décoche un sourire amusé, avant de repartir dans le couloir.

— Tu es déjà à sa botte, lance-t-il d'une voix suffisamment forte pour que je l'entende tandis que je referme la porte.

— Connard, je murmure, avant de me retourner vers une Tamara toute nue et pas couverte pour un sou.

Le sourcil levé, je balaie son corps du regard.

— Les règles et toi, ça fait deux, hein ?

— C'est eux, le problème ?

Elle prend ses seins au creux des mains et

avance à genoux jusqu'au pied du lit. Elle sait exactement ce qu'elle fait.

— Et si tu me donnais une bonne correction ?

Un sourire danse sur ses lèvres et ses yeux pétillent. Elle me teste, adore repousser les limites, et pas que les miennes.

Je réduis la distance entre nous à une telle vitesse qu'elle déglutit et tend le cou pour me regarder.

— Princesse, tu pourrais tenter un ange.

— Ou un Saint.

Elle me décoche un clin d'œil amusé et passe les pouces sur la pointe de ses seins, ce qui détourne mon regard de son visage.

Je penche la tête en avant, frôle ses lèvres et écoute sa respiration saccadée.

— Enfile des vêtements et rejoins-moi au bar. On va te nourrir.

— Mais, murmure-t-elle contre mes lèvres, j'ai envie de baiser, moi.

Je ris de bon cœur. Cette fille me plaît tellement que je me demande si j'aurai un jour ma dose.

— Ravitaillement d'abord, et baise ensuite, princesse.

Elle papillote des yeux, comme si ses cils étaient autant de baguettes magiques capables de me faire plier à sa volonté.

— La baise, ensuite la bouffe, propose-t-elle en guise de troc.

Ça ne marchera pas avec moi.

Je prends sa joue au creux d'une main et plonge mon regard dans ses yeux noisette.

— Tu as besoin d'énergie pour ce que je projette de te faire.

À ces mots, elle bondit du lit et cherche ses vêtements.

— Bouffe d'abord, dit-elle pour elle-même. Tout plein de plaisir ensuite.

Je ris doucement et la regarde prendre le tee-shirt que je portais hier et y passer la tête. Lorsqu'elle tend le bras vers sa jupe, je l'attrape par le poignet et l'arrête.

— Non, dis-je en secouant la tête.

— Non ?

Elle me regarde, les sourcils hauts.

— Non.

— Pourquoi ?

Elle a un petit sourire au coin des lèvres. Elle sait parfaitement pourquoi, simplement elle aime me faire tourner en bourrique. Entre autres.

Je relâche son poignet.

— Reste là.

Je tiens à ce qu'elle porte un peu plus qu'une simple minijupe sans culotte.

— Promis, s'exclame-t-elle, avant de lever une main, les trois doigts du milieu resserrés. Parole de scout !

L'instant d'après, j'ai quitté la pièce et pars à grandes enjambées vers ma chambre pour récupérer un pantalon de survêtement qui pourrait lui aller. Il est archiample et quiconque la verra devra user d'imagination pour deviner ce qui se trouve en dessous.

— C'est quoi, ce truc ? me demande-t-elle, tenant en l'air le jogging gris que je viens de lui placer dans la main.

— Ton pantalon.

Elle plisse le nez et contemple l'étoffe de coton comme si c'était la chose la plus hideuse qu'elle ait jamais vue.

— Tu me refiles les fringues d'une pouffe qu'elle a laissées là après s'être fait jeter ?

J'éclate de rire.

— C'est le mien, princesse. Il n'y a pas un vêtement dans ma chambre qui soit à quelqu'un d'autre que moi. Et puis, combien de filles as-tu croisées ici en survêtements ?

— Ben, aucune, mais...

Elle tend le jogging devant elle. Le tour de ceinture est presque aussi large que ses épaules, et les jambes presque aussi longues que son corps tout entier.

— Qu'est-ce que je vais faire avec ça, moi ?

— Le porter, faire un ourlet, le tirer jusqu'à la poitrine... qu'est-ce que j'en sais ! Fais ce que t'as à faire pour te couvrir le corps.

Elle tourne brusquement les yeux vers moi, les paupières plissées en fentes.

— Qu'est-ce qui va pas avec mon corps ?

Je porte une main à son visage et effleure son menton du pouce.

— Ton corps est parfait.

— Alors pourquoi tu me donnes ça ?

Elle brandit le jogging et me le fourre sous le nez.

Je lui baisse la main et la regarde droit dans les yeux.

— Ce corps, il n'y a que moi qui ai le droit de le voir. Tu veux l'exhiber devant les gars ? Alors toi et moi, tu peux oublier. Tu veux le préserver en portant ce jogging ? Je saurai te remercier, crois-moi.

Elle m'étudie longuement du regard, la bouche entrouverte, la respiration lourde. Elle doit tourner et retourner mes paroles dans sa tête. Pour une fois, elle ne discute pas, ne se montre pas insolente. Elle se décide enfin à reculer et à passer ses petits pieds dans le survêtement, avant de le tirer jusqu'à la taille.

— Et maintenant, je fais quoi ? m'interroge-t-elle, les bras écartés pour me montrer à quel point le vêtement bâille à cause de sa taille toute fine.

J'empoigne les cordons à la ceinture et les noue aussi étroitement que possible. Le tissu forme un amas de plis autour de chaque pied.

—Voilà ! je m'exclame, satisfait.

— J'ai l'air ridicule, s'offusque-t-elle tout en donnant des coups de jambe pour souligner, encore une fois, que le pantalon ne lui va pas.

Je m'agenouille et fais un ourlet de chaque côté pour qu'elle puisse marcher sans trébucher.

— Tu es très belle, dis-je, le regard levé vers elle, parce que j'aime l'allure qu'elle a dans mon grand tee-shirt et mon jogging favori. J'en ferais bien mon quatre heures.

Je lui décoche un clin d'œil.

Elle pose ses mains sur mes épaules et avance, veillant à ce que mon visage soit bien en face de la terre sainte.

— Pourquoi vouloir un casse-croûte quand je suis au menu ?

Je l'attrape par les genoux et la soulève. Elle pousse un cri aigu.

— D'abord, la bouffe, dis-je en la basculant sur mon épaule de façon à ce que son cul se retrouve à hauteur de mon visage. Ensuite, le minou.

— T'es vraiment pas marrant, parfois.

Elle se laisse retomber sur mon épaule et ses doigts trouvent le haut de mes fesses.

— Au fait, la vue est chouette d'ici.

— La mienne l'est aussi, je rétorque tandis que je franchis le seuil de la chambre et l'emporte dans le couloir.

Avant d'arriver à la pièce commune, je lui mords la croupe et serre fermement ses jambes pour qu'elle ne tente pas de m'échapper.

— Aïe !

Elle me frappe une fesse en y mettant probablement toute sa force et tortille son popotin pour le rapprocher de mon visage, parce qu'au fond, elle aime ça.

— T'en fais pas, princesse. Je me rachèterai.

— Encore et toujours des promesses, marmonne-t-elle tout en me griffant la peau du dos.

Un frisson me parcourt le corps.

— Je suis un homme de parole.

— On dirait bien que tu t'es trouvé un nouveau jouet, me lance Eagle sitôt qu'il nous voit.

Il est posé sur un tabouret et sirote un café, qui ne contient probablement pas que de la caféine.

Je le fusille du regard lorsque je sens le corps de Tamara se raidir dans mes bras.

— Va te faire foutre.

— *Nouveau* jouet ? murmure Tamara, dont les fichus ongles, qui me procuraient du plaisir jusqu'ici, me mordent à présent la chair à sang.

— Ignore-le.

Je lance à Eagle un regard qui veut dire : « J'espère que tu t'étoufferas avec une grosse pine dans le gosier et que tu auras une mort lente. »

— Pose-moi par terre, exige-t-elle tout en battant des jambes.

Je ne veux rien entendre.

— Arrête.

Je resserre mon étreinte et laisse Eagle sur son tabouret en priant pour que personne ne soit dans la cuisine.

Ce type est un trou du cul et un emmerdeur. Il ne réfléchit jamais avant de parler.

Ma vie privée a toujours été… privée.

Il sait très bien qu'on doit éviter de déblatérer sur nos histoires de fesses, qu'elles soient sérieuses ou non, en présence de femmes. Je ne mentionne jamais le nom de sa femme, Linda, quand il tente de s'envoyer deux nénettes en même temps.

Tamara garde le silence, les ongles toujours plantés dans ma peau, et reste immobile tandis qu'on arrive à la cuisine.

Je desserre mon étreinte et la fais glisser le long de mon torse jusqu'à ce qu'on se retrouve nez à nez. Ses pieds ne touchent pas le sol, car j'ai toujours les bras autour de sa taille et la tiens là, suspendue.

— Quoi ? gronde-t-elle, sa bonne humeur envolée.

— Princesse, dis-je tout en contemplant cette fille qui a le diable au corps. Est-ce que ça va ?

— Oui, rétorque-t-elle, mais elle m'évite du regard et enfonce ses fichus ongles dans mes épaules.

— Chérie.

— J.D.

Elle suinte la rancœur.

— Tu voudrais être ma régulière, c'est ça ?

Elle tourne brusquement des yeux emplis de colère, de joie et de tristesse vers moi.

— J'en sais rien, mais je veux pas être un nouveau jouet, ça, c'est sûr. Les jouets, ça se remplace et c'est temporaire.

J'esquisse un sourire en coin et contemple cette sublime créature qui veut s'accorder du bon temps tout en refusant d'être une autre fille à rejoindre l'interminable liste de petites meufs sans nom ni visage qui vont et viennent dans ma vie.

— Il n'y en a qu'un, Tamara.

Elle retire ses ongles de ma peau et glisse les bras autour de mon cou.

— Combien de femmes as-tu appelées « princesse » ?

Si je réponds mal, elle me plantera ses griffes pailletées en plein dans la figure. Par chance, je peux me montrer honnête et m'en sortir sans aucune égratignure.

— Toi, c'est tout.

— Que moi ? demande-t-elle tout en clignant des yeux.

— Que toi.

Elle sourit. Le compliment semble avoir fonctionné.

— Malin.

— Honnête. Bon, tu veux des pancakes ou des œufs ?

Elle fronce les sourcils.

— Je cuisine comme un pied.

Je me remets à rire. Je n'attendais pas d'elle qu'elle fasse la popote pour moi.

— C'est moi qui cuisine. Alors, pancakes ou œufs ?

Son visage s'éclaire aussitôt.

— Bien monté, percé et des compétences en cuisine. Tu es l'homme parfait.

— Tu as oublié le talent fou de ma langue, chérie.

— Elle se débrouille, me taquine-t-elle.

Je lui mordille le cou en retour.

— Et si tu m'allongeais sur cette table pour me prouver que j'ai tort ?

— La bouffe d'abord, la baise ensuite, je murmure contre sa peau douce et chaude, avant de la poser à terre. Beaucoup de baise.

— Bon, d'accord.

Elle tourne la tête pour m'embrasser.

Le baiser est langoureux et plein de promesses. Mes mains trouvent ses fesses et pétrissent leur chair rebondie. Elle lâche un gémissement et presse ses seins contre moi. Elle essaie clairement de me pousser à retourner dans la chambre.

Je m'écarte d'elle, pantelant. Une minute de plus, et c'est exactement ce que j'aurais fait.

— Reste assise, lui dis-je tandis que je la pose sur un tabouret près de l'îlot central. Et ne bouge pas.

Elle fait une moue au moment où ses fesses touchent la surface en bois. Si elle paraît toute petite dans cet accoutrement, elle reste incroyablement excitante.

— Ça ne risque pas. Tout ce que je fais est immangeable. Où as-tu appris à cuisiner ?

— Pour commencer, les œufs et les pancakes sont les trucs les plus simples à faire au monde.

— J'arrive à foirer le pain grillé.

Je veux bien la croire, même si je ne connais pas ce problème.

— C'est ma mère qui m'a appris, dis-je, le nez dans le réfrigérateur alors que je récupère tout ce dont j'ai besoin. Quand je vivais encore à la maison, je cuisinais pour nous deux la plupart des soirs.

— Et c'est où, *la maison* ?

Elle se redresse quand je me retourne.

— Ohio, mais j'ai vécu un peu partout.

Elle fronce le nez.

— J'suis jamais allée dans l'Ohio.

— Alors pourquoi cette grimace, ma belle ?

— Il fait froid, là-bas.

— C'est pour ça que je suis ici, je réplique, avant de lui demander : et toi, d'où viens-tu ?

Si elle me l'a dit ou si je l'ai entendu par accident, je ne m'en souviens plus.

— J'ai grandi à Tampa. C'est là où vit ma famille et où je vais passer l'été, mais je fais mes études à Tallahassee.

— L'université d'État de Floride ?

Elle hoche la tête et me scrute avec l'attention d'un faucon.

— Ouep ! T'as fait tes études là-bas ?

— T'es mignonne, je réplique avec un rire tandis que je casse les œufs et déverse leur contenu dans un bol.

— Bah quoi ?

— Si j'avais fait des études, je vivrais certainement pas au QG, à faire ce que je fais.

— Il n'est jamais trop tard, me rétorque-t-elle. Tu pourrais t'inscrire à la fac et suivre des cours avec moi. En tant qu'ancien soldat, tu peux avoir une aide de l'armée pour financer tes études, non ?

— Oui, mais je suis trop vieux pour ces conneries.

— Il me reste une année de fac à tirer. On pourrait traîner ensemble, baiser comme des lapins, réviser nos cours, tu vois... Un bon délire, quoi !

Je secoue la tête, pris d'un fou rire. Cette fille est extraordinaire.

— Ils auraient dû faire appel à toi pour rédiger leurs brochures.

— Quel âge as-tu ? me lance-t-elle tout à coup, sans que je m'y attende.

— Trente ans.

Elle ne cille même pas.

— J'en ai vingt et un.

— Je te pensais plus âgée, dis-je en toute honnêteté, d'autant qu'il ne lui reste qu'une année d'étude.

— J'ai terminé le lycée une année plus tôt.

— Une nana qui en a dans la cervelle. Ça me plaît.

— Donc ça te gêne pas que j'aie seulement vingt et un ans ?

— Toi, ça te gêne que j'en aie trente ? je réplique du tac au tac.

Elle secoue la tête.

— Je préfère sortir avec des hommes un peu plus vieux.

Puis elle me sourit.

— Ceux de mon âge sont…

— Des petits joueurs, je lance aussitôt.

Parce que, franchement, ces jeunes ne devraient pas être baptisés « génération Z » ou millennials, ou je ne sais à quelle dénomination à la con on est arrivé. On devrait les appeler « génération L » pour lopette.

— Je ne te le fais pas dire ! renchérit-elle.

L'espace d'une minute, il y a un silence. Elle me regarde préparer la pâte à pancakes et battre les œufs.

— Tes parents vivent toujours en Ohio ?

— Non, ma mère a déménagé il y a quelque temps pour se rapprocher de moi.

Elle fronce les sourcils.

— Qu'est-il arrivé à ton père, si ce n'est pas indiscret ?

Je décroche deux poêles suspendues au-dessus de la gazinière et les pose sur les brûleurs.

— Je l'ai jamais connu. Il est mort avant ma naissance, durant l'opération *Tempête du désert*, pendant la guerre du Golfe.

— Je suis navrée, murmure-t-elle, une main sur sa bouche.

Je lui décoche un sourire, car elle n'a pas à être peinée.

— Ne sois pas triste. Mon père est mort en héros et, dans ma tête, il sera *mon* héros à jamais. J'ignore ce que j'ai raté. Ma mère est restée célibataire jusqu'à ce que je sois grand et que je quitte la maison. Avoir un père aurait été cool, j'en suis sûr, les choses auraient été plus simples, mais j'ai eu une belle vie. Ma mère y a veillé.

— Ça reste triste.

Elle baisse les yeux sur ses mains, qu'elle pose sur ses cuisses, et se tord les doigts.

— Je n'imagine pas ma vie sans mon père.

— Parle-moi de tes parents, je demande tandis que je prépare notre petit déjeuner.

Mon passé triste, ça va cinq minutes.

— Eh bien, ma mère est cinglée...

Je jette un regard surpris dans sa direction qu'elle élude par un geste de la main.

— Pas au sens littéral, explique-t-elle en riant. C'est juste qu'elle est... exaltée. Mon père est cool parfois, et c'est vraiment mon meilleur ami.

— Des frères et sœurs ?

— J'ai un petit frère, Asher. C'est un petit con, mais je l'aime aussi. Et puis, il y a mes cousins et mes cousines. On est tellement nombreux, tu te grillerais les neurones.

— Ça doit être sympa d'avoir une grande famille.

— Tu n'as pas d'oncles et tantes ? me demande-t-elle tout en me regardant d'un air fasciné, comme si elle n'avait jamais vu un mec cuisiner auparavant.

— J'en ai quelques-uns, mais ils vivent tellement loin qu'on ne se voit que pendant les vacances et pour les enterrements.

— Je supporterais pas !

Elle descend du tabouret et me rejoint devant la gazinière.

— Nous, on passe notre vie ensemble. Tous les week-ends, mes grands-parents organisent un repas de famille chez eux. Et puis, mon père tient un salon de tatouage avec ses frères et sa sœur. Gigi, ma cousine, qui est la petite amie de Pike, et moi, on a fait nos études ensemble. C'est vraiment la première fois que je pars à l'aventure toute seule.

Je quitte les pancakes des yeux pour contempler son délicieux visage.

— Et tu as débarqué ici, et ça aurait pu très mal se terminer.

Elle pose une main sur mon biceps et se penche au-dessus de la gazinière pour jeter un coup d'œil au petit déjeuner qui prend forme.

— Sauf que non. J'ai ce gars sexy et torse nu, qui cuisine pour moi et me donne des orgasmes. Je dirais que ça s'est plutôt bien goupillé.

— Tu as eu de la chance.

— Toi aussi, me rétorque-t-elle avec un clin d'œil.

— Quand je te ramènerai chez toi demain, à quel danger dois-je me préparer ? je demande, mi-amusé, mais majoritairement sérieux.

Ses yeux s'écarquillent.

— Demain ?

Je hoche la tête.

— Il y a de grandes chances pour que le confinement soit levé, et j'ai ordre de te ramener chez toi.

La tristesse que je lis dans son regard me peine. Elle me lâche le bras et repart s'asseoir sur le tabouret.

— Tout ira bien. Ils s'en remettront et je m'en remettrai.

La véritable question est... m'en remettrai-je, moi ?

LE QG des Disciples en pleine bringue et le QG des Disciples en confinement sont deux endroits bien différents. Envolés la musique, les rires, et l'éclate générale.

Barbant est un euphémisme.

Sans la présence de Mammoth, j'aurais probablement déjà fait le mur. Bon, je me serais sans doute fait descendre en pleine action, mais le danger rehaussé d'un trait de stupidité ne m'a jamais arrêtée.

Mammoth est parti depuis deux heures, me laissant ici avec pour seule occupation la bière, les jeux sur mon téléphone et l'échange de regards assassins avec Sadie.

Cette pouffiasse n'a pas cessé de me toiser et de casser du sucre sur mon dos, parce que dans sa caboche de détraquée, Mammoth est son mec. Ou, du moins, elle aimerait qu'il le soit, en dépit du nombre de fois où il l'a remise à sa place.

— Mammoth sera rentré d'ici une heure, me

lance Eagle, qui s'installe sur un tabouret non loin de moi.

Pas à côté de moi.

On dirait que j'ai la peste. Les membres du club ne se hasardent pas à m'approcher à moins de quelques mètres, en raison de je ne sais quelle maladie contagieuse et invisible dont je suis porteuse.

— Bien.

Je hoche la tête sans prendre la peine de regarder l'ancien qui s'est toujours montré gentil avec moi.

— Tout va bien, ma fille ?

J'ignore pourquoi je me mets à glousser. Le fait qu'il m'appelle *ma fille* me donne carrément envie de me bidonner. Peut-être est-ce sa manière de le dire. Ça n'a rien de mignon. Ce n'est pas méchant non plus, mais c'est clairement drôle.

— Ça va, mon garçon, je réplique entre deux accès de rire et coule un regard dans sa direction lorsque son visage se froisse.

— *Mon garçon* ? grommelle-t-il, comme si je venais de flanquer un coup de poing dans sa bedaine à bière. Je suis plus vraiment un petit garçon.

— Eh bien...

Je m'essuie la bouche du revers de la main et tâche d'arrêter de rire. Lorsque je tourne la tête vers lui, j'ai plus ou moins repris mon sérieux, ou peu s'en faut.

— ... je ne suis plus une petite fille non plus, Eagle.

Il me dévisage, son regard passant sur mes traits pour mieux me jauger.

— Tu es plus proche de la petite fille que je ne le suis du petit garçon. À mes yeux, tu es un bébé.

Je note que ses cheveux sont gris, en grande partie, et sa barbe poivre et sel. Il est bien plus âgé que moi et touche probablement sa retraite.

— Tu appelles toutes les jeunes femmes « ma fille » ?

Je fais la conversation pour passer le temps, principalement, et un peu par curiosité aussi.

Un coin de sa bouche est agité par un tic tandis qu'il porte sa bière aux lèvres, les yeux plissés.

— Honnêtement ?

Je hoche la tête.

— Les prénoms et moi, ça fait deux. Je préfère utiliser « ma fille », « chérie », « trésor » et des conneries dans le genre. Comme ça, j'ai moins de risques de m'attirer des emmerdes.

Le rire qui s'était éteint dans ma gorge revient tonitruant.

— Elles sont au courant ?

Il hausse les épaules et avale une lampée de bière, alors qu'il me fixe toujours par-dessus le goulot de sa bouteille.

— Je pense que la plupart s'en foutent royalement.

Il a probablement raison. Mammoth pourrait appeler Sadie par n'importe quel appellatif qu'elle irait encore s'emmancher sur sa queue, comme si sa vie dépendait de l'empalement en question.

— Donc tu sais pas comment je m'appelle ?

Il repousse sa bouteille pratiquement vide sur le comptoir et pose son bras costaud sur le bois.

— Je sais que t'es une Gallo et la cousine de

Gigi, mais à part ça... rien d'autre. Donc tu t'appelleras « ma fille ».

— Ça se tient.

Je souris au vieil homme. J'aime sa désinvolture et son côté affable. J'imagine qu'il doit ficher sacrément les jetons, par moments, mais pas là, à boire une bière et à discuter le bout de gras.

— J'ai connu pire insulte, conclus-je.

— Eagle, résonne la voix de Ginger dans la pièce commune. Je peux te voir cinq minutes ?

Et, en un clin d'œil, Eagle n'est plus là.

Pas un au revoir.

Pas un bref salut de la tête.

Il est simplement descendu du tabouret, a traversé la pièce et a disparu par la porte d'entrée, Ginger sur ses talons.

Je me retourne vers le bar et m'empare de mon téléphone, offrant mon dos à Sadie et les autres prostituées, toujours regroupées sur le canapé.

Je sais qu'elles parlent de moi. Je peux entendre des bribes de leur conversation, mais je n'engage pas le fer. Je me défends plutôt bien, mais des prostituées de bikers, c'est l'inconnu, pour moi.

Gigi : OMG. On m'a dit que le QG était bouclé. Ça va ?

Moi : Tu m'as balancée, espèce de garce.

Gigi : C'est Pike qui t'a balancée. Moi, je t'ai couverte.

Je lui envoie une photo de moi faisant un doigt d'honneur. En vérité, la colère et la sensation de trahison que j'ai ressenties après avoir parlé à mes parents se sont envolées depuis.

Gigi : Connasse. T'as disparu. Que voulais-tu qu'il fasse ?

Moi : Fermer son clapet.

Gigi : Y a pas de secrets dans cette famille.

Moi : J'en ai quelques-uns sur toi qui pourraient choquer tes parents, et pas qu'eux.

Je ponctue le message par un smiley clin d'œil.

Gigi : Si tu fais ça, tu te fous aussi dans la merde, grosse maline. Tu veux balancer les dossiers ? Je suis prête.

Merde. Elle a raison. À chacune de ses âneries, j'étais à ses côtés. Lily aussi. Les trois mousquetaires de la connerie.

Gigi : Comment va Crow ?

Moi : C'est un crétin et un enfoiré.

Gigi : Merde ! Qu'est-ce que tu branles encore là-bas ?

Moi : Pas Crow, en tout cas.

Gigi : Alors, quoi ? Tu joues à Candy Crush ?

Moi : Non. Y a un autre gars. Un nouveau gars.

Gigi : Bordel, t'es incroyablement cochonne. Je crois bien que c'est ce que j'aime le plus chez toi.

Moi : T'es où, là ?

Gigi : Au salon. Ton père fait grave la gueule. Tu vas prendre cher en rentrant.

Moi : L'éclate.

Gigi : J'espère que ça en valait la peine.

Moi : À fond !

Gigi : Raconte, meuf ! C'est qui, cet autre type ?

Je fixe des yeux l'écran de mon téléphone. Le

curseur clignote. Je me demande si je peux lui en parler. J'ai conscience que tout ce que je lui dirai arrivera directement aux oreilles de Pike.

Et s'il détestait Mammoth ?

Il connaît tous les types du club, du moins ceux qui y étaient lorsqu'il y vivait. Je détesterais qu'il lâche une vacherie sur son compte pour me gâcher le moment.

Moi : Mammoth.

Gigi : Son nom ne me dit rien.

Je l'imagine déjà, assise sur son siège de tatoueur, en train de se pencher vers Pike pour lui parler à l'oreille et le questionner sur Mammoth.

Gigi : Pike dit que Mammoth n'était pas là quand on a fait la bringue au QG.

Gigi : ...

Après le commentaire de Pike, trois points de suspension restent affichés durant une éternité. Elle m'écrit visiblement une dissertation sur Mammoth, et je doute que la conclusion soit en sa faveur.

Gigi : Pike dit que le mec est réglo, mais qu'il ne faut pas s'y frotter. Il te dit de calmer tes ardeurs, de passer ton chemin et de ne pas bouger de son ancienne chambre. Mammoth n'est pas le genre de type qu'une fille comme toi devrait fréquenter.

Je regarde l'écran en clignant des yeux, piquée au vif, et relis les mots tout en secouant la tête. *Une fille comme toi* est une remarque que je n'ai jamais aimé entendre ou lire. Le meilleur moyen de mettre fin à cette conversation ? Acquiescer à ce que Pike dit. De toute façon, il ne me reste plus que quelques heures avant de rentrer à Tampa et de me faire enguirlander pour avoir voulu profiter de la vie.

Moi : À vos ordres, chef ! Je dois te laisser. Je vais à la cuisine pour choper un truc à manger.

Gigi : Ne fous pas le feu au QG. On connaît tes talents culinaires.

Je lui renvoie mon doigt d'honneur. Je ne vois pas pourquoi elle se prend pour Maïté. Elle ne vaut pas tellement mieux que moi en cuisine, elle qui est tout juste capable de rendre un Bolino mangeable. Parce qu'elle n'en a jamais foiré un, contrairement à moi, elle se croit apte à animer une émission de cuisine.

Je n'ai pas fait deux pas après m'être écartée du bar, que Sadie est derrière moi, ses talons hauts de traînée claquant sur le sol en béton. Je fais volte-face pour être nez à nez avec elle, bien décidée à ne pas me laisser intimider.

Elle rejette ses cheveux blonds derrière l'épaule et me regarde d'un œil mauvais.

— Demain, quand tu seras partie, Mammoth sera à moi. Rentre-toi ça dans le crâne. Profite pendant que tu peux, mais d'ici vingt-quatre heures, je ferai en sorte que tu ne sois plus qu'un vague souvenir.

Je plaque un sourire sur mon visage. Cette pouffiasse n'arrivera pas à m'énerver. Elle se donne pourtant du mal. Elle n'a pas cessé de me chercher des noises depuis que j'ai franchi les portes du QG et que Mammoth m'a préférée à elle.

—Je suis à peu près certaine qu'après mon départ, tu n'auras pas plus tes chances avec lui, je rétorque en ricanant. Tu peux dire ce que tu veux, Sally...

J'ai fait exprès de fourcher sur son nom pour la faire chier.

— ... je sais que les faux seins, les perruques et les personnalités en carton, c'est pas son délire.

Elle penche le buste en arrière et, de ses yeux haineux, me toise de la tête aux pieds. Je porte toujours les vêtements de Mammoth et n'ai absolument rien de sexy dans cet ensemble archiample.

— Je suis ici depuis longtemps, trésor. J'en ai vu défiler, des femmes à son bras. Je connais ses goûts. T'en fais pas partie.

— Je rentre peut-être pas dans ses critères, mais, chérie...

Je lui rends le regard qu'elle me jette, plein de haine et de dégoût.

— ... t'en fais pas partie non plus. Jamais tu ne monteras dans le *Mammoth Express*, peu importe le nombre de tickets que t'as achetés.

Je ne sais absolument pas ce que je raconte. Je suis persuadée qu'elle non plus. De toute manière, Sadie ne semble pas avoir la lumière à tous les étages, car elle ne cille même pas devant la connerie que je viens de balancer.

— Tu crois que tu peux sortir avec lui, hein ?

Elle éclate de rire, tête renversée. Ses cheveux, eux, ne bougent curieusement pas d'un pouce. Cette conne doit avoir une réserve de laque inépuisable cachée quelque part pour que sa tignasse ait plus l'air d'un casque que d'un ensemble de mèches séparées.

— T'as la version édulcorée de Mammoth,

poursuit-elle. Le véritable Mammoth, tu l'as jamais rencontré, trésor. Il a besoin d'une vraie femme pour satisfaire sa faim et ses envies.

C'est à mon tour de la regarder, les yeux grands ouverts. Je décortique sa déclaration mot à mot. Je me demande bien de quoi elle parle et me dis qu'elle frôle le déséquilibre mental.

— Il me paraissait plutôt satisfait après que je l'ai sucé, Sadie, je réplique tout en haussant les épaules et souris avec suffisance lorsque son visage devient rouge. Il paraissait encore plus satisfait après m'avoir sautée... à répétition.

Elle fait un pas vers moi, le regard féroce.

— Tu veux savoir qui est le véritable Mammoth ?

— Je connais le véritable Mammoth, pétasse.

— T'es déjà allée dans sa chambre ?

Je secoue la tête et suis tout à coup agacée. Sadie l'a-t-elle vue, elle ?

— Entres-y et tu verras qui il est vraiment. Pas le genre de minets avec lesquels t'as fait mumuse. On verra si t'as ce qu'il faut pour tenir la route avec ce mec, une fois que t'auras vu ce qu'il cache. Quand t'auras compris que t'es dépassée, je serai là pour veiller à ce qu'une vraie femme puisse satisfaire ses besoins et ses goûts.

Elle tourne les talons et repart d'un pas raide vers le canapé où se trouvent toutes les femmes qui nous regardent, les yeux ronds et bouche bée.

— Quatrième porte à droite ! s'exclame-t-elle.

— T'aurais pas dû faire ça, reproche l'une d'elles.

— Tu sais bien que Mammoth déteste qu'on

étale sa vie privée, ajoute une autre au moment où Sadie s'assied au milieu du groupe de catins.

— Il va être furax contre toi, annonce une troisième avec une grimace.

— Je les emmerde, lui comme elle, réplique Sadie tandis que je repars vers les chambres. Elle croit lui convenir, mais elle se fourre le doigt dans l'œil. Il est temps pour la petite chérie de retourner là d'où elle vient et de laisser les grandes filles se charger de Mammoth.

J'avais la ferme intention de retourner dans ma chambre. Enfin... l'ancienne chambre de Pike. J'ai même la main posée sur la poignée et suis occupée à la tourner, quand les paroles de Sadie et ma curiosité ont raison de moi.

Je jette un coup d'œil dans le couloir, d'abord à droite, puis à gauche, avant de me faufiler jusqu'à la porte de la chambre de Mammoth. Je reste plantée là, à contempler la boiserie sombre, à me dire que je dois repartir et me mêler de mes oignons. Je n'ai jamais aimé qu'on entre dans ma chambre sans y avoir été invité et je suis certaine que Mammoth non plus.

D'un autre côté, je l'ai sucé et je l'ai laissé me baiser sous toutes les coutures, lui offrant orgasme après orgasme. J'ai bien le droit de savoir. Je l'ai mérité, non ?

Je jetterai un tout petit coup d'œil.

J'entre et je ressors.

Rapidos.

Sans toucher à quoi que ce soit.

Une mission de reconnaissance, rien de plus.

Du moins, c'est ce que je me dis avant de

pousser la porte de sa chambre et de la refermer aussitôt, sans bruit, derrière moi.

Au premier abord, c'est une simple chambre à coucher. Rien ne sort de l'ordinaire, si ce n'est à quel point elle est propre et ordonnée pour une piaule de biker.

À l'intérieur se trouvent un lit à la finition en métal contre un des murs, un banc en cuir qui siège au pied, une commode et une vieille malle de voyage comme on en voit chez les antiquaires. Les murs sont peints en noir et aucun cadre n'y est accroché. Aucune photo de femmes ni même de sa propre mère ne décore les murs ou ne coiffe la commode.

J'ignore de quoi Sadie parlait. Il n'y a rien de bien extraordinaire dans la chambre de Mammoth, hormis la propreté. D'aussi loin que je m'en souvienne, je n'ai jamais couché avec un mec qui fait son lit. Pas même une chaussette ne traîne au sol, jetée à la volée et oubliée là, comme j'en ai déjà vu dans chaque dortoir étudiant.

Si Sadie pensait que ça me ferait fuir, c'est raté. Je n'ai aucune envie de ramasser derrière un cradingue durant le restant de mes jours.

J'avale ma salive de travers à cette pensée.

Mais qu'est-ce que je raconte ?

Le restant de mes jours ne devrait même pas me venir à l'esprit quand je pense à Mammoth ou à un autre homme d'ailleurs.

Je suis trop jeune pour me caser.

Trop jeune pour me promettre à un seul mec.

J'ai une vie à mener.

Des hommes à butiner.

Des grandes aventures à vivre.

Avant de quitter la chambre, je sais que quelque chose m'a échappé. Le radar *Tamara* est en surrégime et me dit de creuser, de fouiner et de faire toutes ces choses qui me donneraient envie de frapper Mammoth en plein dans les balloches s'il me faisait le même coup. Il doit rester environ dix minutes avant son retour, ce qui me laisse peu de temps pour comprendre ce qu'a voulu me dire Sadie.

Aussi, je fais ce que ferait n'importe quelle fille dans mon cas : je commence par le placard et ne trouve rien, hormis une dizaine de tee-shirts rangés par couleur, ainsi que dix jeans et une veste en cuir noir. J'en effleure la peau tannée du bout des doigts et me demande de quoi Mammoth a l'air lorsqu'il la porte. Il ne doit pas en avoir beaucoup l'utilité en Floride. Il ne fait jamais assez froid pour la rendre nécessaire.

Je baisse le regard et prends note des bottines au sol, soigneusement alignées et rangées par paires. Ça n'a rien à voir avec mon placard dans lequel je jette mes habits n'importe comment en me disant que je trouverai bien ce que je cherche en temps voulu.

Si Sadie pense qu'un homme ordonné fait peur... alors elle est plus cinglée que je ne le pensais, et je note pour moi-même de ne plus jamais écouter cette timbrée.

Lorsque je referme la porte du placard et recule, je manque de me ramasser sur l'énorme coffre dont j'ai oublié la présence contre le mur, derrière moi. Après avoir lâché une bordée d'injures, parce que, bordel, ce foutu cerclage en métal m'a fait un mal de chien quand je me suis cogné le talon dessus, je m'agenouille et passe la main sur le couvercle de la malle. Je sais que je ferais mieux de partir. Cet homme a été extraordinaire, et je viole son intimité, ce qui est mal.

Tellement mal, mais c'est plus fort que moi.

— Qu'est-ce que tu fais ? résonne la voix de Mammoth, qui entre dans la chambre, aussi silencieux qu'un ninja, au moment où je lève le couvercle.

Je me fige, les yeux écarquillés, car je sais que je vais avoir de gros ennuis.

mammoth

TAMARA LÂCHE le couvercle de la malle et retombe sur ses fesses, avant de ramper à reculons comme si une abeille l'avait piquée.

— Rien, Mammoth. Je te le jure. J'étais... je suis désolée. Je voulais pas...

— Princesse.

Je vois bien qu'elle est effrayée.

Tamara a beau être une pipelette, elle ne parle jamais aussi vite.

Je me laisse tomber à genoux derrière elle, plaque le torse contre son dos et l'entoure de mes bras.

— Respire, bébé.

Elle est au bord de la syncope, la poitrine soulevée de petites saccades.

— Je suis vraiment, vraiment, vraiment désolée.

Elle secoue la tête et ne se calme pas dans mes bras.

Mes lèvres trouvent son cou et j'embrasse la peau délicate au creux de sa mâchoire.

— Je ne suis pas fâché.

Même si je le devrais. Elle était occupée à fureter dans mes affaires à la recherche de Dieu sait quoi et y a trouvé quelque chose qu'elle ne comprend probablement pas.

— C'est Sadie qui m'a dit de le faire.

Elle déglutit et incline la tête, ce qui me donne accès à sa gorge.

— J'aurais pas dû, je le sais, ajoute-t-elle.

Je resserre les bras autour d'elle, les mains sur son ventre et les lèvres sur sa peau.

— C'est pas grave, dis-je encore, parce que les mots que j'ai prononcés plus tôt ne semblent pas avoir été assimilés. Du calme.

Elle tourne la tête vers moi et me regarde.

— Tu n'es pas fâché ?

Elle paraît surprise et je dois bien admettre que j'en suis un peu stupéfait moi-même.

Si j'avais trouvé n'importe qui d'autre en train de fouiller dans mes affaires, j'aurais pété un plomb.

Je secoue doucement la tête et effleure son cou du bout du nez.

— Non, je ne suis pas fâché, mais on ferait bien de faire un point sur la définition du mot « intimité », toi et moi.

— Je n'avais pas le droit d'envahir ton espace personnel. Je me suis laissée influencer par Sadie.

— Foutue Sadie, je lâche entre mes dents. Ne te laisse jamais manipuler par qui que ce soit, surtout par une fille comme elle.

Tamara se tourne dans mes bras et passe ses jambes sur les miennes pour s'asseoir sur mes cuisses.

— Elle m'a dit que je n'étais pas ton genre. Que je ne connaissais pas le vrai Mammoth. Que demain, je ne serais rien qu'un souvenir et que tu te tournerais vers une femme qui correspond à tes goûts.

Je la prends par la taille et la serre fermement, le visage doux.

— C'est Sadie qui n'est pas mon genre. Cette fille est amère, parce qu'elle a beau se jeter sur moi, je la rejette systématiquement. Je n'aime pas les hypocrites. Je n'aime pas jouer non plus, et Sadie se résume à ça.

Une moue se dessine sur les lèvres charnues de Tamara.

— Mais, moi, je suis ton genre ?

— Je t'ai mise dans mon lit, non ?

Elle passe ses bras autour de mon cou.

— Techniquement, nous avons fait l'amour dans l'ancien lit de Pike, et pas dans le tien.

Elle me décoche un sourire en coin.

— Ça va changer, dis-je tout en lui relevant le menton pour qu'elle me regarde dans les yeux. Ce soir, tu seras dans mon lit.

— Peut-être.

Elle ravale sa salive et fait papilloter ses yeux noisette.

— On devrait peut-être rester dans la chambre de Pike.

— Pourquoi ?

— J'aime l'idée que tu n'as couché avec personne d'autre, là-bas.

Elle jette un regard en direction de mon lit, avant de m'offrir à nouveau ses yeux.

— Disons que ça me plaît de savoir que je fais l'amour avec toi là où tu ne l'as fait avec personne d'autre avant.

Je ne parviens pas à contenir le sourire qui s'étire sur mon visage.

— Princesse, personne n'a couché dans mon lit, hormis moi.

Elle cligne des yeux, se mord la lèvre et me regarde comme si je la faisais marcher.

— Personne ?

— Personne.

— Mais tu…

— Je donne pas dans les nénettes du club. Et je n'aime pas partager. Je ne saute pas les filles qui sont volontaires juste pour le principe de s'envoyer en l'air. Avant toi…

Je marque une pause. Je n'arrive pas à croire ce que je vais dire, seulement je dois le faire.

— Je n'ai jamais baisé qui que ce soit au sein du QG. Quand je couche avec quelqu'un, ce n'est jamais ici. Je ne fais jamais entrer qui que ce soit dans mon lit, que ce soit pour baiser, dormir, ou autre.

— Pourquoi ?

— Je préfère séparer ma vie professionnelle de ma vie privée.

Elle hoche la tête comme si elle saisissait, mais je ne suis pas certain qu'elle me croie ou comprenne réellement ce dont je parle.

— Peut-on discuter de ce qu'il y a dans la…

Elle fait un signe de tête en direction de la malle.

— Qu'as-tu vu ?

Je préférerais ne pas trop entrer dans les détails, surtout si elle n'a rien vu.

— Pas grand-chose.

Elle hausse les épaules, incapable de me regarder dans les yeux.

— Tu es entré et j'ai eu tellement la trouille que je n'ai pas eu le temps de...

— Farfouiller ?

Je lève un sourcil.

— Eh bien... euh... oui, balbutie-t-elle avec un sourire timide. Je m'excuse.

— Je n'ai rien à cacher.

Je repousse une épaisse mèche de cheveux noirs derrière son épaule et mes doigts s'attardent sur sa clavicule.

— À toi, du moins.

— Mammoth, t'es là ? tonne la voix d'Eagle, suivie d'un martèlement à la porte de ma chambre. Enlève ta queue de cette fille. On a un club à gérer.

— Fait chier, je lâche avant de glisser la main depuis sa taille jusqu'à son derrière et de donner deux tapes à ces pulpeuses petites fesses. Le devoir m'appelle.

Elle descend de mes cuisses et s'assied en tailleur sur le sol de ma chambre tandis que je me remets debout.

— Ne te gêne pas pour moi, me dit-elle.

Elle sourit comme si elle l'avait échappé belle.

— Qu'y a-t-il ? je demande à Eagle avant même d'avoir complètement ouvert la porte.

Je le trouve bras croisés. Il ôte le cure-dent qu'il a entre les lèvres et m'annonce :

— Le confinement est levé. Les gars ont tiré les choses au clair. Ils rentrent. Ils seront là d'ici dix minutes. Tiny demande à ce que t'attendes après la réunion pour raccompagner la fille chez elle.

— C'est noté.

Je commence à refermer la porte quand sa grosse paluche s'écrase contre la boiserie et m'arrête dans mon mouvement.

— On dit que Crow est furax, rapport à...

Il fait un signe de menton en direction de l'endroit où est assise Tamara, qui nous regarde et ne perd pas une miette de notre conversation.

— ... ce qui se passe entre la petite et toi.

— C'est pas ses affaires.

Eagle hoche la tête comme s'il était d'accord, bien que son opinion ne compte pas, et lève les mains au ciel.

— Pas mes histoires. Je ne fais que te répéter ce que j'ai entendu, parce que t'es un ami, Mammoth. Cette info, t'en fais ce que tu veux.

— Merci, dis-je enfin, parce que je me suis montré con.

À la simple évocation de Crow et Tamara, j'ai le sang qui bouillonne, et Eagle n'a rien fait pour mériter ma colère.

— On se retrouve à la Chapelle, me lance-t-il tout en s'éloignant dans le couloir. Dans dix minutes.

Lorsque je me retourne, Tamara est debout et se tient au milieu de la pièce.

— Alors, ça y est, hein ?

Je me frotte les mains et pousse un soupir, tâchant d'ignorer le nœud qui me serre l'estomac.

— J'en ai bien peur, princesse.

Ses lèvres s'affaissent aussitôt.

— Je pensais qu'on aurait plus de temps. Je ne suis pas vraiment prête à partir...

Elle donne un coup de pied dans le sol et baisse les yeux.

Je marche vers elle, la prends par la taille et l'attire tout contre moi.

— On s'est bien amusés, pas vrai ? je murmure contre ses lèvres.

Je voudrais l'embrasser jusqu'à la fin de mes jours.

Jusqu'à la fin de mes jours ?

Putain.

Jamais de ma vie je n'ai employé ces mots. Pour qui ou quoi que ce soit. Mon existence, au club et en dehors, ne s'est jamais prêtée au long terme. Seulement, il y a un truc chez cette fille, un truc sur lequel je n'arrive pas à mettre le doigt, qui me pousse à aller sur un terrain sur lequel je ne devrais pas m'aventurer.

Elle ne me regarde pas, ne m'offre pas ces iris noisette qui donnent à ma queue cette furieuse envie d'être enfouie en elle en permanence. De la faire sienne. De la posséder. De la réclamer.

— Ici, ce n'est pas un endroit pour quelqu'un comme toi. Ma vie est...

Comment expliquer à une personne étrangère à cette existence ce à quoi elle ressemble de l'intérieur ? Encore plus à une adorable jeune femme, qui a été élevée bien différemment.

— Je comprends, assure-t-elle contre mon torse.

Je place mes doigts sous son menton et l'oblige à me regarder dans les yeux.

— Non, tu ne comprends pas.

Ses épaules s'affaissent.

— Si, vraiment.

Elle soupire, avant d'ajouter :

— On a passé un chouette moment, pas vrai ?

— Le meilleur.

J'aurais aimé pouvoir lui offrir davantage.

— Par contre, dis-je, ne refais plus un coup comme ça. Compris ?

Un sourire hésitant se dessine sur son visage.

— Mais je ne t'aurais pas rencontré, autrement.

Elle marque un point. D'un autre côté, que se serait-il passé si je n'avais pas été là lorsqu'elle a franchi cette porte ?

— Promets-moi de ne pas recommencer, Tamara.

— Ouh ! s'exclame-t-elle d'une voix modulée. On m'appelle par mon prénom. Ça ne rigole plus.

Mes doigts se resserrent à sa taille et l'agrippent juste au-dessus des hanches.

— Il aurait pu t'arriver des bricoles. Tu as de la chance que Morris et Tiny apprécient ta famille. Ç'aurait pu se passer complètement différemment.

Elle me regarde droit dans les yeux et, sans ciller, me sort :

— Je suis une grande fille. Je m'en serais sortie toute seule.

La colère qui bouillait dans mon ventre se met à

déborder et se répand dans mes veines comme de la lave en fusion.

— Chérie, je murmure, tâchant de ne pas crier, grande fille ou non, ce n'est pas un truc à prendre à la légère. Dans un tout autre club de motards, avec un tout autre biker, cette histoire aurait pu très mal se terminer. Grande ou petite, on s'en fout. Quand tu te retrouves avec un flingue pointé sur la tempe, c'est l'autre qui est maître de la situation, pas toi.

— D'accord, je te le promets, J.D., souffle-t-elle pour tenter de me calmer, mais elle échoue lamentablement.

Lorsqu'elle entend le rugissement des moteurs dans la cour, elle se dégage de mes bras.

— Tu ferais bien d'aller retrouver les gars à la Chapelle.

— On n'a pas terminé, lui dis-je, le regard braqué sur elle.

Elle tourne la tête et, m'ignorant délibérément, regarde par la fenêtre qui surplombe la malle.

— Notre aventure s'arrête là. Te sens pas obligé de me raccompagner chez moi. Je trouverai quelqu'un d'autre pour me ramener.

— Mon cul, princesse ! Je veux tes fesses posées à l'arrière de ma bécane dans moins d'une demi-heure, direction Tampa, et on ne discute pas.

Elle tourne brusquement les yeux vers moi et les plisse jusqu'à ce qu'ils deviennent deux petites fentes.

— Je ne sais pas à qui tu t'adresses, mais, même si on s'est bien amusés, je ne suis pas à ta disposition.

Je ne lui laisse pas le temps d'ajouter quoi que

ce soit et réduis la distance entre nous pour lui empoigner le menton. J'en ai assez de ses manières.

— Écoute, j'ai saisi que t'étais une dure à cuire et que t'avais besoin de personne, moi y compris, mais ça marche pas comme ça avec moi.

Si ses yeux noisette flambent de colère, elle ne fait rien pour me repousser.

— Alors soyez prêts dans une demi-heure, toi et ton joli petit cul. Pigé ?

— Reçu cinq sur cinq, J.D., lâche-t-elle, le nez froncé.

J'aime son culot et ce mordant dont elle n'arrive pas à se départir, même avec moi.

— Tu restes putain de mignonne, je marmonne.

Je sais que ça va l'agacer et je m'en fous.

Elle pousse un grognement et dégage son menton de ma main.

— T'as pas un truc à faire, là ?

— Toi aussi, je réplique tandis que j'ouvre la porte et attends qu'elle sorte de ma chambre. Prends ton sac et retrouve-moi au bar.

— Entendu ! aboie-t-elle tout en me passant devant sans même un regard.

— Bien ! je rétorque avant de fermer ma chambre à double tour pour éviter une récidive de sa part. Une demi-heure tapante, je crie lorsqu'elle disparaît dans l'ancienne chambre de Pike et claque la porte derrière elle.

Bon sang, cette femme a un sacré tempérament. Peut-être même plus que tous ceux que j'ai rencontrés dans mon existence.

Ingrate ? Complètement.

Casse-burnes ? À cent pour cent.

Si elle en vaut la peine ? Totalement.

— Faut qu'on parle, me lance Crow alors que je sors à peine du couloir.

Il m'attend, appuyé contre le comptoir, à l'angle du bar, et me regarde comme si je lui avais volé son jouet préféré un jour de Noël.

— Y a rien à dire, je rétorque.

J'avance et l'ai presque dépassé quand il m'attrape par le bras. Je m'arrête, me retourne pour faire face à cet enfoiré que je n'ai jamais apprécié et lui lance un regard mauvais.

— Je te conseille d'enlever ta main de là si tu tiens à la garder, enculé.

Il pousse un grognement, sa patte toujours fermement agrippée à mon bras.

— Tu as pris quelque chose qui ne t'appartenait pas.

J'éclate de rire et baisse les yeux sur l'endroit où il a laissé sa main.

— Je n'appelle guère ça du vol, quand ça n'a jamais été revendiqué, ducon.

Je me dégage de son étreinte et fais un pas vers l'enflure, front contre front.

— Tu l'as jetée comme une merde et t'as perdu toute prétention sur ce que tu croyais avoir.

Il passe les doigts sur sa bouche et me regarde.

— C'est une bonne gamine, Mammoth. Elle n'a rien à faire ici. Elle ne devrait pas traîner avec des hommes comme toi ou moi.

Je serre les dents et me retiens de lui éclater la tête.

— Parle pour toi, mec. C'est toi, le salaud, dans

l'histoire. Je n'ai rien fait dont elle n'a voulu elle-même. Je ne lui ai pas tourné le dos pour la renvoyer comme tu l'as fait alors qu'il faisait nuit.

Il secoue la tête et ferme les yeux.

— J'ai fait ça pour son bien. Je ne m'attendais pas à ce qu'elle se pointe ici pour me voir. Jamais, au grand jamais, je n'ai pensé qu'elle et moi, c'était plus que du flirt. Cette fille rêve de sensations fortes, et je n'avais pas l'intention de lui en donner. J'ai promis à Pike de ne jamais lui faire de la peine, de ne jamais coucher avec elle, et j'ai tenu parole. Mais toi...

Ses lèvres se tordent.

— ... tu vas casquer pour ce que tu lui as fait.

— Crow, je sais que ta vie est aussi bousillée que ton cerveau, mais, frère, écoute attentivement ce que je vais te dire...

Je marque une pause pour laisser à sa colère le temps de monter. Je sais que ce type est une bombe à retardement.

— Je n'ai rien fait à cette fille qu'elle ne voulait elle-même. Et je l'ai fait avec respect. Jamais je ne lui ai donné le sentiment d'être une merde ou un parasite. J'avais envie d'elle. Et c'est toujours le cas. Je sais que t'as des casseroles sur le point de te péter à la gueule et que c'est pour ça que tu l'as repoussée, mais t'aurais pu le faire avec classe, au lieu de jouer les salauds.

— Ça suffit ! tonne la voix de Tiny à travers la pièce. Ramenez vos miches ici. Il faut qu'on parle affaires avant que Mammoth prenne la route.

— Je la raccompagne, annonce Crow.

Je lève les yeux au ciel. Ce connard ne s'arrête

jamais. Il filerait la migraine au premier venu avec son baratin, surtout au sujet de Tamara.

— Toi, tu restes ici, dis-je avant de lui tourner le dos et de me diriger vers un Tiny sur ses gardes.

— Mammoth la raccompagne, Crow. Arrête de faire ta mijaurée et ramène tes fesses ici. On a des trucs à régler et j'ai un putain de sommeil à rattraper. On a tous besoin de repos après ce foutoir.

Crow n'ouvre pas la bouche, ne discute pas les ordres de Tiny.

Il me suit sans un mot à la Chapelle. Ses yeux me lancent probablement des éclairs.

Le président a parlé, et il n'y a plus de raison de s'embrouiller. Du moins, avec Crow.

Quant à Tamara... c'est une autre histoire.

MOI : Le confinement est levé. Je rentre.

Gigi : Tu vas troquer un merdier contre un autre.

Moi : WTF. À ce point ?

Gigi : Tu te souviens de la crise que tes parents ont piquée quand t'avais disparu tout un week-end ?

Moi : Oui.

Gigi : À côté, c'est du pipi de chat.

Moi : Merde. Je ferais peut-être mieux de ne pas rentrer tout de suite.

Gigi : Nan. Arrange-toi pour arriver à l'heure du repas chez mamie. Traîne un peu. Elle fera en sorte que tes parents ne t'assassinent pas.

Moi : VDM.

Gigi : Oui.

— Prête ? demande Mammoth, qui me fout une trouille d'enfer, alors que je me tiens près du bar, penchée au-dessus du comptoir, à échanger des textos avec ma cousine.

— Quelle heure est-il ? je demande, gagnant quelques secondes supplémentaires avec une question dont j'ai déjà la réponse.

— Dix heures.

— On peut prendre les petites routes ? J'aime pas l'autoroute quand je suis à l'arrière d'une moto.

Encore un mensonge.

Il n'y a rien de mieux qu'une autoroute avec le vrombissement du moteur sous vos fesses pour vous fouetter le sang. Seulement, les petites routes allongeront facilement le voyage d'une heure, voire plus, et nous permettront d'arriver chez mamie Gallo pile au bon moment.

Mammoth fait une rotation de la tête, regarde le plafond et pousse un soupir magistral.

— Si ça peut te faire plaisir, princesse, on prendra les petites routes.

— Merci.

Je prends mon petit fourre-tout sur le tabouret près de moi et me dirige vers la porte.

Les mains de Mammoth sont aussitôt sur les anses de mon sac et je le lui remets sans broncher.

— Au revoir, poupée, me salue Morris avec un baiser sur la joue, avant que j'aie atteint la porte. On se reverra peut-être à l'occasion.

Je pose une main sur sa pommette et passe les doigts sur sa barbe.

— C'est possible, Morris. Merci pour ta gentillesse.

— Ne le dis à personne. J'ai une réputation à tenir.

Il m'adresse un doux et franc sourire, suivi d'un clin d'œil.

— Et ne le malmène pas trop. Je vous connais, les filles Gallo.

Je lui décoche un sourire plein d'innocence.

— Je ne vois pas de quoi tu parles.

— Un fléau, grommelle-t-il tout en me saluant de la main tandis que je repars vers la porte par laquelle Mammoth a disparu.

Je plisse les yeux lorsque le soleil frappe mon visage et m'aveugle à la sortie du bâtiment. Je balaie du regard le parking et la rangée interminable de bécanes jusqu'à ce que mes yeux s'arrêtent sur Mammoth. Il chevauche la plus sexy des motos, toute noire et chromée. Massive, comme lui. Racée et sulfureuse, l'accord parfait.

Les yeux posés sur moi, il me regarde marcher vers lui. Je tâche de ne pas montrer mes émotions tandis que j'avance, les hanches qui roulent, la tête haute.

En réalité, je suis déprimée. J'apprécie vraiment ce type. Il est droit dans ses bottes, gentil et fort.

Il me fait penser aux hommes de ma famille et à Pike, aussi, que j'aurais incontestablement sauté, si Gigi n'avait pas jeté son dévolu sur lui.

— Prête ?

Il me tend un casque au moment où j'arrive près de lui.

— On ne peut plus prête.

Je baisse les yeux sur le casque. Il est hors de question que je porte un truc pareil.

— C'est pour quoi, ça ?

— Pour que ton visage reste joli, princesse.

Il reste impassible lorsqu'il dit ça, contrairement à moi.

Je secoue la tête et repousse l'équipement de protection vers lui.

— Les casques, c'est pas mon genre, chéri.

Il braque les yeux sur moi, sans même un sourire.

— Pas de casque. Pas de moto.

En voilà, une aubaine. Je pourrais facilement passer quelques minutes, que dis-je, une heure, à polémiquer avec lui. Quand vous avez des parents furax qui vous attendent de pied ferme, chaque seconde gagnée est une seconde de plus à vivre.

Je croise les bras et penche la tête sur le côté.

— Alors que fait-on ? Dois-je demander à quelqu'un d'autre de me ramener ?

Sa mâchoire se contracte.

— T'es sérieuse ?

— Très sérieuse.

Je parviens tant bien que mal à ne pas sourire.

Bon sang, ce qu'il est sexy. Même lorsqu'il est furax, il reste l'homme le plus beau qu'il m'ait été donné de voir. Si je n'étais pas à ce point en rogne contre lui, je sauterais sur ses genoux et ferais tout pour l'inciter à remettre le couvert avant qu'il me raccompagne chez moi. D'un autre côté, la route est longue, de quoi trouver une aire de repos ou un endroit tranquille où l'on pourrait tirer un coup. Mammoth est le genre de mec que je pourrais m'envoyer indéfiniment sans jamais m'en lasser. Cette façon qu'il a de me regarder... comme s'il n'y avait aucune autre fille au monde.

Je suis tellement perdue dans mes pensées que je ne remarque pas le mouvement de son bras pour m'agripper le poignet.

— Écoute. Tu es beaucoup trop mignonne pour monter sur les motos, la mienne incluse, sans protéger ce joli minois. T'as déjà vu la figure de quelqu'un qui s'est mangé la chaussée ?

Je plisse le nez.

— Euh, non.

— C'est parce que, généralement, il crève. Alors tu vas mettre ce foutu casque. Et y a pas de « mais ». Je tiens à te ramener chez toi en un morceau. Si je m'en fichais, je te laisserais jouer à la roulette russe, mais c'est pas le cas.

— Mais si tu tiens à...

Je laisse ma phrase en suspens, referme aussi sec la bouche et affiche ouvertement mon exaspération. Curieusement, je suis en demande d'affection. Or, je n'ai jamais été ce genre de fille. Je n'ai jamais autant cherché à être désirée par quelqu'un que par Mammoth.

— Je tiens à toi, admet-il.

Il me caresse la joue du revers des doigts, et ma respiration se coupe.

— Ce n'est pas un au revoir.

— Non ?

Ma voix est à la fois emplie d'espoir et de surprise.

Il secoue la tête et remonte la main le long de mon bras, si bien que ma peau se couvre de chair de poule.

— Tu préférerais que c'en soit un ? Que je te dépose et reparte sans me retourner ?

Je hausse les épaules. J'essaie de me la jouer décontractée.

Ne fais pas ta toquarde, Tam.

Ne t'emballe pas, tout ça parce qu'un biker ultra-canon veut te revoir. C'est ce que tu as fait avec Crow, et ça a été un vrai flop.

— On peut se revoir, dis-je, sur un ton faussement désinvolte. T'es pas trop désagréable à regarder et tu te débrouilles au lit.

Il toussote, avant de se fendre d'un sourire amusé.

— Je me débrouille au lit ?

Je me triture les ongles et tâche de ne pas croiser ses yeux.

— Mieux que la plupart des mecs, mens-je.

Il est inégalable.

Si l'on pouvait décerner le prix de la meilleure baise, il remporterait la médaille d'or.

Aucun homme ne m'a procuré du plaisir comme lui.

Personne ne m'a donné, comme lui, envie d'en redemander, quitte à supplier. Et je peux vous dire que je n'ai jamais imploré qui que ce soit auparavant. Je valais mieux que ça ou du moins le pensais-je.

Ses mains sont sur mes fesses, son genou entre mes cuisses. Un frisson me traverse l'échine.

— Je ferais bien de te rappeler à quel point ma queue est magique.

J'esquisse un sourire coquin et bats des cils.

— On pourrait retourner à l'intérieur et remettre ça.

— Enfile ce casque et pose ton derrière sur ma bécane. Je connais un endroit parfait en chemin. Je veillerai à ce que tu repartes avec le souvenir indélébile de m'avoir eu en toi.

J'ai les jambes qui flageolent et je me serais probablement étalée sur le gravier à mes pieds s'il ne m'avait pas tenue par les fesses, le genou qui frotte entre mes cuisses.

— D'accord, je murmure, tout à coup excitée.

La seconde d'après, ses mains ont disparu et j'ai le casque sur la tête. Avec rapidité et précision, il ajuste les sangles et veille à ce que je puisse voir et respirer.

— Maintenant, grimpe et enroule ce petit corps ferme autour de moi.

Sans hésiter, je monte sur l'engin, passe les bras autour de son torse et glisse le bassin vers l'avant pour l'enfourcher, les cuisses serrées sur ses hanches. Nos corps sont alignés, mes seins plaqués contre son dos, nos chaleurs corporelles mêlées. En un rugissement de moteur, nous voilà partis, le vent balayant ma peau brûlante, ce qui ne fait rien pour apaiser le désir que Mammoth a éveillé en moi.

Durant ce qui me paraît une éternité, je reste pressée contre lui, le ronron régulier de la moto attisant l'excitation, quand, enfin, Mammoth se range sur le bord de la route. Il tourne le visage vers moi et me regarde de ses beaux yeux gris.

— Toujours partante ?

Je hoche la tête, à court de mots et trop excitée à l'idée de me faire culbuter en plein bois. Ça paraît carrément osé. C'est peut-être même la chose la plus cochonne que j'ai faite, et pourtant j'en ai fait des belles dans ma vie.

Il me tapote les mains et je resserre mon étreinte tandis qu'il remet l'engin en mouvement et emprunte un sentier qui s'enfonce dans une forêt perdue au beau milieu de l'État de Floride. C'est désert. Il n'y a pas âme qui vive. Seul résonne le pépiement des oiseaux perchés quelque part dans les arbres alentour lorsqu'il coupe le moteur.

Je retire le casque et secoue les cheveux sitôt qu'il descend de la moto.

Nous sommes cachés par la broussaille luxuriante qui foisonne tout autour de nous, à l'abri de la route et d'éventuels promeneurs.

Mammoth vient se placer derrière la moto, me tire vers l'arrière et me fait pivoter pour que je me retrouve face à lui. Je n'ai pas le temps de dire quoi que ce soit que ses lèvres sont déjà sur les miennes et qu'il m'embrasse à pleine bouche, m'ôtant le peu de souffle que j'ai repris depuis qu'on s'est garés.

Ses mains sont sur mes jambes, retroussent ma jupe et arrachent la petite culotte que j'ai passée ce matin. En un clin d'œil, elle a disparu et j'ai le sexe à l'air. J'écarte les genoux pour m'offrir à lui tandis que je défais le bouton de son jean, tire la fermeture Éclair et baisse brusquement le pantalon à mi-cuisse pour révéler sa belle et grosse queue.

Il enroule ses mains puissantes autour de mes cuisses, tire mes hanches presque hors du siège tout en se penchant vers moi pour me repousser contre le cuir et le métal de la moto. On va le faire. Au fin fond de la cambrousse, en plein air. N'importe qui pourrait nous voir.

— Mammoth, je gémis contre sa bouche, la voix tremblante de désir et de crainte.

Et si on nous surprenait ? Si quelqu'un nous

apercevait ? Chaque sensation, chaque son est décuplé par ma paranoïa.

Lui paraît s'en foutre comme de l'an quarante, alors qu'il frotte son gland entre mes replis mouillés et s'enfonce en moi.

J'ai momentanément le souffle coupé, tandis que mon corps s'accommode à l'intégralité de son long et gros membre qui est bien en place. Comme s'il percevait ce que je ressens, Mammoth ne se met pas illico en mouvement et m'embrasse goulûment tout en glissant une main entre nous pour trouver mon clitoris.

Mon bassin ondule contre lui en quête de ses impulsions, à chacun des passages de son pouce contre ma chair. Il se retire et plonge encore plus profondément la seconde fois. J'étouffe un cri d'exclamation contre sa bouche, les doigts emmêlés dans les cheveux de sa nuque, et je tiens son visage contre le mien tout en serrant les paupières.

Ses coups de bassin sont amples et puissants. Le siège me pince la peau du dos, mêlant la douleur au plaisir que seul son sexe sait me procurer. En quelques secondes, je me retrouve à gémir et mon corps fonce vers un orgasme que je suis incapable de retenir.

Je suis traversée par une vague de plaisir qui assaille mes muscles et altère ma respiration. Cela ne l'empêche pas pour autant de me pénétrer implacablement. Alors que mon corps se relâche, Mammoth me soulève sans jamais cesser de m'embrasser, puis il me retourne sur le ventre, de sorte que mes orteils touchent à peine le sol et que mes seins se retrouvent à plat contre le siège.

Il me relève les hanches, aligne à nouveau nos corps et s'enfonce en moi par-derrière. Je pousse un cri, le plaisir trop intense. J'arrive à peine à reprendre mon souffle. Il mêle ses doigts à mes cheveux et me tire la tête en arrière, son buste aplati contre mon dos.

— Cette chatte m'appartient, princesse, murmure-t-il contre ma bouche, illustrant sa remarque chaque fois qu'il plonge en moi, si profondément que mes orteils quittent le sol.

Je suis incapable de répondre. Je peux à peine respirer. Par bonheur, ses lèvres sont de nouveau sur les miennes et m'insufflent l'air dont j'ai désespérément besoin. Avant, arrière, avant, arrière. Je suis couchée là, telle une poupée de chiffon, penchée sur sa moto, la jupe relevée, cul nu, ouverte, pendant qu'il me baise par-derrière.

Ses coups de bassin s'accélèrent, chaque pénétration si puissante que je suis soulevée aussi loin que le permettent mes orteils tout en parvenant à rester debout. J'ai le cuir chevelu qui me fourmille par l'action de ses doigts qui me tirent doucement les cheveux, la tête vidée par les sensations et le corps frémissant sous l'effet de cette baise sauvage, tandis qu'il m'entraîne vers un second orgasme pendant qu'il est frappé du sien.

Épuisée, je m'avachis sur le siège. Ma bouche se détache de la sienne pour reprendre de l'air. Je suis empalée sur sa queue, quelque part, au fin fond de la Floride. Son buste est collé contre mon dos, sa respiration haletante et rauque contre mon oreille, tandis qu'il tente de retrouver son souffle.

— Ne t'avise jamais de penser que je n'ai pas

envie de toi, me dit-il d'une voix rocailleuse. Je pourrais rester enfoui en toi toute ma vie sans jamais m'en lasser.

Ma peau se couvre de chair de poule à ces paroles et je frémis sous son corps. J'aime ce qu'il me dit. J'aime la façon dont il le dit. J'aime me sentir objet. J'aime me sentir désirée.

— Ton sexe a été fait pour moi, princesse.

Je ne le contredis pas.

Je ne peux pas.

Sa queue glisse hors de moi, remplacée par sa main entre mes cuisses.

— J'en suis maître, me susurre-t-il à l'oreille d'une voix basse et grave. Ne l'oublie jamais.

Oublier Mammoth ? Impossible. J'ai connu d'autres types, des anonymes, dont je peine à me souvenir des visages, mais Mammoth... Je ne l'oublierai jamais, et ça me fout les jetons.

Je tourne le visage. Nos lèvres se touchent presque.

—Je n'oublierai pas.

Comment le pourrais-je ?

On ne peut pas oublier un mec comme Mammoth, et ça n'a rien à voir avec sa gigantesque queue ou ses yeux gris d'une beauté obsédante.

tamara

NOUS SOMMES au bout de l'allée de mes grands-parents, et pas moins de dix paires d'yeux nous observent depuis le porche.

— Je ferais peut-être mieux de te laisser ici.

Je resserre les bras autour de sa taille et jette un coup d'œil par-dessus son épaule.

— Tu dois avoir faim. Tu veux pas entrer manger un morceau ?

Je me raccroche à tout ce que je peux, car je n'ai aucune envie de me retrouver ici toute seule.

À la façon dont ma mère a les bras croisés et tape du pied, je suis dans la merde jusqu'au cou. Certes, je le savais avant même de quitter le QG, mais maintenant que je la vois en chair et en os, je comprends que je vais devoir ramer pour me sortir du merdier dans lequel je me suis fourrée avec mes histoires de grande aventure.

— J'ai faim, me confirme-t-il.

J'éprouve un soulagement immense. Je ne

mourrai pas entre les mains de ma mère lors des cinq prochaines minutes.

— Manger ne me ferait pas de mal.

— Tu verras, ma famille est super.

Ce qui est vrai, même si, là, elle fout les jetons. À moi, du moins, mais peut-être pas à un biker comme Mammoth.

— Ma grand-mère va adorer nourrir un grand mec comme toi.

Là encore, je ne mens pas. Seulement, je me sers de Mammoth comme d'un bouclier humain, priant pour que ma mère trouve suffisamment d'indulgence au fond de son cœur pour ne pas se déchaîner sur moi.

Mais qu'est-ce que tu crois, Tamara ?

Il coupe le moteur et déplie la béquille.

— T'as peur ? me demande-t-il quand il s'aperçoit que je ne desserre pas les bras autour de lui.

— Nan, mens-je tout en me détachant de son dos pour ôter enfin le casque.

Putain. Les seules personnes de l'assemblée qui paraissent heureuses de me voir sont Gigi et ma grand-mère. Les autres ont l'air en pétard. Et pas qu'un peu. Genre bombe nucléaire.

Génialissime.

— T'es sûre que ça ne dérangera pas ta grand-mère ?

— Elle sera contente d'avoir une autre bouche à nourrir.

Je lui adresse un sourire crispé.

— Crois-moi.

Je descends de la moto encore plus lentement que les *snowbirds* que j'ai pu croiser durant la saison hivernale et je m'efforce de redonner du volume à mes cheveux qui sont restés emprisonnés des heures dans ce casque.

— Princesse, n'en fais pas tout un drame. Tu ne fais qu'empirer les choses.

Je jette un regard par-dessus mon épaule à son visage buriné et ses yeux gris perçants.

— Bébé, tu connais pas ma famille.

Il tourne la tête et examine le groupe qui n'a pas bougé d'un cheveu.

— Ils ont l'air sympas, me réplique-t-il avec le plus grand des sérieux.

— Tout ça, c'est un stratagème, je marmonne, car je sais à quel point ils sont furieux contre moi et ce que ça implique pour ma petite personne.

Je vais me prendre un savon, surtout par ma mère. Quant à mon père, il se tiendra probablement derrière elle, à hocher la tête, trop en colère pour formuler des mots.

— Ils ont l'air gentils comme ça, mais ils sont féroces.

Mammoth me prend mon sac des mains.

— Tu ressembles à ta mère, déclare-t-il, baissant les yeux sur moi quand je les lève sur lui. Tu as sa beauté.

J'ai toujours pensé que j'étais un parfait métissage de mes parents. J'ai hérité des grands yeux de ma mère, mais la couleur est un savant mélange des deux. J'ai le nez de mon père et mes hautes pommettes sont du Maxine tout craché, tout comme mes lèvres charnues dont les garçons semblent raffoler.

Gigi est la première à descendre les marches du perron et à courir vers moi.

— Putain, j'ai jamais été aussi contente de te voir, espèce de foldingue.

Elle se jette dans mes bras et ignore Mammoth.

— Ils ne sont pas aussi furax qu'ils en ont l'air. Je pense que tu vivras au moins jusqu'au dessert.

Je lui rends son étreinte et tâche de ne pas ricaner, parce que ça ne ferait qu'attiser la colère de ma mère.

— Merci pour le tuyau.

— T'as été parfaite, question timing, ajoute-t-elle tout en s'écartant de moi.

Puis elle tourne les yeux vers Mammoth.

— La vache ! T'es une armoire à glace, toi.

Elle glousse.

— Mammoth, voici Gigi, ma meilleure amie et ma cousine préférée. Gigi, je te présente Mammoth, le meilleur coup à ma connaissance ! Et je te confirme que c'est une armoire bien montée.

Je lui décoche un clin d'œil.

Mammoth lâche une bordée de jurons dans sa barbe.

— Princesse, on pourrait éviter de parler de ma queue devant l'intégralité de ta famille ? Je suis certain qu'ils n'ont pas envie d'entendre ça.

— Je promets de ne pas parler de ta queue devant tout le monde. Par contre, elle, c'est différent. On n'a aucun secret l'une pour l'autre.

Vraiment aucun. On se dit tout, et ça a toujours été ainsi.

— Viens, qu'on en finisse, lance Gigi tandis qu'on slalome à travers la longue file de voitures qui occupent l'interminable allée. Vu comme elle bouillonne de rage, ta mère va te péter les tympans, c'est sûr.

— Super.

Si seulement j'avais pu éviter la crise.

— Tamara, me salue ma mère sur un ton sec. C'est très aimable à toi de reparaître.

— Salut, m'man ! je réponds avec un grand sourire, sans jamais quitter Mammoth.

J'ai trop la frousse pour m'écarter de lui. Sa colère latente, qui bouillonne en surface, prête à déborder, me fait flipper.

Papa se tient derrière elle, mais ses yeux regardent ailleurs. Ils sont braqués sur Mammoth et l'examinent, le jaugent. Il sait probablement déjà que j'ai couché avec lui, parce que les hommes, en particulier mon père, ont le chic pour deviner des choses qu'ils n'ont pas besoin de savoir.

— J'ai tellement à te dire, déclare ma mère presque dans un murmure, avant de prendre une grande inspiration, comme si elle se préparait à envoyer du lourd.

Ce ton me fait dresser les cheveux sur la nuque et me souffle de prendre les jambes à mon cou.

— Tu as de la chance que je sois trop vieille pour me permettre de faire de la prison, parce que, là, je prends vraiment sur moi pour ne pas te faire ravaler ta fierté.

Maxine Gallo tonne, alors je tente de changer de sujet pour esquiver la colère maternelle qu'elle cherche à déchaîner contre moi.

— Maman, je te présente Mammoth.

J'ajoute à l'attention de tous, parce qu'ils le regardent comme s'il était une bête de foire :

— C'est mon sauveur.

Pike le regarde d'un œil mauvais depuis l'embrasure de la porte, bouillant silencieusement de rage au même titre que les autres.

Typique.

Mammoth pose mon sac par terre et tend la main à mon oncle Joe, puisqu'il se trouve tout près de lui.

— Enchanté, monsieur.

Oncle Joe baisse les yeux sur la paume de Mammoth et, avant même qu'une poignée de main soit échangée, grand-mère fend le groupe à grands coups de coudes et vient se planter devant moi.

— Tam, ma chérie ! Je suis tellement contente de voir que tu es rentrée et que tu as amené un ami.

Elle lève la tête, son bouquet de cheveux argentés qui dodeline, et s'imprègne de la large carrure de Mammoth.

— Eh bien ! En voilà, un grand dadais.

— Laissez-moi voir !

Tante Fran, l'obsédée de la famille qui semble avoir un radar capable de détecter tous les bikers sexy à la ronde, force le passage et vient se poster près de ma grand-mère.

— N'est-il pas...

— Oui, répond grand-mère, comme si elles avaient développé un langage muet ou communiquaient par télépathie.

— Il est...

— Mmh mmh.

Avec un haussement d'épaules, je lance un regard à Mammoth, qui n'affiche rien d'autre qu'un franc sourire. Il les considère avec bienveillance, comme s'il avait affaire à deux adorables vieilles dames. Sauf qu'il se trompe. Sévèrement. Mamie a beau être sympathique, ne vous avisez pas de l'énerver. Elle vous rendra la vie impossible, et ses enfants ont beau être adultes, c'est elle qui commande.

Et puis, il y a Fran. C'est la vieille dame la plus tripoteuse que je connaisse. C'est aussi grâce à son grand âge qu'elle peut peloter des inconnus bien bâtis et s'en tirer à bon compte. Ils la croient simplement gentille et probablement un peu faible d'esprit, mais elle est vive comme l'éclair et chaude comme la braise. Elle est mon animal totem et tout ce que j'ambitionne d'être quand je serai plus vieille.

— Laisse-moi te regarder de plus près, fils, lance-t-elle tout en lui faisant signe d'approcher.

Il avance sans hésiter, la pensant mal voyante. Sauf que cette femme pourrait repérer un type canon à des kilomètres.

À peine lui a-t-il dit « bonjour » que les mains de ma tante sont sur son torse et tâtent ses pectoraux à grand renfort de *Oooh* et *Aaah*.

— Pas mal, commente-t-elle tout en glissant les mains sur ses bras couverts de tatouages. Pas mal du tout.

— Fran, ôte tes pattes de ce garçon, aboie Bear par la porte d'entrée, qui regarde sa femme aux mains baladeuses palper un autre homme. Arrête ou je vais être obligé de te corriger.

Fran s'humecte les lèvres tout en souriant à Mammoth.

— J'aime quand il me corrige, lui explique-t-elle d'une voix râpeuse, avant de lui décocher un clin d'œil.

— Qu'on me pende, je marmonne.

— Le dîner est bientôt prêt. J'espère que tu as un appétit à l'égal de ta taille, Mammoth, car je vais te nourrir comme jamais tu n'as été nourri auparavant, explique grand-mère tout en repoussant Fran.

— Vous savez parler aux hommes, madame. Je meurs de faim.

Ce qui comble de joie ma grand-mère, qui passe un bras sous le sien et l'entraîne vers la porte.

— J'ai deux mots à te dire, me lance ma mère, avant que j'aie la chance de les suivre.

J'ai bien cru que j'allais réussir, m'en sortir indemne. Eh bien, non. Maxine n'allait pas me ménager.

— Bien sûr, m'man.

Je souris nerveusement.

— Je suis trop contente d'être rentrée à la maison saine et sauve. Pfiou ! Ces quelques jours ont été intenses, pas vrai ? Je veux dire, j'aurais pu me faire tuer.

Je lance ça dans l'espoir de faire redescendre sa colère.

Les quelques membres de la famille qui se trouvaient encore dehors suivent Mammoth et grand-mère dans la maison, nous laissant, maman, papa et moi seuls sous le porche, là où je vais probablement casser ma pipe. J'exagère, bien sûr, mais, au bout du compte, je vais certainement pré-férer une mort rapide à la verve caustique de Maxine.

Elle ne trouve mes paroles ni désopilantes ni réconfortantes. Il n'y a pas l'esquisse d'un sourire sur son visage ni de « *Tu as tellement raison, ma chérie. Je suis soulagée que tu ailles bien.* » Ses yeux me jaugent et fouillent mes traits, sa rage est latente.

— Bon, je suis désolée, je lâche dans l'espoir de prévenir la raclée qu'elle se prépare à me flanquer. C'était con de ma part. Je sais, je sais...

Je lève les mains, prête à m'agenouiller pour la supplier de m'épargner.

— ... il aurait pu m'arriver de sacrées bricoles, heureusement je vais bien. J'ai pu revenir saine et sauve. J'ai compris la leçon et je ne le referai plus.

Maman fait un pas en avant, les lèvres pincées, les yeux braqués sur moi.

— Je suis trop fâchée pour te dire à quel point tu t'es montrée irresponsable, stupide et impru-dente ce week-end. Je ne te rappellerai pas toutes les façons dont tu aurais pu être blessée ou même tuée au cours de ta petite incartade. Je ne...

— C'est un peu ce que tu fais, je murmure et me mords les lèvres sitôt que je la vois faire les gros yeux.

Si Maxine avait la main leste, elle m'aurait collé une tarte à m'en dévisser la tête.

— Rentre, donne à manger à ce garçon et rac-compagne-le à sa moto. On terminera cette discus-sion à la maison.

—Je ne vis plus à la maison, maman.

Ce n'était probablement pas la meilleure réponse à donner, or c'est la première qui m'est venue à l'esprit.

— Tamara Marie, gronde mon père, et je sursaute.

J'avais complètement oublié qu'il était là, un peu à l'écart, silencieux, ce qui est encore plus effrayant vu qu'il n'est pas avare en paroles d'ordinaire. Du moins, avec moi.

— On terminera cette conversation une fois que ton ami sera parti. Je ne voudrais pas t'embarrasser devant lui.

— Rien à secouer, rétorque ma mère du tac au tac. Peu importe qui est témoin ou non. Tu ne vis plus à la maison ? Très bien. On réglera ça ici. J'ai des choses à te dire, ma fille, et tu auras intérêt à écouter.

Je prends une grande inspiration, énervée, mais soulagée de gagner quelques heures avant que mes parents me fassent passer un sale quart d'heure. D'un autre côté, je ne veux pas attendre. Je n'ai pas envie que leur colère plane toute la journée au-dessus de ma tête, tel un nuage. Aussi, je fais la seule chose que je sais faire en pareille situation : je me jette à leur pied et leur demande grâce.

— Je sais que j'ai eu tort d'éteindre mon téléphone et de ne dire à personne où j'allais. C'était égoïste et puéril de ma part de faire un truc aussi bête et irresponsable. Je ne le referai plus. Mais...

La main sur la poitrine, je tiens aussi à les mettre face à la réalité.

— ... j'ai vingt et un ans, je ne vis plus à la maison et je suis à l'université, maintenant. Quatre-vingt-dix pour cent du temps, vous ne savez pas où je me trouve ni ce que je fais. Tôt ou tard, il va bien falloir que vous compreniez que je suis une adulte.

Mon père a maintenant un bras autour des épaules de ma mère, et tous deux me regardent bouche bée, sans voix. Je ne dis pas ça pour être dure, simplement honnête.

— Mais je m'excuse. Je vous promets de ne plus jamais refaire un truc aussi stupide. Si un jour je retourne chez les Disciples, je vous en informerai d'abord.

Une lueur de colère s'allume dans les yeux de mon père, et je comprends alors que j'avais remporté la bataille... jusqu'à cette ultime remarque.

— Je t'interdis formellement de retourner là-bas, m'avertit-il, comme s'il régentait toujours mon quotidien, ce qui n'est pas le cas.

— Papa, je t'aime et tu es mon meilleur ami, lui dis-je, ce qui est en partie vrai. Mais tu ne peux pas m'interdire de faire quoi que ce soit.

Ma mère fait un pas vers moi, et je recule pour éviter ses mains qui, à l'évidence, allaient m'empoigner le bras et m'apprendre la vie.

— Les enfants ! lance ma grand-mère, qui passe la tête par la porte, comme si elle avait senti le vent tourner. Rentrez, vous réglerez ça plus tard. Nous avons un invité et le dîner est prêt. Ne me faites pas honte.

Je lui souris et la remercie muettement pour son intervention.

— Soit ! tranche mon père. Mais cette conversation n'est pas terminée.

Youpi !

— Loin de là, marmonne ma mère, qui me lance un regard menaçant, avant de se détacher de mon père et de suivre ma grand-mère à l'intérieur.

— Je t'aime, papa, je murmure, à la recherche d'un signe d'espoir.

Il me prend la main et entremêle nos doigts, avant de se pencher vers moi pour me planter un baiser sur la joue.

— Je t'aime, ma cacahuète. J'ai eu peur pour toi. Ta mère finira par se calmer. Elle a besoin de temps.

Il s'arrête sur le pas de la porte, alors je fais de même.

— Regarde-moi, ma chérie.

Je lève la tête et plonge les yeux dans ceux du tout premier homme que j'ai aimé et que j'aimerai toujours.

— Tu es une adulte et on le sait. C'est dur pour nous de voir notre bébé grandir et essayer de voler de ses propres ailes, mais tu nous as fait une sacrée frayeur.

Il secoue la tête et ferme les yeux un instant.

— Quand on te cherchait et qu'on a entendu parler du confinement, j'ai bien failli me chier dessus tellement j'étais inquiet.

— Cette image va me suivre toute ma vie, papa, je rétorque sur un ton ironique.

— Tam, sois sérieuse un instant. Tu te souviens à quel point tu te faisais du souci quand Gigi était là-bas et que tu ignorais si elle allait bien ou pas ?

— Oui, mais elle m'envoyait régulièrement des messages, alors je savais qu'elle allait bien.

Je regrette aussitôt mes paroles. Je comprends

pourquoi ils sont fâchés. J'ai éteint mon téléphone et ignoré tout le monde.

J'ai été égoïste et indifférente à ce qu'ils pouvaient éprouver.

— Je m'excuse, papa. Je ne le referai plus. Je n'ai pas réfléchi à ce que tu pouvais ressentir et ne me suis pas demandé si tu étais inquiet. Je voulais simplement m'amuser un peu avant la rentrée. J'aurais au moins dû te dire que j'allais bien.

— Youhou ! crie grand-mère depuis le vestibule, car nous ne les avons pas suivies dans la maison.

— On ferait bien d'y aller. On reprendra cette conversation plus tard. On ne peut pas te priver de sortie ni te punir, mais tu dois te mettre à notre place et arrêter de ne penser qu'à toi tout le temps.

— Je sais, je suis désolée, redis-je, avec sincérité.

J'ai toujours mis au premier plan mon plaisir, au détriment du reste. Je n'ai jamais pensé qu'à moi-même et à ce que je pouvais ressentir, mais les choses sont sur le point de changer. Il le faut.

mammoth

JE NE ME suis plus retrouvé assis avec la famille d'une fille depuis le lycée. J'avais oublié à quel point c'était gênant. Ça n'a pas changé avec les années, sauf que je me sens mieux dans ma peau, aujourd'hui. Les trois hommes installés avec moi sont restés majoritairement scotchés à la télé, jetant de temps à autre un regard dans ma direction. Ils se sont montrés parfaitement aimables avec moi depuis que j'ai franchi cette porte, alors que je n'étais pas invité à ce repas et que je n'étais vraisemblablement pas le bienvenu.

— Eh bien, Mammoth, parle-nous donc de toi, me prie le grand-père de Tamara, qui me dévisage avec curiosité.

— Qu'aimeriez-vous savoir, monsieur ?

On ne joue pas dans la même cour. Si j'ai, moi aussi, une grande famille, nous sommes toutefois éparpillés dans tout le pays, nos seuls rapports se bornant à quelques cartes de vœux à Noël et des retrouvailles à l'occasion de funérailles. Les Gallo, eux, savent tout des uns et des autres dans cette maison. C'est évident.

Grand-papa retrousse les manches de sa chemise à carreaux en flanelle qu'il a passée ce matin en dépit des trente-trois degrés dehors.

— D'où viens-tu ?

— D'un peu partout, mais, à l'origine, de l'Ohio.

Je me penche en avant pour poser les coudes sur les genoux et, dans une marque de respect, le regarde dans les yeux.

— Nous déménagions souvent quand j'étais petit.

— Famille de militaires ? me demande-t-il, le menton relevé, comme s'il me voyait sous un nouveau jour.

Mentionner l'armée m'a toujours valu le respect de tous, même des plus méfiants.

Je sais bien de quoi j'ai l'air. Je n'ai plus rien de très engageant. Je suis couvert de tatouages des pieds à la tête, j'ai des piercings, les cheveux longs, mon jean et mon tee-shirt ont bien vécu et mes bottines sont les godillots réglementaires de l'armée. Qu'il pleuve ou que le soleil cogne, qu'il fasse chaud ou froid, je ne m'en sépare jamais.

— Mon père était dans l'armée, et moi après lui.

Je regarde en direction du vestibule où Tamara est restée avec ses parents.

— Honorable, commente son grand-père, pendant que les deux autres hommes dans la pièce gardent le silence.

— Comment on passe de l'armée à un club de

motards ? finit par demander le grand type à ma droite, plissant le nez comme si ça n'allait pas ensemble.

— C'est la seule question qui te vient, Mike ? lance le type aux cheveux brun foncé.

Je souffle un grand coup. J'ai bien conscience que ce n'est pas coutumier pour un biker.

— Après l'armée, j'étais paumé. Pendant longtemps, j'ai essayé de trouver ma place, sans succès. Un week-end où j'étais à Daytona, en visite chez un ami, j'ai rencontré Tiny et Morris par hasard. Quelques bières, et une amitié était née. J'ai vu leur fraternité, la famille qu'ils s'étaient créée, et ça m'a conquis. Ça me rappelait l'époque de ma section. Ça me manquait. Je voulais retrouver ça. Alors j'ai remis le couvert.

Le type aux cheveux foncés me fixe du regard, immobile.

— Quel était ton grade ?

— P.M.

— On peut causer français, s'il vous plaît ? demande le grand type qui, je le sais maintenant, s'appelle Mike et nous regarde tour à tour.

— Police militaire, je réponds, sans parvenir à contenir le sourire qui me vient.

Il y a quelque chose chez ce type qui me plaît.

— Joe, t'aurais pas aimé avoir un fils pour servir notre pays ? interroge Mike.

— Une part de moi te répondrait oui.

Joe sourit enfin. Ça change de l'agacement ou de l'indifférence qu'il montrait jusqu'ici.

— C'est honorable, c'est sûr. Et puis, élever des garçons aurait été drôlement plus simple, à bien des égards, mais j'aime mes filles et je ne les échangerais pour rien au monde.

— J'adorerais que Stone s'engage dans l'armée à la fin de ses études. Mia est contre, ce qui ne m'étonne pas. C'est une grande sentimentale. Moi, je veux que mon fils soit un homme.

Il replie les bras, contracte les muscles, et je m'attends presque à le voir embrasser ses biceps à la façon dont il les admire.

— Le petit a mes gènes, après tout.

Je me tais et me garde d'émettre un jugement. On croit tous que nos enfants feraient de bons soldats. En réalité, cette vie n'est pas faite pour tout le monde. La plupart des crétins qui s'enrôlent ignorent dans quoi ils foutent les pieds, jusqu'à ce qu'il soit trop tard et qu'ils se retrouvent avec la mention *Propriété de l'armée* estampillée sur le cul.

— Merci d'avoir servi notre pays, monsieur... ? demande le grand-père de Tamara, sans prêter attention à ses fils.

— J.D., monsieur. J.D. Saint.

Je me relaxe. Ce vieux bonhomme me plaît de plus en plus. Il est calme, sympathique et semble me porter un intérêt sincère.

— « Monsieur », s'exclame-t-il en riant. Allons, appelle-moi Sal.

— D'accord, monsieur Sal.

Il secoue la tête.

— Juste Sal.

— Je n'ai pas été élevé ainsi, monsieur. Les habitudes ont la vie dure.

Entre ma mère et l'armée, surtout à l'égard des anciens, *monsieur* a toujours été de rigueur. C'est plus fort que moi. Au club, je m'en cogne, mais, à l'extérieur, dans la vraie vie, je me montre toujours respectueux. Toujours.

— Comment as-tu atterri en Floride, J.D. ?

— J'ai été affecté au commandement Sud des États-Unis, près de Miami. Après l'armée, je suis resté dans la région, monsieur.

— Sal, me reprend-il tout en secouant la tête.

Je n'appellerai jamais l'homme par son prénom.

— Où sont donc Thomas et James ? s'agace la grand-mère de Tamara, une cuillère dans la main droite et une manique gantant la gauche. Je ne peux retarder le dîner plus longtemps.

— Ils devraient arriver tôt ou tard, avance Joe tout en jetant un coup d'œil à sa montre. Ils n'étaient qu'à quelques minutes d'ici quand ils ont appelé.

— Je leur en donne cinq, réplique-t-elle. Passé ce délai, on mangera sans eux.

Elle se retourne et repart en direction de la cuisine.

— James et Thomas sont les autres oncles de Tamara, m'explique Sal. Ils avaient une *affaire* à régler.

Je vois qui sont ces types. Ou plutôt, les gars au QG m'ont parlé d'eux. Je ne les ai jamais rencontrés. J'étais toujours en vadrouille lorsqu'ils se trouvaient dans le coin et quand ça a dégénéré au printemps dernier, mais je connais leur réputation et leur disposition à contourner la loi quand c'est nécessaire.

— Il faut qu'on parle.

Une main est sur mon épaule et je tourne la tête pour voir apparaître le visage de Pike.

— Maintenant, ajoute-t-il.

Je ne suis pas habitué à ce que la colère marque ses traits. Je ne l'ai jamais vraiment vu énervé. Il a toujours été d'humeur égale. Il était tellement relax qu'il m'arrivait même de me demander ce qu'il faudrait pour le foutre en rogne. Si j'en crois son expression, je ne vais pas tarder à savoir pourquoi il en a après moi.

Les trois hommes dans la pièce nous observent tandis que je me lève, prends congé, et suis Pike dehors, croisant au passage Tamara et ses parents dans l'entrée. Il ne s'arrête pas sous le porche. D'un pas raide, il s'engage dans l'allée et slalome entre les voitures jusqu'à ce qu'on ait atteint la route.

— Qu'est-ce que tu fous, bordel ? me demande-t-il tout en se passant vivement la main dans les cheveux à s'en décoller la racine.

Je le regarde dans le blanc de l'œil et hausse les épaules.

— Rien. Je voulais m'assurer que Tamara rentre bien chez elle. Point.

Ses yeux ne lâchent pas les miens, tout comme l'étincelle de colère qui y brille.

— Elle est rentrée, ton devoir est accompli, alors je comprends pas ce que tu fous encore ici.

— Tamara m'a demandé de rester, et sa grand-mère aussi. C'est quoi ton problème ?

Je ne vois pas pourquoi il en fait toute une histoire.

— Il s'est passé quoi, avec Crow ? Je pensais qu'il la ramènerait. Tamara est allée là-bas pour le trouver, lui. Bizarrement, c'est sur *ta* moto qu'elle revient.

Je soupire et tâche de garder mon sang-froid de façon à exposer à mon vieil ami les faits tels qu'ils sont.

— Crow l'a envoyée paître.

Il penche la tête comme s'il avait mal entendu.

— Répète.

— Elle a débarqué là-bas, toute pimpante, balluchon en main, et a demandé à voir ce trou de balle, qui lui a dit d'aller se faire foutre et lui a tourné le dos.

Sa mâchoire se crispe et ses doigts se replient contre ses paumes.

— Il a fait quoi ? grince-t-il.

— Tu m'as bien entendu, mec. Il l'a jetée comme une merde. Il faisait nuit, et il était prêt à la planter là, sur le parking.

Pike ferme les yeux et gonfle les narines. On dirait que sa tête va exploser.

— Je vais le tuer, putain.

— Crow est un blaireau, je marmonne, mais Pike le sait déjà.

Tout le monde le sait.

Il fait maintenant les cent pas sur un chemin de terre qui sillonne l'herbe en bordure de l'allée.

— Il était là, à jouer les mecs sympas, la bouche en cœur, pour ensuite la repousser... ?

— Crow va faire de la taule, Pike, et pas qu'un peu. Il a pas voulu la mêler à tout ça. Si tu veux mon avis, en faisant ça, il a pensé agir dans l'intérêt de Tamara et non le sien, ce qui est une première chez lui.

Pike s'arrête net.

— Il va en cabane ?

Je hoche la tête.

— Il encourt dix à vingt ans. Le procès démarre la semaine prochaine, et les preuves sont solides. S'il plaide coupable, il en prendra, au mieux, pour cinq piges.

— Je comprends pourquoi l'enfoiré n'arrêtait pas de me dire qu'il se raccrochait au bonheur, qu'il voulait juste flirter avec elle.

Il se masse le front.

— J'ai trouvé ça tellement bizarre.

— Il tenait pas le même discours quand elle s'est pointée du jour au lendemain. Je suis sur le cul qu'il ait pas tenté de coucher avec elle, genre baroud d'honneur. Ça ne l'a jamais dérangé de briser des cœurs.

Pike se passe une main sur la nuque et baisse la tête.

— Alors, quoi ? Tu l'as raccompagnée par pure bonté de cœur ?

— Disons que...

Je me dois d'être franc et direct, alors j'avoue, les bras écartés :

— Cette fille avait la langue bien pendue et un sacré aplomb, par-dessus le marché. J'ai bien essayé de me mêler de ce qui me regarde, mais j'ai pas pu.

— Tu l'as sautée.

Il me toise. Ce n'est pas une question. Pike connaît déjà la réponse et veut en avoir le cœur net.

Je lève un sourcil et croise les bras.

— En quoi ça te regarde ?

Un petit râle s'échappe de sa gorge et il serre les poings.

— Je la considère comme ma petite sœur. La dernière chose dont j'ai envie, c'est de la voir fricoter avec les Disciples. Je t'apprécie, Mammoth, depuis toujours, mais tu n'es pas fait pour Tamara.

Je renverse la tête, excédé. Ses paroles me fichent un sacré coup, encore plus que son poing l'aurait fait.

— Qu'est-ce que ça veut dire ?

Une veine ressort près de sa tempe tandis qu'il fait un pas vers moi, mais je ne bouge pas.

— Tamara n'est pas le genre de fille dont on se sert pour ensuite la jeter aux ordures. Elle a beau avoir l'air fêtarde et délurée, elle ne se résume pas à ça.

— Tu tiens vraiment à elle.

Je peux le lire sur son visage et dans ses yeux.

On y trouve du respect et même de l'amour, une émotion que Pike ne montre que rarement, tout comme la colère.

— Non seulement j'aime sa cousine, mais, en plus, Tamara est ma voisine et je travaille avec son père.

Il tend sèchement la main en direction de la maison.

— J'aime et je respecte sa famille. J'ai pas envie que quelqu'un débarque ici et bousille tous mes efforts.

Je me frotte les mains, la mâchoire crispée. Il a bien besoin qu'on le remette en place. C'est ça ou je l'assomme pour avoir sous-entendu que je me servais de Tamara comme les autres gars et que je rejetais les femmes sur un coup de tête.

— Primo, dis-je tout en avançant jusqu'à ce que nos bottines se touchent, je sais qu'elle n'est pas une pute et je ne l'ai jamais traitée de la sorte. Secundo, j'aime bien cette fille. C'est même la première fois que j'aime autant quelqu'un, bordel ! Elle est culottée, intelligente, et n'a peur de rien ni de personne, moi y compris.

Je reprends mon souffle et poursuis aussitôt pour ne pas lui laisser la chance de m'interrompre.

— Tertio, je ne suis pas ici pour *tout bousiller*. Tamara m'a demandé de rester, alors je suis resté. C'est aussi simple que ça. Je n'ai pas à me justifier auprès de toi ou de qui que ce soit sur cette planète, mais, par respect, je vais te mettre au parfum sur un truc, parce que je t'ai toujours considéré comme un ami.

S'il pousse un grognement, il s'abstient toutefois de répondre et se contente de me regarder d'un œil mauvais.

— Si elle me demande de rester plus longtemps ou souhaite me revoir, je ne te demanderai pas la permission et je compte bien accepter.

Il fronce les sourcils et son front se creuse.

— Si tu lui brises le cœur...

Je tends un pouce vers la maison.

— Tu crois vraiment que je peux briser le cœur de cette nénette ? C'est plutôt elle qui peut réduire le mien en miettes, frère.

— T'as passé... quoi ? Deux jours avec elle ? grogne-t-il, les lèvres retroussées. Vous jouez à un jeu dangereux, si tu veux mon avis. Tu fais partie des Disciples et Tamara n'est pas faite pour la vie en club. Sa famille ne le permettrait pas et, pour être franc...

Il avance la mâchoire et plisse les yeux.

— ... moi non plus.

— Ne nous emballons pas. Tamara veut que je reste ? Je reste. Elle veut que je parte ? Je pars. Elle veut me revoir ? Je suis là. Elle ne veut plus entendre parler de moi ? Je dégage. C'est à elle de voir. Pas à moi. Ni à toi. Pigé ?

Il prend une grande inspiration avant de lâcher un gros soupir.

— Ne fais pas le con. Dans mon intérêt. Dans le sien. Dans celui de tous ceux présents dans cette maison.

— Ce n'est pas mon intention, Pike. Et si tu veux tout savoir...

Je me passe la main sur la nuque, prêt à lui révéler ce que je n'ai encore dit à personne.

— ... je commence à me lasser de cette vie.

Il vacille en arrière, les yeux ronds.

— J'aurais jamais imaginé entendre ces mots-là dans ta bouche.

— Ces gars m'ont aidé à remonter la pente à une époque où j'étais paumé, mais j'ai remis de l'ordre dans ma tête depuis. Je sais ce que j'attends de la vie, et c'est pas la prison. Je veux une famille. Je veux un boulot normal où je n'ai pas à surveiller constamment mes arrières par crainte de recevoir une bastos dans la nuque pour un truc que je n'ai pas fait. On n'a qu'une vie.

— C'est alors qu'une Challenger aux vitres teintées s'engouffre dans l'allée et pile à côté de nous.

— V'là les deux salopards, lâche Pike dans sa barbe. Les mecs les plus flippants que tu pourrais croiser en dehors de ceux du club.

Je tourne les yeux vers la voiture.

— Vraiment ?

— Tu verras, me dit-il en riant. Tu dois savoir qu'ils fricotent avec Tiny et Morris. Ce sont des ex-agents de la DEA, mais ils trempent dans des affaires qui m'échappent. Prépare-toi à l'inquisition. Ma main à couper qu'ils savent déjà tout de ta vie. C'est à croire qu'ils sont au courant de tout et connaissent tout le monde. Ils ont le bras extrêmement long, Mammoth.

— Alors comme ça, on est potes à nouveau ? je lance sur un ton mordant, les yeux toujours rivés sur la Challenger.

— Tant que tu restes correct avec Tamara, t'es pas mon ennemi. Dans le cas contraire, c'est terminé. Et si sa famille ne peut pas t'encadrer, le reste n'aura plus aucune importance.

On coupe le moteur de la Challenger.

— Bébé, me lance Tamara qui arrive par-derrière, tandis que Pike retourne vers la maison. Tout va bien ?

Je passe un bras autour d'elle et contemple son beau visage.

— Ça va. Et avec tes parents, ça donne quoi ?

Je pointe la tête en direction de la maison. Je sais que ça n'a pas été du joli. Même si je n'ai capté que quelques bribes en les croisant, j'ai compris que leur conversation n'avait pas été de tout repos.

— Je crois que ma mère a fini par se calmer. Ça devrait aller.

Elle me décoche un sourire qui érode lentement la corne autour de mon cœur.

— Attends de rencontrer mes oncles. Ils sont géniaux.

— Paraît-il.

Les portières s'ouvrent, je tourne la tête, et mes yeux se portent sur un homme.

Un homme que je connais.

Un homme que je ne me serais jamais attendu à voir ici.

Quelqu'un qui en sait bien trop sur moi et qui pourrait détruire notre histoire, à Tamara et moi, avant même qu'elle ait eu une chance de commencer.

Eh merde.

MAMMOTH SE RAIDIT à côté de moi et je lève le regard pour le découvrir yeux rivés sur mes oncles et mâchoires serrées.

— Saint ? s'exclame oncle James, ce qui attire aussitôt mon attention.

Ses yeux délaissent nos visages pour se poser là où nos corps se touchent.

— Qu'est-ce que tu fous avec ma nièce ?

Mammoth passe une main à ma taille et ses doigts se resserrent autour de ma chair.

— Putain, murmure-t-il tout en fermant les paupières un bref instant.

—– Vous vous connaissez ? je demande, quittant oncle James des yeux pour revenir sur le visage de Mammoth.

Merde. Ça ne sent pas bon.

Le regard que lui adresse mon oncle est claire-ment assassin. Peut-être se sont-ils rencontrés chez les Disciples ou au cours d'une affaire sur laquelle il aurait travaillé dans le passé. Quoi qu'il en soit, ça ne respire pas l'entente entre eux. Du reste, James l'a appelé « Saint » et non « Mammoth ». Donc il le connaît en dehors du club. Là-bas, on ne l'appelle pas par son nom de famille, mais par son surnom, comme ils ont tous coutume de faire entre eux, comme s'ils ignoraient le véritable nom de chacun.

— Si on se connaît ? reprend James, quittant la Challenger pour se diriger vers nous.

Ses pas sont rapides et les enjambées grandes.

— Ça fait près de dix ans qu'on se connaît.

Je fais le calcul dans ma tête. Mammoth n'avait pas loin de vingt ans. Il était en garnison près de Miami, la ville où réside mon oncle.

— Ah ! Donc tu le connais de l'armée ?

Mammoth baisse les yeux sur moi.

— Princesse...

James se racle la gorge et vient se planter si près de nous qu'il me fait de l'ombre, occultant le soleil ainsi dressé de toute sa hauteur.

— *Princesse* ? Tu te fous de moi, là !

— Ce n'est pas ce que tu crois, s'empresse de répondre Mammoth, et c'est à mon tour de me raidir.

Comment ça, ce n'est pas ce qu'il croit ?

— Mais qu'est-ce qui te prend ? s'insurge oncle Thomas, qui rejoint James, le front plissé et les sourcils froncés, aussi perplexe que moi.

— On a une... histoire en commun, explique Mammoth, les yeux rivés à oncle James, les muscles crispés et la main toujours fermement agrippée à ma taille.

À en juger par sa réaction et la façon dont James le regarde, comme s'il était à deux doigts de l'étriper à mains nues, cette histoire doit être sacrément chargée.

— Elle est au courant ? demande mon oncle dans un langage crypté, la tête inclinée dans ma direction. De tout ?

Il parle de moi comme si je n'étais pas là, ce qui est curieux. Oncle James n'a jamais été homme à mâcher ses mots et, plus encore, à traiter une femme comme si elle était invisible.

— Youhou, dis-je tout en agitant les mains. Je suis là.

James tourne brusquement son regard mauvais vers moi et bougonne. Sa considération aura été de courte de durée, puisqu'il revient déjà à Mammoth.

— Alors ?

Mammoth secoue la tête.

— Alors, non.

J'élabore aussitôt dans ma tête les pires théories. Le meurtre, la drogue, le kidnapping, l'extorsion de fonds... Toutes les raisons qui auraient pu amener Mammoth à croiser la route de mon oncle et qui expliqueraient la rage de James en le voyant me toucher.

Je pousse Mammoth sur le côté et tends le cou pour regarder mon oncle dans les yeux.

— S'il y a un problème, tu ferais mieux de me parler plutôt que de faire comme si je n'étais pas là.

Voilà. J'ai retrouvé mes tripes et me suis adressée à lui de la manière dont j'ai toujours vu ma tante Izzy le faire.

Un silence règne et, l'espace d'un instant, ses pupilles ne quittent pas Mammoth. Et puis, ils finissent par glisser vers moi. Si j'avais la vessie pleine, je me pisserais littéralement dessus devant la lenteur avec laquelle il tourne la tête et plisse un peu plus les paupières. Il est rare que je voie cette part sombre et effrayante de lui, mais quand c'est le cas… j'ai envie de me planquer.

— Je sais qu'il fait partie des Disciples, tonton, dis-je pour tenter d'apaiser ses craintes et de fendre un peu sa coquille. Pas de quoi en faire tout un plat.

Oncle James penche la tête sur le côté et me fixe du regard. Il ne cligne pas des yeux et semble encore moins amusé ou calmé.

— Que sais-tu de lui ?

Il a prononcé le pronom *lui* comme si c'était un morceau de verre dans sa gorge.

Je tourne la tête et souris à Mammoth par-dessus mon épaule.

— J'en sais suffisamment, dis-je, avant de reporter l'attention sur mon oncle.

Il lève un sourcil.

— Suffisamment ?

Ce type est impossible, mais ça ne devrait pas me surprendre. Je ne connais aucun homme qui ne soit exaspérant et fatigant, surtout ceux de ma famille.

— Je sais qu'il fait partie d'un club de biker. Qu'il a servi dans l'armée et a vécu près de Miami. Que son père avait été militaire avant lui. Qu'il déménageait souvent étant petit. Qu'il s'appelle J.D. Saint.

J'omets le reste, comme le gémissement qu'il pousse quand il a un orgasme ou son odeur après le sexe. J'ai les mots qui me brûlent les lèvres et aurais bien envie de provoquer mon oncle, or je tiens à la vie.

La main de Mammoth est de retour à ma taille et me presse doucement.

— Laisse-nous une minute, princesse. Ton oncle et moi avons quelques mots à nous dire.

— Non !

Être ainsi écartée me hérisse le poil.

— Tamara, écoute-le, m'ordonne James.

Oncle Thomas s'avance vers moi et pose une main sur mon épaule.

— J'aimerais qu'on parle de ce qui s'est passé chez les Disciples. Tu penses pouvoir me faire un rapide débriefing avant qu'on entre ? Si on tarde, ta grand-mère va nous décapiter.

Je sais ce qu'oncle Thomas est en train de faire. Au moins, il reste aimable. Il m'exclut de la conversation, mais le fait avec plus de tact. Ça a toujours été sa méthode. Il n'est pas méprisant et prend toujours en considération les sentiments des autres. James, lui, ne se soucie que d'obtenir ce qu'il veut.

— Ne t'en fais pas, me rassure Mammoth quand il voit que je ne pars pas. Je te rejoins.

— OK, je m'en vais, dis-je tout en me dressant sur les talons pour embrasser Mammoth sur la joue, tout près de ses lèvres. Mais pas parce que *James* m'a demandé de partir !

Mon oncle marmonne dans sa barbe, mais je l'ignore. C'est tout ce qu'il mérite pour la façon dont il m'a exclue de la discussion, pour avoir parlé comme si je n'existais pas, et, de manière générale, pour avoir agi comme un con.

Je n'ai pas fait deux pas en direction de la maison qu'oncle Thomas passe un bras autour de mes épaules et m'attire contre lui.

— J'ignore de quoi il s'agit, mais c'est préférable de les laisser régler ça ensemble, petiote.

— Tonton, pourquoi se montre-t-il si con ?

Thomas soupire et secoue la tête.

— C'est comme ça chaque fois qu'il croit qu'une personne qu'il aime a des ennuis.

Je m'arrête de marcher et tourne la tête pour le regarder.

— Mammoth a été parfaitement gentleman avec moi. Il est réglo. Le club, non, mais lui, oui.

C'est un mensonge. Je le sais et, à la façon dont le nez de mon oncle se plisse, il le sait aussi.

— Tu as fait un truc vraiment idiot l'autre jour en prenant la clé des champs sans informer qui que ce soit de l'endroit où tu allais.

— Tous les autres jours de l'année, personne ne sait où je me trouve, tonton. Je vis même à plus de cent cinquante kilomètres d'ici. Alors, à moins que vous ayez installé un traceur GPS sur ma voiture...

Il rit ; moi, pas.

— Attends, vous n'avez tout de même pas...

Il secoue la tête.

— Non, ma puce. On n'a rien installé sur ta voiture. Tout ce que je sais, c'est que t'as fichu à Gigi la frousse de sa vie et que Pike est devenu bavard comme une pie.

— Crétin, je marmonne, me rappelant que ce dernier ne perd rien pour attendre.

— Que s'est-il passé chez les Disciples ?

On se remet à marcher en direction de la maison.

Je hausse les épaules.

— Rien. Ils ont bouclé le QG peu après mon arrivée. Mammoth est resté pour veiller sur moi. Et, quand tout a été terminé, il m'a raccompagné à la maison.

— Tu as entendu parler de quelque chose ?

Je réfléchis quelques secondes. Je tente de me souvenir de bribes que j'aurais pu saisir çà et là, seulement les jours sont passés comme dans un rêve.

— Honnêtement, je ne m'en souviens pas.

Il me serre contre lui et me plante un baiser sur le crâne.

— C'est pas grave, Tam. Je suis content que tu sois rentrée saine et sauve. Qu'est-il arrivé à Crow ?

Je hausse les sourcils et manque de me ramasser par terre.

— Pike, je peste, comprenant qu'il a rapporté une foule de détails à ma famille, et pas seulement les grandes lignes. Quel con !

Mon oncle se remet à rire.

— Ne sois pas trop dure avec lui. Il était inquiet et c'est pas tellement facile de nous tenir à l'écart des secrets. On a cette capacité, dans la famille, à tirer les vers du nez des plus récalcitrants.

— Ça, oui.

Je sais combien ils peuvent se montrer redoutables quand ils s'y mettent tous ensemble, seulement je croyais Pike plus solide que ça. Je me disais qu'après avoir vécu chez les Disciples, il tiendrait bon devant un interrogatoire à la Gallo. Gigi et moi, on était déjà passées maîtres à l'âge de quinze ans. Lavette.

La porte d'entrée s'ouvre et Gigi apparaît. Elle nous fixe du regard, oncle Thomas et moi, avant de tourner les yeux en direction de Mammoth et James. Je vois ses sourcils s'arquer et je peux quasiment lire dans ses pensées.

— Je ferais bien d'aller retrouver Angel, déclare oncle Thomas. Je vous laisse discuter, toutes les deux.

Il me libère, avant d'embrasser brièvement Gigi sur la joue et de disparaître dans la maison.

Ma cousine sort et vient se tenir près de moi sous le porche.

— C'est quoi, le délire ?

Elle tend une main vers les deux hommes, plongés dans une conversation animée.

— Va savoir. Ils ont rien voulu me dire, mais ils se connaissent.

L'horreur se lit sur son visage.

— Ils se connaissent ?

La bouche grande ouverte, elle observe les deux hommes au bout de l'allée.

J'opine du chef.

— Apparemment.

Avec un soupir, j'ajoute :

— Oncle James l'a appelé par son nom de famille.

— Tu déconnes ? murmure Gigi tout en secouant la tête. Ça sent pas bon, Tam. Pas bon du tout.

Je hausse les épaules et pince les lèvres.

— Peu importe qu'ils se connaissent ou non. Mammoth est un mec réglo. Depuis qu'on s'est rencontrés, il a toujours été super avec moi.

Elle me donne un coup de hanche.

—Développe.

Je ricane tout en contemplant ce grand type bien bâti qui m'a donné du plaisir à répétition et des orgasmes comme si c'était un putain d'expert en la matière.

—On a baisé plusieurs fois.

—Breaking news ! se moque-t-elle, avant de me flanquer un nouveau coup de hanche. J'en attendais pas moins de toi. Je veux des détails. Et d'ailleurs, il s'est passé quoi, avec Crow ?

Je roule des yeux.

—Aucune idée.

—Pourtant, tu semblais lui plaire.

—*Semblais*, c'est le mot juste, je marmonne. Je pensais qu'il serait content de me revoir, mais je me suis gourée. Bien comme il faut. Il m'a traitée comme une merde quand j'ai débarqué là-bas en pensant passer un peu de bon temps. On aurait dit que j'étais un parasite, et non la meuf avec laquelle il avait flirté durant des jours.

Oncle James et Mammoth se tiennent maintenant tout près l'un de l'autre, leur corps s'animant à mesure que la conversation avance. Malheureusement, ils parlent trop bas et je suis trop loin pour en saisir un traître mot.

Fait chier.

—Et lui ? me demande Gigi, pointant un doigt en direction de l'actuel objet de mon désir. Comment as-tu fini au lit avec ce gars ?

— J'ai eu de la chatte, ris-je, me remémorant la façon dont il me regardait de l'autre côté du bar, souriant de ses yeux gris sexy, amusé par mon attitude. Mais, meuf, laisse-moi te dire un truc. Ce mec...

Je m'évente avec une main.

— Personne ne m'a mis le feu comme lui.

La bouche de Gigi s'ouvre en grand.

— C'est pas un coup d'un soir, ça.

Je hausse les épaules. Bon sang, j'espère que non, mais qui sait ? Mammoth est un biker qui vit à l'autre bout de l'État. Je ne le vois pas changer de vie pour moi, et il me reste une année d'étude. L'avantage, c'est que ma résidence étudiante n'est pas si éloignée du QG, à supposer qu'il soit partant pour remettre ça.

— J'en sais rien, dis-je avec un soupir. Je suis pas toute seule à décider. S'il veut me revoir, j'écarterai volontiers les cuisses à nouveau pour ce type.

— Que se passe-t-il ? demande Pike, qui arrive derrière nous.

Gigi pivote vers lui. Moi, je continue de lui tourner le dos. J'ai tant de mots à lui asséner, et aucun n'est aimable. Or, ce n'est pas le moment. Je suis trop inquiète de voir Mammoth et oncle James continuer de se disputer pour me préoccuper du traître.

— James fait un brin de causette avec Mammoth, lui explique Gigi, qui s'éloigne dans mon dos.

Elle est probablement occupée à se lover contre son copain, toujours collée à lui.

— De quoi parlent-ils ?

— On sait pas, répond-elle.

Tout à coup, les deux hommes se séparent. Mammoth me fixe du regard, tandis qu'oncle James repart vers le porche. Je fais un pas en avant et m'éloigne de la maison pour rejoindre mon biker sexy.

James lève une main pour m'arrêter et dit :

— Laisse.

Je m'arrête net et vacille.

— Pardon ? je m'insurge tout en jetant un coup d'œil à Mammoth qui remonte sur sa moto. Mais qu'est-ce que t'as fait ?

— Qu'est-ce que j'ai fait ? répète-t-il, une main sur le torse.

Il me fusille du regard comme si je venais de braquer une banque ou je ne sais quoi.

— Mammoth !

Je plante James là, au beau milieu de l'allée, parce qu'il n'est pas mon père et que je suis une adulte. Aucun homme, en particulier mon oncle, ne renverra un de mes amis ou amants sans mon accord. Et, là, il n'a pas mon accord pour envoyer bouler Mammoth.

— Attends ! dis-je encore.

— Tamara, laisse-le partir, me crie mon oncle.

Je continue d'avancer tout en secouant la tête alors que Mammoth tend la main pour saisir la clé qu'il a déjà enfoncée dans le démarreur.

— Qu'est-ce qui se passe ? je demande quand je ne suis plus qu'à quelques mètres et n'ai plus besoin de crier. Où vas-tu, comme ça ?

Mammoth désigne du menton quelque chose derrière moi. Ou devrais-je dire *quelqu'un*... Oncle James.

— James et moi avons…

Il se passe une main sur la nuque.

— … une histoire commune.

Je pose les mains sur les hanches et penche la tête sur le côté. Je me demande où est passé le gros dur que j'ai rencontré.

— Et alors ? Ce qui a pu se passer entre vous, ça n'a rien à voir avec nous.

Mammoth secoue la tête avant de me prendre par les hanches.

— Princesse, tu ne comprends pas.

— Tu as couché avec lui aussi ?

J'essaie de faire de l'humour, mais à en juger par son expression, il n'y a pas lieu de rire.

— C'est ça ? je demande, à présent déroutée.

Mis à part une relation très, très intime ou un acte criminel, je ne vois pas en quoi la façon dont ils se sont rencontrés serait un problème.

Mammoth m'attire à lui, ses pouces caressant la peau de mon ventre.

— On s'est rencontrés dans un club.

Je passe les bras autour de ses épaules et mêle les doigts aux cheveux de sa nuque.

— Il savait déjà que tu faisais partie des Disciples, comme tout le monde ici. Et alors ?

Mammoth rit avec douceur, ses iris gris scintillant dans la lumière du soleil.

— Non, princesse. Pas ce genre de club. Je parle d'un club bien différent.

Je cligne des yeux, plus perplexe encore que je ne l'étais quelques minutes plutôt.

— Un club bien différent ?

Je cille à nouveau tandis que les mots font leur

chemin. J'ai alors un éclair de lucidité, les bribes de ce que j'ai entraperçu dans son coffre me revenant de plein fouet, et j'étouffe un cri d'exclamation.

Un club... *BDSM* ?

Merde, alors.

mammoth

À LA FAÇON dont elle écarquille les yeux, Tamara comprend enfin ce que je suis en train de lui dire.

— Attends un peu, tu pratiques le...

Sa voix s'éteint et ses beaux yeux noisette me regardent en papillotant.

— Et tu as connu mon oncle dans un...

— Oui, dis-je avec un hochement de tête.

Je lui presse doucement la taille et attends qu'elle digère ce que je viens de lui révéler.

Elle ne fait des yeux ronds que l'espace d'un bref instant, avant de se reprendre, comme si l'idée ne la rebutait pas entièrement.

— Mais tu n'avais pas l'air d'être de ce *bord*-là au QG.

Elle amène sa lèvre charnue entre ses dents et me dévisage tout en en mordillant la chair.

— T'es un *bottom*, alors ? C'est comme ça qu'on dit, non ? Un soumis, quoi.

Elle me demande ça avec le plus grand des sérieux, sans même un sourire ou un clin d'œil taquin.

Le rire qui fuse de ma gorge doit s'entendre à des kilomètres à la ronde. Je secoue la tête. Jamais je n'aurais imaginé qu'elle irait sur ce terrain-là, mais je trouve ça adorable au possible.

— Ai-je vraiment l'air d'un *bottom* ?

Elle hausse les épaules, les sourcils arqués, un sourire en coin sur sa sublime bouche.

— En quelque sorte.

Je fais la moue, même si je sais qu'au fond elle me fait marcher. Cette nana est une casse-bonbons et elle me cherche. J'ai l'habitude des défis. J'ai l'habitude de l'insolence. J'ai assurément l'habitude qu'on mette ma patience à rude épreuve autant que je teste celle des autres. C'est un jeu.

— Tu es en train de te foutre de moi, princesse. Cette fois, je vais laisser couler.

— Autrement, quoi ?

Elle hausse un de ses parfaits sourcils noirs. Toujours à tirer sur la corde.

Je l'attire tout contre moi, la regarde droit dans les yeux, nos bouches à seulement quelques centimètres l'une de l'autre, et lui souffle :

— Je te collerai une bonne fessée.

Son souffle est court et s'accélère, à l'image du mien. Je donnerais n'importe quoi pour me retrouver seul avec elle quelques heures, là, tout de suite.

— Bébé.

Elle passe ses bras autour de mon cou et

cherche à me provoquer en se frottant contre ma jambe.

— Descends de ta moto et entre.

— Je ferais mieux de partir.

Fait chier. Je n'en ai aucune envie, mais c'est la chose la plus convenable à faire.

Je connais James depuis des années et j'ai toujours respecté ce type. Pour rien au monde je ne voudrais baiser quelqu'un de sa famille, dans tous les sens du terme, et causer des ennuis. Sauf que cette fille me plaît. Bon sang, plus que ça, même. Tamara est une drogue dont je n'arrive pas à me lasser. Elle pourrait rapidement devenir une addiction si je ne fais pas attention.

— On emmerde mon oncle.

Elle frotte ses seins contre moi et me les colle pratiquement sous le nez.

— Il n'a pas à diriger ma vie ni la tienne, tu crois pas ?

La force de son argument, l'odeur de son corps et la chaleur de sa peau m'incitent à avancer vers elle et à me détacher de ma moto.

— Je ne suis pas prêt à renoncer à toi.

Je ne l'étais pas quand ça a commencé entre elle et moi et, même après cette conversation à cœur ouvert avec James, je ne le suis toujours pas. D'ailleurs, je n'en ai pas envie. J'ai beau avoir servi dans l'armée, je n'aime pas recevoir des ordres. J'ai passé une trop grande partie de mon existence à les suivre et j'ai eu ma dose. J'ai tourné la page. Terminé.

Être un dominant a été une façon, pour moi, de

prendre le contrôle à une époque de mon existence où j'en avais peu. La vie de militaire. À présent... à présent, je veux ma liberté, et je veux Tamara, quoi que James ou un autre ait à en dire.

Tamara me prend la main et me tire vers la maison. Elle manque de trébucher au moment où elle lève la tête et remarque que ses parents se tiennent sous le porche et nous observent, James à leurs côtés. Sa mère me détaille du regard.

Me déteste-t-elle ? C'est très probable.

Son père, lui, est plus facile à lire. S'il pouvait m'assassiner, il le ferait sur-le-champ. James a dû tout lui raconter, y compris mon passé et mes préférences sexuelles. Je ne lui ferais jamais un truc pareil, mais je vois que balancer ma vie privée à sa famille ne lui pose aucun problème.

Lorsque nous ne sommes plus qu'à quelques mètres du porche, tous trois se retournent et rentrent.

— Ça va être comique, murmure Tamara, dont les doigts se sont resserrés autour de ma main. Si je meurs aujourd'hui, sache que tu auras été la meilleure queue de toutes. D'accord ?

Elle lève la tête et me regarde de ses grands yeux, un sourire hésitant aux lèvres.

— Personne ne va mourir, princesse.

Je porte sa main à ma bouche et l'embrasse.

— Et, Tamara... je ne t'ai montré que mon côté *light*. Tu n'as encore rien vu.

Elle arque aussitôt les sourcils, si bien qu'ils touchent presque les cheveux bruns au-dessus de son front.

— Tu te retenais pour moi ?

— Tu n'as jamais fait la connaissance de Saint, poursuis-je, en grande partie pour la provoquer, mais avec beaucoup de sérieux.

Il y a Mammoth, le biker, qui tire son coup, et puis il y a Saint, un tout autre pan de ma personnalité que seules quelques rares personnes ont l'occasion de connaître.

— Ben, ça promet.

Je lève un sourcil.

— C'est une invitation ?

— En as-tu vraiment besoin d'une ?

— Je ne suis pas sûr que tu puisses tenir, dis-je pour la défier.

Je ne demanderais pas mieux que d'en faire mon objet.

La gentille et douce baise de ces derniers jours n'était rien comparée à ce que j'ai envie de lui faire. Et, si je parviens à mes fins, ce moment arrivera.

Tamara s'arrête de marcher, se tourne vers moi et lève les yeux.

— Bébé, murmure-t-elle, un sourire espiègle aux lèvres. Je ne suis pas sûre que *tu* puisses tenir.

Je sais maintenant que je vais adorer ce défi.

* * *

— Bon.

James ne m'a pas quitté des yeux et à la façon dont il tient sa fourchette, je suis à peu près sûr qu'il aimerait me la planter dans l'œil.

— Bon, je réplique tout en regardant de l'autre

côté de la table l'homme que je connais depuis des années et que je pensais être un ami.

— Quelle drôle de situation, murmure à ses côtés son épouse, Izzy, tout en déplaçant la nourriture dans son assiette, comme si elle ignorait quoi en faire.

J'ai vu cette femme presque entièrement nue et n'aurais jamais imaginé me retrouver attablé avec elle.

La pièce s'est presque entièrement vidée. Tout le monde a terminé de dîner et s'affaire à la cuisine, hormis nous six : James, Izzy, Tamara, ses parents et moi. *Drôle* est un euphémisme. C'est loin de qualifier l'ambiance qui règne dans la pièce.

— Résumons... dit Anthony tout en se frottant le menton, les yeux plissés. Tu vas dans ces clubs de pervers et couches avec de parfaites inconnues pour assouvir tes pulsions.

Je vois James et Izzy se raidir à ces mots. La fourchette pourrait à présent facilement voler en direction d'Anthony, et non plus seulement vers moi.

— Tu crois franchement que tout le monde baise avec tout le monde ? s'insurge James, qui cesse finalement de me fusiller du regard. Que c'est une sorte d'orgie complètement délirante ?

Anthony hausse les épaules.

— Écoute, on est déjà entrés dans ce genre de clubs pour regarder. Ne me prends pas pour un con, James. J'ai bien vu ce qui se passait là-bas. C'est déjà assez difficile comme ça d'imaginer ma sœur dans un endroit pareil avec son mari, alors ma fille...

— Attendez, là, proteste Tamara tout en repoussant son assiette pour poser les mains sur la table. Je ne suis jamais allée dans un club libertin. Je tiens à ce que ce soit clair.

Tous les regards sont braqués sur elle, y compris le mien. C'est sa famille, son moment, son intimité à dévoiler ou non, et je n'ai pas à en rajouter.

— Encore heureux, murmure sa mère, qui passe une main dans son épaisse chevelure noire.

— Et je ne suis plus vierge, renchérit-elle. Depuis bien longtemps.

La vache. Si je pouvais ramper sous la table, je le ferais. Dans quelle famille parle-t-on aussi ouvertement de sexe ? Pas dans la mienne, ça, c'est sûr.

— Putain, j'y crois pas, jure le père de Tamara, la tête renversée, les yeux fixés au plafond.

— Oh, je t'en prie ! s'énerve-t-elle, les lèvres pincées. T'étais un vrai coureur, toi. Je sais ce qui se passait du temps où tu avais ton groupe de musique et où tu t'envoyais tout Tampa Bay. À l'âge de vingt et un ans, avec combien de femmes avais-tu couché ?

Je me recule sur ma chaise et Tamara pose une main sur mon genou pour me clouer sur place. Je suis prisonnier, forcé de rester ici, d'assister à la conversation la plus embarrassante de toute ma vie, mais je le fais. Je reste. Pour elle.

— Ce n'est pas moi, le sujet, réplique-t-il tout en éludant sa question d'un geste de la main.

— Parce que t'es un homme, suggère-t-elle, la tête penchée sur le côté, le regard braqué sur lui.

James pousse un soupir agacé, et je tourne les yeux vers lui et Izzy, sa ravissante femme, qui se tient tout aussi muette que la dernière fois que je l'ai vue. À ce moment-là, en revanche, elle était à moitié dénudée, un ras-de-cou autour de la gorge, à genoux aux pieds de James. Une véritable œuvre d'art.

— Ça suffit ! s'écrie-t-elle subitement tout en tapant des mains sur la table. Arrêtez un peu, avec vos conneries.

Elle se lève, les paumes appuyées sur le bois, et lance un regard noir à l'assemblée.

—Anthony, tu étais un coureur.

La mère de Tamara ouvre la bouche pour protester et Izzy se tourne vers elle.

— Maxine, tu n'étais pas une sainte non plus, donc ne me raconte pas des salades. Vous avez été célibataires durant des années et le mariage était largement consommé avant que vous vous passiez la bague au doigt. Quant à James et moi, ce qu'on fait, pervers ou pas, ça ne vous regarde pas. Tout comme ça ne nous regarde pas si tu aimes te la prendre dans...

— La ferme, Isabella, s'empresse de répondre Maxine, sans laisser Izzy terminer sa phrase.

Je suis bouche bée. Les obscénités qui volent de toute part me choqueraient presque, ce qui est insensé quand on sait que j'en ai vu des vertes et des pas mûres.

—Elle aime se la prendre dans... ? demande Tamara, dont le regard navigue entre sa mère et sa tante.

Izzy secoue la tête et la pièce retient son souffle.

— Bref. Tamara est une adulte ou une enfant ?

Elle a les mains posées sur les hanches à présent et nous adresse, à tous, y compris à son mari, un regard de reproche.

— C'est une adulte, marmonne Maxine à contrecœur.

— Et toi, qu'as-tu à dire ? demande-t-elle à James, qui paraît tout aussi irrité que le père de Tamara.

— C'est une adulte, mais...

Izzy secoue la tête.

— C'est une adulte. Fin de l'histoire.

Anthony chasse l'argument de sa sœur d'un geste de la main.

— Ce n'est pas aussi simple, Izzy.

— Si, ça l'est, nom d'un chien, peste-t-elle. Cette jeune femme...

Elle agite une main en direction de sa nièce.

— ... est sortie avec de vrais abrutis ces dernières années. Là, elle revient avec un honnête homme, et voilà que vous perdez la tête.

Son compliment déclenche un sourire chez moi.

— Vous voulez qu'elle reste célibataire toute sa vie ? leur demande Izzy avec le plus grand des sérieux.

— Non, admet Maxine tout en triturant le solitaire à son doigt. Bien sûr que non.

— Et toi ? demande-t-elle à Anthony, qui secoue immédiatement la tête. Alors redescends un peu, profite du dessert et réjouis-toi d'avoir une fille en bonne santé et qui semble jouir un peu de la vie.

— Tu as toujours été ma préférée, tata, commente aussitôt Tamara, qui obtient un clin d'œil de sa tante avant que cette dernière ne se rasseye.

— Écoute, me dit James.

Il pousse un long soupir et passe une main sur la pointe de ses cheveux bruns et courts.

— Je ne te cache pas que cette histoire ne me plaît pas beaucoup. Je vois toujours Tamara comme cette fillette aux cheveux magnifiques qui joue à la poupée. J'ai du mal à me faire à l'idée qu'elle a grandi. Et le fait de la voir, ici, avec toi, quelqu'un que j'ai connu dans d'autres *cercles*, c'est déroutant. J'ai besoin de temps. Une information comme ça, c'est pas facile à digérer, pour moi.

— Pas facile à digérer pour toi ? se moque Anthony tout en secouant la tête. Et moi, alors ? Tu imagines, toi, Rocco en train de se faire fesser ou fouetter par une nénette ?

James blêmit.

— Il faudrait un sacré morceau de gonzesse pour maîtriser ce saligaud.

Izzy se couvre le visage des deux mains et secoue lentement la tête. C'est alors que la grand-mère de Tamara fait irruption dans la pièce, accompagnée de la vieille dame aux mains baladeuses.

— Un morceau de gâteau à la fraise ? demande mamie Gallo, qui tend le plat pour nous montrer le dessert et ignore complètement ce qui vient de se dire.

J'ai l'impression d'avoir traversé un champ de

bataille tout en esquivant les balles, pourtant je n'ai fait que dîner et suivre une conversation carrément embarrassante. Bon sang de bonsoir. Sont-ils toujours comme ça ? À mettre le nez dans les affaires des uns et des autres, à parler de sexe, à partager leurs secrets, autoritaires comme pas deux ?

— Coucou, me lance la vieille dame, qui glisse les mains sur mes épaules et enfonce ses doigts dans mes muscles. Je suis sûre qu'un petit massage te ferait le plus grand bien, après un voyage pareil.

— Fran, la réprimande Izzy tout en jetant un regard de reproche à celle qui se tient au-dessus de mes épaules.

Tamara ne se soucie pas de la femme qui me tripote, me laissant livré à moi-même, et s'exclame :

— Il a l'air délicieux, mamie !

— Eh bien, madame, dis-je tandis que je relève la tête pour regarder cette femme qui, j'imagine, était sublime dans sa jeunesse, puisqu'elle est encore belle aujourd'hui, bien qu'elle soit suffisamment âgée pour être ma grand-mère. J'apprécie votre offre, mais je ne pense pas que ce soit de bon ton pour l'heure.

— De bon ton, répète-t-elle d'un air amusé. Il n'y a pas un jour dans ma vie où j'ai été de bon ton.

— Un morceau ? me demande mamie Gallo, qui me tend le plat et me fixe du regard.

— Avec plaisir, madame, j'acquiesce tout bas.

Je me demande bien comment me libérer de la vieille dame.

— Il est tellement respectueux, commente-t-elle dans mon dos tout en pétrissant mes épaules. J'aime cet homme.

— Tu as déjà un homme, lui fait remarquer son époux.

Il a les bras croisés, et s'il paraît agacé, il ne semble pas choqué de la voir me tripoter.

— Tu ferais bien de ramener tes jolies petites fesses ici, trésor, et de poser tes mains sur moi, plutôt.

La femme se penche vers moi et porte la bouche à mon oreille.

— Tu es un sacré beau morceau, mon garçon. À croquer. J'aime bien enquiquiner mon mari, c'est tout. Comme ça, il se déchaîne au lit.

Mon repas me remonte dans la gorge, mais je ravale mon vomi et me force à sourire. Je n'ai pas le temps de répondre qu'elle a déjà disparu et a rejoint son mari pour se glisser sur ses genoux.

— Que s'est-il passé au QG ? me demande Bear, qui change de sujet et passe à un thème un peu moins embarrassant que le sexe, en ce qui me concerne du moins.

La main de Tamara quitte mon genou pour remonter plus haut. Je ne bronche pas.

— Toujours le même refrain. Une bricole, mais c'est réglé.

La grand-mère de Tamara pousse une assiette devant moi qui contient le plus beau des fraisiers que j'aie vu jusqu'ici.

— C'est fait maison. J'espère que tu le trouveras bon, Mammoth.

Elle me sourit gentiment et je retrouve un peu de Tamara dans ses traits.

— Je vais l'adorer, madame, je n'en doute pas. Appelez-moi J.D.

— Et ce sont les initiales de quoi ? demande Anthony.

— J.D., dis-je tout en prenant ma fourchette, conscient de ne pas lui donner satisfaction.

— Comme John David.

— Par exemple.

J'enfourne une fourchette pleine de gâteau dans la bouche pour ne pas avoir à répondre à davantage de questions.

Tamara se met à rire lorsqu'elle m'entend pousser un gémissement de satisfaction. Putain, j'adore ce gâteau.

— Je crois qu'il l'aime bien, mamoune.

— Je te donnerai la recette, ma chérie.

Mamie Gallo décoche un clin d'œil à sa petite-fille.

— Pour gagner le cœur d'un homme, il faut passer par l'estomac.

— Balivernes, bougonne Bear tout en pressant son épouse. Fran ne sait pas cuisiner pour un rond, mais je l'aime quand même.

— Ça va ? me demande Tamara tandis que je suis là, silencieux, à manger ma part de gâteau et à observer la bande d'individus la plus frappadingue en présence de laquelle je me suis trouvé depuis bien longtemps.

— Super, dis-je aussitôt que j'ai avalé le morceau que j'avais dans la bouche. Vraiment super.

— Tant mieux, bébé.

Elle me tapote la cuisse et me sourit comme si j'étais le centre de l'univers.

— Je sais qu'ils ne sont pas faciles, mais ce sont des gens bien quand on apprend à les connaître.

Je dois bien admettre qu'elle a raison.

Aussi fous qu'ils soient, il ne transpire que de l'amour à cette table. Un amour inconditionnel, sous toutes ses formes, et tant de gentillesse qu'il est difficile de ne pas vouloir s'accrocher à un peu de cette folie.

tamara

— OH, mon Dieu ! lâche Lily, qui arrive en trombe dans le patio. Je suis désolée, je suis trop en retard.

Elle parle si vite qu'on croirait entendre un seul mot.

Nous sommes installés sur une méridienne au bord de la piscine, flanqués de Gigi et Pike d'un côté, et d'Austin de l'autre.

Ses yeux s'écarquillent lorsqu'elle découvre Mammoth.

— Qui... ?

Sa bouche s'ouvre en grand et je me mets à rire, parce que son expression est hilarante.

— Qu'est-ce que... ?

Elle enroule une mèche de cheveux autour de son index et me regarde bouche bée.

— Lily, je te présente Mammoth.

Je touche une de ses jambes qui passent de part et d'autre de ma taille.

— Mammoth, voici Lily, mon intello de cousine

qui, un jour, deviendra médecin.

— Sans déc' ? lâche-t-il, clairement impressionné. Salut, Lily.

— Purée, murmure-t-elle, notant du regard ses tatouages, ses longs cheveux et sa canonitude, de manière générale. Enchantée, Mammoth.

Austin se penche en avant et tapote l'extrémité de la méridienne.

— Bordel, où t'étais passée ?

Poussant un grognement frustré, elle se glisse sur le fauteuil, remonte les genoux à sa poitrine et les enserre.

— Ma saloperie de voiture m'a encore lâchée. Je ne comprends pas ce qui cloche, mais j'aimerais mieux qu'elle tienne encore un an au moins.

— Quel modèle ? demande Mammoth dans mon dos.

— Une merde étrangère hors de prix, répond Austin, qui n'en rate jamais une pour charrier Lily sur ses goûts en matière d'automobiles, parce que, selon lui, rien ne vaut un bon vieux pick-up.

Lily tourne brusquement la tête vers lui, le regard noir :

— La ferme.

Austin lève les deux mains, comme pour capituler, ce qu'il ne fait jamais. Il s'est rapidement fait une place dans la famille et a réussi à s'intégrer à notre trio, comme son frère avant lui. Les temps ont vite changé. Nous ne sommes plus ces trois célibataires qui font les quatre cents coups et brisent des cœurs partout où elles passent. On grandit, et je ne sais pas bien ce que ça me fait.

— Je peux y jeter un œil, lui propose Mammoth, ignorant la remarque d'Austin.

— Tu ferais ça ? s'exclame-t-elle. Tu t'y connais en voiture ?

Il hoche la tête.

— Je bricole depuis que je suis môme.

Je lui souris. Ça me plaît de voir qu'il est prêt à aider ma cousine qui est incapable de faire la différence entre un écrou de roue et une plaquette de frein. Toute brillante qu'elle est, elle est cruche pour un tas de trucs élémentaires. Son intelligence est limitée, et tout ce qui touche à la mécanique n'en fait pas partie.

— Tu ferais ça pour elle ? je lui demande à mon tour.

Mon sourire s'élargit lorsqu'il hoche à nouveau la tête.

— Évidemment ! me répond-il, comme si j'étais folle de penser le contraire.

Je ne suis jamais sortie avec un mec disposé à aider les autres, mes cousines encore moins. À la réflexion, je n'ai jamais connu que des égoïstes. Des types qui ne cherchaient qu'à tirer leur coup, guère plus. Je doute même que certains aient su mon nom, mais, à l'époque, je m'en fichais. Je me servais d'eux autant qu'eux se servaient de moi.

— Je vais te filer un coup de main, s'exclame Pike, qui est debout avant même que Mammoth ait le temps de se lever. On va te réparer tout ça, Lily.

Il baisse les yeux sur Gigi, qui s'adosse à son siège et s'étire.

— Attends-moi là, ma belle. On n'en a pas pour longtemps.

Mammoth est debout et se penche pour presser ses lèvres contre les miennes.

— Ça te dérange pas ?

Je secoue la tête, le regard perdu dans ces yeux qui m'attendrissent comme de la pâte à modeler. Voilà que je me suis changée en l'une de ces minettes qui deviennent toutes choses rien qu'à la vue d'un homme, et ça ne me plaît pas vraiment.

— Nan, bébé. Va accomplir ton devoir de mec et faire ami-ami avec le cafteur.

L'instant d'après, ses lèvres m'ont quittée et les deux hommes passent la porte coulissante pour disparaître dans la maison.

— Qu'est-ce que j'ai loupé et où est Crow ? demande Lily sitôt que nous nous retrouvons entre filles... bon, mis à part Austin, mais ça compte pour du beurre.

Je pousse un soupir et me couvre le visage d'une main. J'aimerais pouvoir flanquer à ce connard un coup de poing droit dans les balloches.

— C'est un con.

— Ben, ça, marmonne Lily, on le savait déjà, sauf toi. Ma question, c'est : pourquoi n'est-il pas ici et où as-tu déniché ce mec ultracanon ?

Je fais de la place sur la méridienne et Gigi nous y rejoint. Nous voilà toutes trois entassées sur le fauteuil. Je regarde ma *team*. Je donnerais n'importe quoi pour remonter le temps et revivre nos folles années de fac.

— Quand je me suis pointée au QG, Crow a fait comme s'il ne voulait pas me voir. Alors je me suis dit « et puis, merde », et voilà !

Je tends le pouce en direction de la maison.

— Je m'en suis trouvé un autre. Je suis montée en gamme. J'ai pioché dans l'*oversize*. Au final, j'ai gagné grave au change.

Lily fait une moue.

— Je n'ai jamais aimé Crow. Il y avait un truc louche chez lui.

— T'as jamais aimé qui que ce soit, Lily baby, commente Austin, qui se mêle de notre conversation, comme à son habitude. Personne n'est jamais assez bien.

Elle ramasse sa sandale sur le sol et la jette sur Austin, qui la rattrape en plein vol et se met à rire.

— Eh, mon gars ! Je t'aime bien, alors que tu n'es même pas tellement agréable.

— Tu m'adores, la taquine-t-il. Vous m'adorez toutes.

— On t'adore, Aussie, dis-je pour gonfler son ego.

Ce môme a vécu l'horreur. Je n'aurais pas réussi à surmonter un truc aussi tordu et à continuer à rire et à sourire comme si la vie avait repris son cours normal.

— Que pourrait-on ne pas aimer chez toi ?

— J'ai combien de temps pour développer ? Je peux dresser une liste.

Gigi adore enquiquiner Austin.

— De toutes les trois, c'est toi qui m'aimes le plus, lui rétorque-t-il, parce qu'il sait qu'elle le fait marcher.

—Youhou !

Lily agite les mains pour attirer notre attention.

—Le grand type. Je veux des détails.

Je n'ai pas le temps d'ouvrir la bouche et de

tout lui raconter que Gigi a les mains en l'air et lance :

— Tu ne vas pas en croire tes oreilles ! Il est comme oncle James.

Notre cousine plisse le nez.

— Hein ?

— Comme oncle James, répète Gigi, qui rit et secoue la tête. Un mec qui aime donner des ordres au pieu. Un dominant.

Les yeux bleus de Lily deviennent tout ronds et son expression pincée fait place au choc.

— C'est un dominant ? chuchote-t-elle, comme si elle s'efforçait de ne pas ébruiter un secret.

— Attends, ajoute Gigi, qui se rapproche et se penche vers elle. Il y a mieux ! Ils se connaissent.

Les grands yeux de Lily s'agrandissent encore, et elle se tourne vers moi pour me regarder.

— Ils se connaissent ?

Gigi hoche la tête.

— Ouep ! Ils se sont connus dans un club top-secret, un genre de Toys « R » Us pour dominants. James n'était pas vraiment ravi de le voir avec Tamara, c'est le moins qu'on puisse dire.

— La vache ! murmure Lily, qui attrape sa queue de cheval et lisse ses cheveux contre son épaule. Pourquoi je rate toujours les trucs inté-ressants ?

— T'as tout le temps le nez plongé dans tes bouquins, bébé.

Je sais pertinemment qu'hier soir elle n'est pas sortie. Elle devait potasser je ne sais quel examen imaginaire qu'elle se croit obligée de réussir à la rentrée.

Lily relève le menton et me regarde par-dessus son petit museau pointu.

— C'est faux.

— C'est vrai, la contredis-je. La vie te passe sous le nez.

— Bandes de nulles, s'exclame Gigi. Vous allez vous démener toute votre vie pour un patron, alors que l'entreprise familiale se trouve sous vos yeux. J'arrive pas à croire que vous refusiez de bosser à Inked avec moi. Imaginez à quel point ce serait drôle.

Je soupire, parce qu'elle a raison. Seulement, j'arrive à peine à dessiner un cœur sans le foirer et le faire passer pour le gribouillage d'un môme de cinq ans.

— Si j'avais un quelconque talent artistique, je viendrais bosser avec toi, crois-moi.

— Parce que tu crois que son père...

Gigi pointe un doigt en direction de Lily.

— ... est un artiste ?

— L'homme est tout en muscles et bons sentiments, mais il est loin d'être Picasso, admet Lily d'un air goguenard.

— Tu devrais prendre sa suite. Fais une pause une fois que ton année sera terminée et viens travailler au salon. Apprends. Tu tiens vraiment à te farcir encore des années d'école ?

Lily pose le menton sur les genoux, les bras autour des jambes.

— Je déteste la fac, nous annonce-t-elle, et Gigi et moi la regardons bouche bée, secouées par la révélation de notre cousine. Au plus haut point !

Cette fille a toujours été première de classe,

fière d'être la parfaite intello. Pas une fois elle ne s'était plainte de sa charge de travail ou de son emploi du temps intenable, et elle paraissait s'épanouir dans l'adversité.

L'inquiétude passe dans le regard de Gigi.

— Tu détestes la fac ?

Lily nous regarde depuis ses genoux et hoche la tête.

— Je ne veux pas être médecin, murmure-t-elle, comme si elle nous confiait le plus inavouable des secrets.

J'ai un mouvement de recul.

— Ah bon ?

— Putain de merde.

Gigi s'en claque pratiquement le front. Toutes les deux, nous croyions que...

— Je veux laisser tomber.

Austin rapproche sa chaise et pose une main sur son épaule.

— Pas si vite. Laisse-moi aller chercher du pop-corn avant de balancer ton scoop à tout le monde. Ça va péter plus fort que le feu d'artifice du quatre juillet.

— Tu n'es d'aucune aide ! je rabroue ce gros malin.

Il sait très bien, malgré son arrivée récente dans la famille, qu'oncle Mike et tante Mia vont en perdre leur latin.

Lily le chasse d'une tape sur la main.

— Je ne vais pas le leur dire aujourd'hui.

Elle lève les yeux au ciel et ajoute en grommelant :

— J'ai pas envie que tout le monde assiste au carnage.

— Mais enfin, Lily, pourquoi maintenant ? je demande. Qu'est-ce qui s'est passé ?

Ma cousine serait-elle en train d'anticiper sa crise de la quarantaine ?

Elle hausse les épaules, une moue aux lèvres.

— J'attends autre chose de la vie que les études.

Elle allonge vivement le bras et agite la main en direction de Gigi et de moi.

— Vous deux, vous vivez pleinement, pendant que, moi, je suis coincée à la bibliothèque tous les week-ends, à bûcher et à gâcher ma vie.

Gigi pose une main sur le genou de notre cousine.

— Mais ce n'est pas du gâchis que de devenir médecin. Pense à tous ces gens que tu pourrais aider. Toutes ces vies que tu pourrais sauver.

— Ou tous ces gens que je pourrais tuer, rétorque-t-elle sur un ton dégagé. Je ne veux pas endosser ce genre de responsabilité. Je ne veux pas me dire qu'une petite erreur pourrait faire toute la différence. Vous me suivez ?

Elle pose le menton au creux des mains, coudes appuyés sur les genoux, et contemple le sol.

— Je n'ai plus envie de ça. L'année dernière, j'ai continué à aller en cours uniquement pour mes parents, mais je veux arrêter de vivre pour eux et j'aimerais, pour une fois, vivre pour moi.

Gigi me dévisage et hausse les épaules quand je lui souffle :

— C'est quoi, ce délire ?

— Je suis certaine qu'ils comprendront, lui répond-elle pour tenter d'apaiser ses craintes, même si on sait qu'elle ment.

Ses parents vont le prendre très mal. Oncle Mike, peut-être pas tant que ça, mais tante Mia... Elle va péter une durite. Elle la prépare depuis toute petite à prendre la relève à la clinique, se voyant travailler côte à côte avec Lily jusqu'à ce qu'elle soit apte à reprendre son « bébé » et à aider les plus démunis de la ville.

— Non, ils ne comprendront pas, mais ils devront faire avec. Il s'agit de ma vie, de mon choix, de mon moment. Ils ont fait ce qui leur a plu, eux. Papa a ses piercings et sa boxe. Maman a sa clinique et tous ces gens qui l'adulent parce qu'elle leur vient en aide. Je n'ai pas envie de ça. Je ne veux rien de tout ça.

Lily secoue la tête et murmure des paroles indistinctes.

— Faut que je règle des trucs.

— Tam reprend la fac. Tu n'as qu'à squatter sa chambre. On pourrait vivre en coloc', ma cousine. On s'éclaterait.

Je lance un regard noir à Gigi. Cette garce cède ma chambre sans même me demander mon avis.

— Quoi ? s'exclama-t-elle, les mains levées au ciel. Ton petit cul de biatch retourne sur les bancs de l'école, non ?

Je hoche la tête.

— Si. Encore un an, et j'aurai terminé mes études. J'aurais aimé que le QG soit plus près, c'est tout.

— Tu craques vraiment pour ce gars, alors ? me

demande Lily, qui me dévisage comme si c'était moi qui avais livré le plus gros scoop de la journée.

— Oui.

Je souris. Rien que de penser à lui, j'ai l'estomac qui fait des cabrioles.

— Fais ce qui te rend heureuse, me conseille-t-elle, avec un hochement de tête, avant de me rendre mon sourire. Fais-toi plaisir, c'est tout.

— Tu veux dire « fais-toi Mammoth », plaisante Gigi. Parce que je crois bien que c'est lui qui la rend heureuse, là, tout de suite. On dirait qu'il lui a retourné le cerveau en même temps que le cul.

Je lui fais un doigt d'honneur.

— Va bien te faire foutre.

— Et la voilà de retour ! se moque-t-elle en riant. Il doit y avoir une date de péremption à la gentillesse que sa queue lui fournit.

— Elle est plutôt magique, je renchéris, ce qui me vaut des gloussements de mes cousines.

— Bon...

Je me racle la gorge et poursuis sans tenir compte des deux bêtas.

— ... revenons-en à ma chambre. Lily, si tu me promets de t'éclater enfin et de faire le plein de quéquettes, je t'autorise à crécher dans ma chambre et à tenir compagnie à mon lit quand je partirai à la fac.

Lily se couvre le visage.

— Je n'y arriverai jamais. Je ne peux pas lâcher mes études comme ça. Ce qui est certain, c'est que je ne peux pas le dire à mes parents.

— À toi de voir, lui dit Gigi, qui vient prendre place sur le siège où se trouvait Austin plus tôt.

C'est ta vie et tu sais qu'on sera toujours là pour te soutenir. Dis-le-leur. Je parie qu'ils ne seront pas si fâchés.

Gigi ment sur toute la ligne. Elle le sait. Je le sais. Lily le sait, aussi. Ils vont passer de la colère à la fureur divine en moins de deux secondes dès qu'ils apprendront qu'elle arrête ses études pour... se taper des mecs ?

— Allons voir où en sont les garçons, je propose, avant que Lily ne se mette à fondre en larmes. Peut-être ont-ils réparé ta caisse.

Elle est terrifiée. Pourtant, même s'il y a de grands risques pour que ses parents se fâchent, ils aiment leur fille comme si elle chiait des arcs-en-ciel.

Nous décidons de ne pas couper par la maison pour éviter nos parents et un déluge de questions. Lorsque nous la contournons et ouvrons le portillon de la clôture, Pike et Mammoth apparaissent, penchés sous le capot ouvert de la petite voiture noire de Lily, le cul bien en évidence. Très alléchant, tout ça.

— Putain, il fait chaud ici ! je murmure, tout en me rinçant l'œil. On voit des machins comme ça dans ton école, Lil ?

Si elle secoue la tête, ses yeux restent braqués sur leurs derrières.

— Nan. Juste trop de kaki.

Gigi et moi éclatons de rire en chœur, frissonnant comme si l'horreur inspirée par ce fashion faux pas était insoutenable.

— Il n'y a rien de plus sexy qu'une paire de jeans bien ajustés sur un mec.

Je tends un bras en direction de leurs corps parfaits et passe l'autre autour des épaules de ma cousine.

— Nan, mais mate-moi ce cul ! J'ai pas raison ?

Lily sourit à mes côtés. Le stress provoqué par son récent aveu semble s'être envolé.

— Ça ne me ferait pas de mal, en ce moment. Enfin, pas eux exactement, mais quelqu'un comme eux.

— Meuf, s'exclame Gigi d'une voix modulée, des mecs comme eux risqueraient de te briser en mille morceaux.

— Je ne suis pas aussi fragile que j'en ai l'air.

— C'est pas ton dernier ex en date qui calait des protections de poches dans ses vestes ? lui demande-t-elle tout en levant les yeux ciel. Aucun mec respectable ne porte ça.

— Ça peut s'avérer pratique, rétorque Lily, qui nous prouve une fois de plus qu'elle est une intello. Et supersexy, parfois.

C'est fou, quand même. Ma cousine est absolument canon. Entre ses yeux bleus, ses longues boucles châtain et ses seins déments, les hommes tomberaient à ses pieds pour pouvoir y goûter.

— Allez, l'intello ! dis-je tout en la tirant par le cou en direction de nos héros. Commence à profiter de la vie.

mammoth

BON, il y a un problème à coucher avec des filles plus jeunes. Un tas de putains de problèmes. Plus que ne veulent le supporter la plupart des hommes, y compris ceux de leur âge.

Primo, ce sont des pipelettes. Ce n'est pas qu'elles aiment bavarder. Ce que j'entends par là, c'est qu'elles ne la ferment absolument jamais. Elles peuvent dégoiser des heures durant sur le même sujet, sans paraître se lasser.

Secundo, il n'y a pas d'interrupteur. Ni pour les faire taire ni pour quoi que ce soit d'autre. Elles débordent d'énergie et cherchent toujours à faire la fête. Quel que soit le genre de fiesta : elles sont partantes pour tout.

Tertio, elles ne sont pas foutues de garder un secret. Si vous tenez à ce que le monde entier sache quelque chose, il vous suffit de le confier à une femme âgée de moins de vingt-cinq ans. Autant publier l'info à la une d'un journal.

Quarto, il est fort possible que... vous ayez à

rencontrer leur famille. Ça comprend les parents et à peu près tous ceux qui se trouvent dans les parages.

Évidemment, il existe des exceptions.

Si j'ai été forcé de faire la connaissance des Gallo, je dois dire qu'ils ont un bon fond. Tous étaient plutôt cool, mis à part James, qui cherche simplement à protéger sa nièce. La grand-mère cuisine comme un chef, et la vieille tante, celle aux mains baladeuses, n'était même pas désagréable à regarder. L'un dans l'autre, les Gallo sont des gens bien. Je comprends pourquoi Pike s'est accroché à Gigi comme si elle était le centre de l'univers.

Certes, Tamara est une pipelette, elle aussi, mais pas au point que j'aie envie de l'envoyer balader.

En revanche, en ce qui concerne les secrets... Bordel. Ça n'existe pas, avec elle.

Elle n'est pas fichue d'en garder un, du moins avec sa famille. Et ces Gallo semblent tout savoir sur tout le monde. Impossible d'avoir une vie privée avec eux. À l'heure qu'il est, James et Thomas ont dû ratisser toutes les bases de données à leur disposition, pour finalement ne rien trouver sur moi et se gratter la tête, perplexes, ou, du moins, regretter de ne pas avoir pu déterrer une casserole.

Le regard perdu au plafond, Tamara recroquevillée près de moi, je me demande comment j'en suis arrivé là. Enfin, je le sais. Mais tout de même... Comment ?

Je ne me frotte jamais aux filles du club. Ces garces sont les femmes les plus méchantes et les plus impitoyables que je connaisse. La dernière chose dont j'ai envie, c'est de m'envoyer l'une d'elles et de me faire harceler pour que je remette le couvert. Alors pourquoi Tamara ?

Elle était extérieure à tout ça. Une parfaite inconnue. Je savais qu'elle était venue pour Crow et qu'il lui avait tourné le dos, mais j'ignorais pourquoi. J'aimais son culot et sa grande gueule, ce qui, contrairement aux autres pots de colle qui traînent au QG, était une véritable bouffée d'air frais.

— C'est à cinquante minutes de route, me dit-elle, le visage baigné de la lumière de son téléphone.

Je tourne la tête et baisse les yeux au moment où elle cache l'écran.

— À cinquante minutes de quoi ?

— D'un club libertin.

Elle remue les sourcils, et j'ai toutes les peines du monde à ne pas rire.

Cette nana.

Je me redresse et, avec un sourire, m'adosse à la tête de lit.

— On ne débarque pas à l'improviste dans un lieu pareil. C'est pas comme ça que ça marche.

Son front se plisse tandis qu'elle laisse retomber le téléphone sur la couette et lève les yeux vers moi.

— Comment ça marche, alors ?

C'est l'heure de la leçon, ce dont je n'ai pas l'habitude. D'ordinaire, je ne suis pas branché bobos en quête de sensations fortes, mais, encore une fois, je ne suis pas plus branché midinettes.

Je glisse un bras sous son dos et la soulève pour la planter sur moi.

— Tu as des questions ?

— Des tas !

Elle est à califourchon sur mon bassin, les genoux serrés contre mes hanches, et ses mains trouvent mon torse.

— Je veux que tu m'expliques tous les trucs cochons.

Elle fait glisser ses ongles sur mes pectoraux et s'arrête au niveau de mes piercings pour les tripoter.

J'enfonce les doigts dans ses hanches et immobilise son bassin, qui commence doucement à onduler contre moi.

— Tu veux parler ou baiser ? je demande. Parce que l'un ou l'autre, ça me va.

— J'ai le choix ?

— Tu as toujours le choix. Être soumis à quelqu'un ne signifie pas qu'on se fait confisquer son libre arbitre ou qu'on fait des choses contre son gré.

Ses doigts s'arrêtent de jouer, mais la poigne qui enserre les barres en travers de mes mamelons me donne envie d'enfouir ma queue en elle.

— Ah bon ? me demande-t-elle, les sourcils arqués.

Je secoue la tête tout en caressant la peau douce au-dessus de ses hanches.

— Oui, bébé. Je n'ai jamais forcé qui que ce soit à faire l'amour avec moi. C'est un viol. Ça l'a toujours été et ça le restera.

Elle hoche la tête d'un air entendu.

— Mais il arrivera que tu me fasses des choses dont je n'ai pas envie, non ?

Je soupire. Il faut que je me montre patient. C'est une novice. Une ardoise blanche.

— Les relations dominateur-soumis, même lorsqu'elles sont exclusivement sexuelles, sont basées sur la confiance, la communication et, bien évidemment, le plaisir. Je ne te ferais jamais un truc tout en sachant que ça ne te plairait pas. Je ne prends pas mon pied à faire souffrir l'autre. Ce n'est pas mon style.

Elle esquisse une moue perplexe, et je peux pratiquement voir les questions s'amonceler dans sa jolie petite tête.

— Ça va être un vrai casse-tête, s'exclame-t-elle.

Je roule sur le côté et recouvre son corps avec le mien tandis que ses jambes s'enroulent autour de moi et se referment aux chevilles.

— Tu m'apprendras ?

Rien ne me procurerait plus de plaisir que de tester les limites de Tamara. Je me rappelle avoir été perdu, les premières fois, avoir essayé de m'y retrouver et de comprendre comment tout cela fonctionnait. Heureusement, j'avais d'excellents mentors. Si elle veut apprendre, découvrir si elle se sent l'âme d'une soumise, je serais plus que ravi de jouer les enseignants, de la façonner, de la baiser.

— Bien sûr. Si c'est ce que tu veux, je serais plus que...

— C'est ce que je veux, me coupe-t-elle, la voix rauque, tout en pressant sa délicieuse intimité contre ma queue. Je veux tout expérimenter.

Je ne parviens pas à contenir le rire qui monte dans ma poitrine.

— Tu es bien gourmande.

Elle remonte ses mains le long de mes bras pour les poser sur mes épaules et m'adresse un petit sourire espiègle.

— Pourquoi ? C'est pas bien.

— Et impatiente, avec ça.

J'approche mon visage du sien et éloigne mon sexe d'elle, ce qui me vaut un gémissement plaintif en retour.

— Exigeante, égoïste et farouche. Si farouche que tu aurais bien besoin d'être domptée.

— Dompte-moi, bébé, murmure-t-elle contre mes lèvres. Dompte-moi.

Alors, elle écrase sa bouche contre la mienne et, ne montrant aucune retenue, prend ce qu'elle veut.

Je m'écarte et éloigne un peu plus mon corps d'elle.

— Première leçon, princesse. Tu ne contrôles plus rien. C'est moi qui suis aux manettes. Ça vaut pour les baisers, aussi.

Une lueur se met à briller dans ses yeux, mais il n'y a aucune colère. Uniquement du désir.

— Dois-je les remporter ?

— Qu'elle est mignonne !

Ses yeux se plissent, et elle enfonce les talons dans mes fesses pour retrouver la friction de ma queue.

— Bébé, murmure-t-elle, tout en suivant le contour de ma mâchoire avec un ongle, je ne suis pas mignonne. Si tu me baisais, je te montrerais à quel point tu te trompes.

— Encore plus mimi.

Je la provoque volontairement, parce qu'elle est encore plus excitante lorsqu'elle est en colère.

— De quoi ? retentit la voix de Gigi, qui vient rompre ce silence dont nous profitions depuis une heure, après avoir quitté la maison des grands-parents de Tamara pour retourner à son appartement. Ils ont fait quoi ?

Elle me tape sur les bras et tente de glisser sous moi pour se faufiler entre mes jambes.

— Bouge, m'ordonne-t-elle, tout en me frappant, et pas très gentiment.

Je roule sur le côté pour la laisser partir et m'étends sur le dos, la queue raide comme un piquet.

— Que se passe-t-il ? je demande tout en regardant mon sexe tandis qu'elle s'affaire au sol à ramasser ses habits.

— J'en sais rien...

Elle enfile un débardeur, sans prendre la peine de mettre un soutien-gorge.

— ... mais je vais pas tarder à le savoir.

— Pantalon ! je lui crie, lorsque je vois qu'elle se dirige vers la porte en string.

Elle lève les bras au ciel et jure dans sa barbe, avant de sortir à la va-vite un short de sa commode et de le passer.

— Content ? me demande-t-elle, pleine d'arrogance.

Elle cherche vraiment la fessée. Il lui arrive d'être tellement tendue qu'une bonne leçon la calmerait.

— Content, dis-je avec un sourire rêveur tandis

que j'imagine son cul rougi par l'action de mes mains.

Elle lève les yeux au ciel et a quitté la chambre un instant plus tard, me laissant seul. Je prends la couverture et la tire sur moi puisqu'elle n'a pas pris la peine de refermer la porte. Je n'ai pas de problème à me retrouver nu en public dans un club, mais dans l'intimité de son appartement, en présence des autres, même moi, j'ai des principes.

— Ils t'ont foutue dehors ? résonne la voix de Tamara dans le couloir, et je comprends que la nuit qui s'annonçait gratinée vient de déraper.

Je peux dire adieu à mes plans, parce que la crise qui vient d'éclater au salon va passer avant ma queue.

— Ils avaient besoin de temps pour en discuter entre eux et décompresser. Ils ont carrément pété un plomb. Ma mère a dû donner un Xanax à mon père pour le calmer. Je leur ai dit que j'allais passer la nuit ailleurs pour les laisser en parler entre eux et que je reviendrais le lendemain, s'ils étaient disposés à m'écouter.

La fille qui pleure dans le salon est Lily. Je reconnaîtrais sa voix douce et haut perchée entre toutes. D'après ce que m'a dit Tamara, elle comptait laisser tomber ses études pour « se retrouver ». À ce que j'entends, ça ne s'est pas très bien passé avec ses parents. C'est souvent le cas avec des discussions comme celle-ci.

— Oncle Mike est vraiment une chochotte, parfois, commente Gigi, moins paniquée qu'elle ne le paraissait quelques minutes plus tôt.

Peut-être ma queue a-t-elle un espoir, après tout.

— Il nous faut de la téquila, lance Tamara en retour.

Bon, c'est mort. Comme mon érection. Au lieu de me plaindre, je roule hors du lit, enfile mon jean et pars en direction du salon pour me joindre au moins à la fête.

Les yeux de Tamara me repèrent sitôt que j'arrive du couloir, et je la trouve en train de poser une bouteille de téquila sur le bar.

— T'es partant ? me lance-t-elle, un sourire en coin.

Elle tient vraiment à ce que je lui mette cette fessée, que je meurs d'envie de lui donner.

—J'en suis, princesse. Alors, que se passe-t-il ?

Je fais comme si je n'étais au courant de rien, même si je suis quasiment certain que l'immeuble tout entier les a entendues piailler.

— Les parents de Lily ont pété un câble. Alors on va la réconforter.

Tamara remplit un verre à liqueur avant de passer au suivant.

— Après ça, on ira peut-être au bar. Là, on descend quelques shooters, avant d'aller claquer du fric.

Gigi et Lily, qui sont assises face à Tamara, acquiescent d'un hochement de tête tout en attendant leur verre, tandis que Pike vient se planter à côté de moi.

— T'es pas obligé de rester, me lance-t-il, comme si j'allais l'écouter et partir, parce que c'est la crise.

— Va chier, mec. Je suis venu, c'est pour rester.

Et je le laisse en plan pour aller rejoindre ma nana.

Elle verse de si grandes rasades que la téquila déborde sur les parois et forme une flaque à la base des verres.

— Tout est question de modération, lui dis-je. Un concept qui te semble visiblement étranger.

Je lui prends la bouteille des mains.

Elle lève les yeux au ciel tandis qu'elle se tourne vers ses cousines et pointe la tête dans ma direction.

— C'est qu'il est autoritaire.

— Ça promet ! plaisante Gigi, qui glousse et donne un coup de coude à Lily. Tamara a toujours su écouter et suivre les ordres.

Tamara n'est pas difficile à cerner. À la minute où j'ai posé les yeux sur elle et où elle a ouvert la bouche, j'ai su qu'elle était indisciplinée. Peut-être était-elle docile, petite, mais maintenant qu'elle est adulte, elle se rattrape pour avoir été bridée.

— Si tante Izzy arrive à s'en sortir avec oncle James, alors on peut toujours espérer que quelqu'un réussisse à apprivoiser Tamara, ajoute Lily, avant d'avaler cul sec un deuxième shooter de téquila.

— Izzy me semble plutôt bien apprivoisée, je commente tout en récupérant le verre vide de Lily.

Lorsque je relève les yeux, les trois filles me regardent, la bouche grande ouverte.

— Quoi ? je demande.

— Izzy n'est pas soumise, Mammoth. C'est elle, la big boss, juste après ma grand-mère. Fais un truc de travers, et elle te bottera tellement le cul que tu chieras des Louboutin pendant une semaine.

— Des Loubou-quoi ? je demande tout en la regardant d'un air perplexe. Tu voulais dire Louis Vuitton, comme les sacs ?

Les yeux de Tamara pétillent de rire. Elle glisse une main dans mon dos et me pelote les fesses.

— Louboutin. C'est une marque de chaussures de luxe. Ça n'a rien à voir avec Louis Vuitton.

À mon tour, je me verse un verre. Il me faut un truc fort pour m'empêcher de la soulever et de l'emporter vers la chambre pour terminer ce qu'on a commencé.

— Ben, pour moi, ça sonne pareil.

— Bref, rétorque-t-elle tout en secouant la tête. Tout ce que je veux dire, c'est qu'Izzy n'est ni docile, ni douce, ni soumise. Cette femme n'a peur de rien. Forcément, avec quatre frères !

— C'est mon idole, déclare Lily.

Je suis sur le cul. J'ai passé peu de temps avec elle, mais elle m'a davantage fait l'effet d'un rat de bibliothèque qu'une rebelle.

— Mec, tu connais vraiment pas Izzy, renchérit Pike, qui prend à son tour un verre à liqueur sur le bar et se sert une rasade de téquila. Cette femme n'a pas arrêté d'être sur mon dos, depuis que je suis arrivé. Elle ne me lâche pas au salon. Mais James...

Il sourit avant de reposer énergiquement son verre sur le bar et de s'essuyer la bouche du revers de la main.

— ... il lui suffit de passer la porte pour qu'elle change aussi sec.

— Il raconte n'importe quoi, réplique Gigi, un

de ses longs et fins doigts pointé en direction de Pike. Elle ne rampe pas devant lui.

— Si, un peu, ma belle, la contredit-il tout en me regardant pour obtenir confirmation.

Tamara me prend le verre des mains et le replace sur le bar, mais elle regarde ses cousines.

— Et puis, merde. J'en ai ma claque de parler de la vie sexuelle des vieux, surtout celle de ma tante. Allons au bar, dansons, prenons une caisse et voyons quel genre de bordel on peut foutre dans cette cambrousse. Il faut qu'on fasse oublier à Lily ses parents pendant quelques heures, jusqu'à ce qu'elle tombe d'épuisement et, demain, tout sera réglé.

—J'ai entendu le mot « bar » ?

Le frère de Pike, Austin, dont j'ai fait la connaissance plus tôt, vient d'entrer dans le salon. Il est déjà sur son trente-et-un, prêt à partir en soirée.

— Les filles, vous n'alliez tout de même pas sortir sans moi, si ? s'exclame-t-il avec une moue, qui lui vaut un *Jamais !* en chœur des trois cousines.

C'est un bon gamin. Il a un charme fou pour un mec si jeune. C'est impressionnant, vraiment, mais je ne devrais pas être surpris, puisqu'il a Pike pour frère. Ce dernier est loin d'être un con. Pour ne pas finir chez les Disciples, il a gardé la tête froide dans des circonstances où même les criminels les plus endurcis se seraient écroulés ou, du moins, pissé dessus, comme des nourrissons. Lui, non. Il s'est montré solide, et je l'ai toujours respecté pour avoir trouvé sa voie et poursuivi son rêve.

— Que la fête commence ! s'exclame Austin

tout en secouant le trousseau de clés à son doigt. Je serai le capitaine de soirée.

Le bras de Tamara remonte et s'enroule autour de ma taille.

— Montez avec Austin, vous. Moi, je pars à moto avec Mammoth.

— Tam Tam, dit Austin, une main sur le torse. Tu comptes vraiment troquer *ma* compagnie contre...

Ses yeux se tournent brusquement vers moi et il détaille mon visage du regard.

— ... ce gars.

Elle s'empresse de hocher la tête.

— Je t'aime et je t'aimerai toujours, Aussie, mais toi et moi, ça n'aurait jamais marché. C'est mieux comme ça.

— T'as couché avec lui ? je demande tout en pointant le menton en direction du môme qui doit avoir dix-huit ans, tout au plus.

Elle se met à rire.

— Jamais de la vie ! J'aime les hommes...

Elle s'éclaircit la voix et fait courir une main sur mon torse.

— ... un peu plus grand.

— Tu veux dire plus vieux, la corrige Austin. On sait tous que je suis bien plus beau. Tu rates quelque chose, bébé. Le meilleur coup de ta vie.

À ces mots, il sort, clés en main, et part rejoindre le parking.

— Quel petit con, marmonne Gigi, qui prend la main de Lily et l'entraîne en direction de la porte.

— Prêt ? me demande Tamara lorsqu'elle voit que je ne me mets pas tout de suite en mouvement.

Je manque de répondre non. *Mais qu'est-ce que je fous parmi eux ?*

Nos univers sont à des années-lumière l'un de l'autre. Le mien est constellé de chaos et de violence, quand le leur consiste à faire la fête et à mener la belle vie.

Mais alors, les mains de Tamara trouvent mes fesses et ses lèvres ma bouche, et tout s'efface, y compris nos différences.

— TU REPARS BIENTÔT ? me demande Gigi, qui n'entend pas la conversation que j'ai avec Mammoth.

Je tourne la tête vers ma cousine et me blottis contre le large flanc de mon biker, une main posée sur son genou.

— Il vaudrait mieux. Je dois vraiment me préparer pour cette dernière année de cours. J'ai des bouquins à acheter et je dois rencontrer la fille avec qui je vais partager ma chambre.

— Les cours, murmure Lily, les yeux rivés au verre qu'elle fait tourner dans ses mains. Lâcher les études. Mais qu'est-ce qui m'a pris ?

Elle se parle à elle-même, remet en doute sa décision. Moi, je pense qu'elle fait le bon choix.

Ma cousine a constamment fait ce que son entourage attendait d'elle. Elle a toujours été cette petite fille modèle, celle qui obéit au doigt et à l'œil de ses parents. Elle n'a jamais vraiment profité de la vie, le nez toujours plongé dans un livre, la trouille au corps de se foirer et de briser son illustre carrière de médecin avant même de l'avoir entamée.

— Bébé, lui dis-je.

J'attends qu'elle me regarde. Lorsqu'enfin elle lève les yeux, je lui sors ce que j'ai sur le cœur.

— Pense à toi. Tant que tu es heureuse, c'est que tu prends la bonne décision. Tu dois vivre pour toi. Pas pour nous, ni pour tes parents, ni pour qui que ce soit d'autre. Que pour toi. Si tu ne veux pas être médecin, alors deviens ce qui te plaît. Tu veux vendre des hot-dogs devant la quincaillerie du coin ? Je serai là pour t'encourager. Tu veux brandir des pancartes publicitaires dans la rue et agiter ton joli petit cul pour attirer le client et te prétendre « directrice marketing » ? Je serai ta plus grande fan. Je me fiche de ce que tu feras, mais, au moins, embrasse toutes les possibilités qui s'offrent à toi.

— Un stand à hot-dogs ? murmure-t-elle d'un air amusé, un sourire en coin, parce qu'elle est bourrée comme une huître.

Je hoche la tête.

— Bref, tu m'as comprise.

— Sérieux, Tam ? Je sais que t'essaies de me remonter le moral, mais j'ai pas envie de devenir la dame aux saucisses.

— Ne deviens jamais coach personnel, Tam, se moque Gigi, qui rit comme une baleine, jusqu'à ce qu'elle me voie plisser les yeux. Ben, quoi ?

Elle lève les mains au ciel.

— Elle visait une carrière de médecin et, toi, tu lui parles de hot-dogs et d'agiter des pancartes dans la rue. Non, elle va travailler avec moi à Inked. Fin de l'histoire.

— Mon Dieu ! se lamente Lily, qui se penche brusquement en avant et enfouit le visage dans ses bras. J'ai tout fichu en l'air.

— Mais non, la réconforte Austin tout en lui frottant le dos. Tu dois suivre ton cœur. On n'a qu'une vie, et elle est grave courte. Tu dois vivre cette connerie à fond, Lily baby.

Je souris au gamin, celui qui sait mieux que personne à quel point le temps est précieux après avoir perdu sa mère dans des circonstances tragiques. Tout peut changer en une fraction de seconde. Lorsque je rendrai mon dernier souffle, je n'ai aucune envie de ressentir du regret.

— Et s'ils ne me le pardonnaient jamais ? pleurniche-t-elle dans ses bras.

Elle en fait des caisses, comme tous les Gallo.

— Oncle Mike et tante Mia te pardonneront, Lily, la rassure Gigi. Ils t'aiment plus que tout au monde. Laisse-leur quelques jours pour surmonter le choc, et tout ira bien. Tu verras.

Elle repousse la main d'Austin et lui jette un regard d'avertissement.

Pour une fois qu'il n'essayait pas de draguer Lily. Il voulait se montrer gentil, ce qui lui arrive souvent. Simplement, il le camoufle avec le flirt. C'est pour préserver son cœur et flatter son ego.

Gigi se penche en avant, approche son visage de la tête de notre cousine et lui parle sur un ton apaisant.

— Ta mère était une médecin très réputée à l'hôpital, ça ne l'a pas empêchée de tout laisser tomber pour suivre son rêve et ouvrir une clinique. Tes parents savent ce que c'est que de vouloir autre chose, quelque chose de mieux. Tu verras. Tout va s'arranger.

— Elle est toujours comme ça ? me demande Mammoth, avant d'avaler une lampée de bière.

— Pas toujours, mens-je.

On est tous des *drama queens*, dans la famille. Même les hommes en font des tonnes pour un rien. Des gros durs ? C'est certain. Des divas ? Carrément. Ça fait partie de notre ADN. On ne fait rien à moitié, même la comédie.

— On finira tous à Inked, un jour. C'est notre héritage. Tu ne vendras pas des hot-dogs à des ouvriers du bâtiment hypersexy, Lily. Tu seras avec moi, Pike, Austin et peut-être Tamara.

Gigi me regarde lorsqu'elle dit cela. J'ai beau refuser de travailler au salon, elle me harcèle sans arrêt.

— Nos parents ont besoin de prendre leur retraite. Imaginez-nous, toutes les trois, tous les jours, à bosser, papoter, vivre au mieux. Ce serait comme au bon vieux temps.

La main de Mammoth est sur mon épaule et me caresse le cou, réveillant mon désir.

— C'est toujours « non », dis-je fermement, mais d'une voix rauque, parce qu'il me distrait avec ses caresses. Je suis déjà bien incapable de dire ce que je vais faire la semaine prochaine, alors le restant de mes jours, je vous en parle pas.

Austin et Pike échangent un regard, avant de tourner les yeux vers Mammoth. Encore une connerie de sixième sens. Les hommes se donnent un air spécial, comme s'ils n'étaient pas touchés par les choses de la vie ou s'en fichaient. Ils se font passer pour des êtres mesurés, mais heurtez leur moto avec la portière de votre voiture et regardez-les se changer en de grosses pleureuses.

— Personne sait ce qu'il fera le restant de ses jours, avance Austin tout en se frottant la nuque, les yeux rivés sur son soda. Moi, j'aurais jamais imaginé me retrouver assis dans un bar avec mes trois copines, à siroter un putain de Coca, au lieu de tringler n'importe quelle bonnasse dans une salle de bain, tous les deux bourrés à la vodka, dans un trou paumé du Tennessee.

Je lève un sourcil.

— N'importe laquelle ?

Il hoche la tête.

— Écoute...

Avec un sourire, il laisse retomber sa main sur la table.

— ... je suis un mec. Et je suis pas trop difficile.

Je me couvre la bouche pour retenir un haut-le-cœur. L'imaginer en train de sauter une fille me donne un peu la nausée.

— Tu vas choper une saloperie si tu continues à fourrer ta queue dans tout ce qui bouge.

Il hausse les épaules, un sourire suffisant aux lèvres.

— Faut savoir vivre dangereusement, mais je mets toujours une capote. Et quand je dis « toujours », c'est « toujours ».

— Encore heureux, marmonne Pike. La dernière chose dont t'as besoin, c'est d'un môme.

— Faut pas croire. Dès que je serai en âge, je me ferai faire une vasectomie.

— Dis pas de conneries, crétin.

Lily s'est enfin remise à parler, la tête toujours emmaillotée dans les bras.

— Tu ne vas pas faire ça. Tu voudras faire des bébés, un jour.

— Tu veux faire des bébés avec moi, Lil ?

Il se rapproche un peu plus d'elle et pose une main sur la sienne.

— Je garderai mes boules intactes pour toi, trésor.

Elle ne relève même pas la tête.

— Je coucherai jamais avec toi.

Il lui tapote la main.

— Continue à te mentir.

Lily pousse un grognement et retire brusquement sa main comme si la peau d'Austin la brûlait.

— Quand tu fais une vasectomie, c'est pas si simple de revenir en arrière. Combien de fois veux-tu qu'on t'ouvre les roubignoles ?

Austin blêmit aussi sec.

— Bon, après tout, une vasectomie, c'est peut-être un peu trop drastique.

— Mmh mmh, marmonne-t-elle.

Austin ne la lâche pas du regard. Le garçon est tombé raide dingue amoureux de Lily à la seconde où il a posé les yeux sur elle. Bon, elle l'effraie un peu. Et Mike, encore plus. Ça ne l'empêche pas de rêver.

— Tu vois, Lily baby. Regarde comme t'as changé ma vie ! J'aurais foutu mes boules en l'air et on n'aurait pas eu d'enfants si tu m'avais pas ramené à la raison.

Elle relève la tête, le mascara formant des traînées noires le long de ses joues à cause des larmes.

— On n'aura jamais d'enfants ensemble, Austin. Pigé ?

Il a un mouvement de recul, comme nous tous autour de la table, à la vue de son visage tout marbré de rouge et de maquillage étalé. Un vrai carnage.

— Pigé, mon chou... On a bien le droit de rêver, non ?

— Bordel, Lil, s'exclame Gigi. Tu fais flipper. Allons aux toilettes et laissons à ces hommes quelques minutes de répit.

— Dieu merci, murmurent pratiquement en chœur Pike et Mammoth.

Les trois regards qui se tournent vers eux, tandis qu'on se lève, sont véritablement glacials.

— Tu ferais mieux de prier le ciel qu'on revienne, lance Gigi à Pike tout en lui poussant l'épaule de son ongle long et pointu.

— Ma belle, tu vas revenir.

Il arbore un sourire prétentieux, parce qu'il sait qu'elle ne peut pas se passer de lui.

— Reviens vite, princesse ! est la réponse que j'obtiens de Mammoth, qui décide de me couper la chique.

Je hausse les épaules.

— On verra.

Je n'ai pas fait deux pas qu'il enroule un bras autour de ma taille et me tire en arrière pour que je me retrouve le cul sur ses genoux.

Ses lèvres sont tout près de mon oreille, son souffle chaud contre ma peau.

— Je sais que tu me testes, que tu me cherches, mais n'oublie pas... si tu veux jouer avec moi, je vais gagner, Tamara.

Un frisson me traverse le corps lorsqu'il prononce mon nom. Ça ne l'empêche pas de poursuivre.

— Tu veux faire la fille inaccessible ? Je lâcherai rien. Tu fais mine de partir ? Je te suivrai. Tu veux voir qui est le véritable Saint, alors je suis prêt à jouer, princesse.

Je tourne la tête. Nos bouches sont si proches que je peux sentir l'odeur suave de la bière dans son haleine. Nous sommes les yeux dans les yeux. Son gris cendré dans mon noisette. J'ai le corps qui vibre sur ses genoux et réclame plus qu'un simple contact.

— Chiche, bébé. Mais sache une chose... quand je joue, c'est pour gagner.

Il porte une main à ma joue et la tient tendrement.

— Je ne me défile jamais devant un défi.

— Moi non plus, je murmure sur un ton un peu moins assuré que prévu.

— Il n'empêche que je vais te dresser, moi.

— Essaie pour voir.

— Elle est mignonne, redit-il contre mes lèvres, avant de m'ôter de la bouche je ne sais quelle réplique bien sentie que je m'apprêtais à lui asséner et de me l'effacer de la mémoire.

Cet homme a le chic pour faire ça : me rendre stupide. Me faire oublier que je suis cette rebelle qui ne s'en laisse pas conter et donne du fil à retordre à quiconque se frotte à elle. Je ne suis plus moi-même, avec lui. Il me fait souhaiter des choses que je refusais de vouloir avant. Fait chier.

— Hé, connasse ! Tu viens ou tu roules des pelles toute la soirée ? demande Gigi dans mon dos.

J'agite une main, la bouche toujours scotchée à celle de Mammoth, aspirant l'air qu'il m'offre.

— Quelle chaudasse, commente Gigi, avant que le martèlement de ses bottines et des hauts talons de Lily sur le parquet en bois ne s'estompe.

— Il faut que j'y aille.

Je m'écarte de lui, mettant fin au baiser.

— Je dois être auprès de ma cousine ce soir, mais, demain, je serai tout à toi.

Je lui souris et soutiens son regard brûlant.

— Ne fais pas des promesses que tu ne pourras pas tenir, me réplique-t-il, avec un sourire en coin, ses yeux passant sur mon corps. Je vais toujours au bout des choses.

— Bébé...

Je descends de ses genoux, sans retirer mes mains de ses épaules, et le regarde.

— ... je suis quelqu'un de fiable. On verra bien qui dresse l'autre, au final.

Mammoth me sourit tandis que je m'éloigne, avant de tourner vivement le dos et de souffler pour moi-même : « Mais quelle débile ! » Jamais je n'ai sorti un truc aussi stupide à un mec.

Jamais.

— Mais qu'est-ce qui m'arrive ? je demande au moment où je pousse la porte des toilettes pour trouver mes deux cousines devant le lavabo.

Gigi rit tout en essuyant délicatement les coulures de mascara sur le visage de Lily.

— T'es amoureuse ou, du moins, chaude comme la braise.

Elle me lance un regard tandis que j'ai un soubresaut, comme si l'idée même d'être amoureuse me filait une réaction allergique.

— Comment ça a pu arriver ?

Je me couvre le visage des deux mains et secoue la tête.

— Je comprends pas.

— C'est la queue magique, bébé, me répond Gigi, même si je n'attendais pas vraiment de réponse.

Je pousse une plainte et me regarde dans le miroir.

— C'est le piercing, c'est ça ?

Je jette un coup d'œil au reflet de Gigi et Lily et agite une main dans les airs.

— C'est comme une de ces amulettes qu'utilisent les magiciens pour hypnotiser les gens ?

Lily ouvre grand la bouche de stupeur.

— Arrête ! Il a un piercing au pénis ?

J'acquiesce d'un hochement de tête, un sourire stupide aux lèvres.

— Il étincelle, Lil !

— Je n'ai jamais vu de pénis percé, admet-elle, sans qu'on soit franchement étonnées, parce que c'est Lily.

Gigi remet droit la tête de notre cousine pour finir de lui nettoyer le visage.

— En quoi ça devrait nous surprendre ?

— Je vais mourir seule, sans jamais avoir vu de

pénis avec un piercing, et entourée de centaines de chats, soupire Lily.

— Jamais de la vie, dis-je. Tu auras toujours tes cousines.

Gigi opine du chef tout en tapotant un Kleenex contre sa langue, ce qui est carrément dégueu mais ne semble pas déranger Lily.

— Et si tu viens travailler au salon avec moi, je te garantis que tu verras plein de pénis percés.

Lily repousse la main de Gigi de son visage.

— T'es en train d'essayer de me vendre cette idée, je le sais, mais j'ignore si ce boulot me convient ou si c'est ce que j'ai envie de faire pour le restant de mes jours.

Après avoir jeté le mouchoir à la poubelle, Gigi appuie une hanche contre le rebord du lavabo et croise les bras.

— Personne ne sait ce qu'il veut faire de son existence tout entière. Pour l'heure, tu peux travailler là-bas. Apprends à percer et profites-en pour passer un peu plus de temps avec ton père. Une fois que tu auras déterminé ton projet de vie, alors tu pourras passer à la suite. Mais...

Gigi marque une pause et prend les épaules de Lily entre ses mains.

— ... imagine l'éclate que ça va être en attendant que tu y voies plus clair. Ça nous ferait pas de mal, à Izzy et à moi, d'avoir une autre fille au salon. Y a un peu trop de testostérone là-bas.

— Oui. Je suppose que tu as raison.

— Tu vois ? s'exclame Gigi avec un sourire. Ça ne va pas si mal !

— Ben, répond Lily avec une grimace, j'ai pas d'appart, pas de diplôme, pas de mec.

Gigi secoue la tête et presse un index sur les lèvres de notre cousine pour la faire taire.

— Tu as nous. Tu as un travail. Tu as...

— Oui ?

Lily penche la tête sur le côté lorsque Gigi s'interrompt.

— Et ?

— Nous, je répète. Qui aurait besoin d'autre chose ?

— Je vous aime, les filles, nous lance-t-elle, sans fondre en larmes.

Pour la première fois depuis que nous sommes entrés dans ce bar, elle semble prête à affronter son avenir.

Et moi de même.

tamara

UNE SEMAINE PLUS TARD...

Mammoth ôte ses chaussures. Même assis, il paraît massif dans ma petite chambre d'étudiante.

— Je pense que je devrais passer la nuit ici.

Je me tiens dans l'embrasure de la porte de la salle de bain et ne porte rien d'autre que son tee-shirt que j'ai chipé durant la semaine et que j'ai proclamé mien.

— Impossible, dis-je, à regret. Autrement, je vais me faire virer.

Il tend les bras et m'attire pour que je me retrouve debout face à lui.

— Au moins, je sais qu'aucun autre homme ne dormira dans ton lit, princesse.

Il remonte une main sur mes cuisses et me trouve nue sous le tee-shirt.

— Ça va me manquer, déclare-t-il tout en caressant du pouce le sillon sous mes fesses.

J'entortille les doigts dans ses cheveux et m'imprègne de ses caresses.

— Entre nous, c'est fini ?

On s'est rencontrés il y a un peu moins de deux semaines, mais j'ai l'impression de le connaître depuis plus longtemps. À ce stade, je n'imagine pas ma vie sans lui, et ça me fout carrément la trouille.

Il lève la tête et me regarde avec des yeux doux.

— Tu veux qu'on arrête ? me demande-t-il, sans répondre à ma question.

— Non, bébé. J'ai pas envie qu'on arrête.

La rudesse avec laquelle ses paumes me pressent les fesses fait chanceler mon corps et éveille mon désir.

Je me languis de lui et, après une semaine sans sexe, je suis tendue comme un ressort.

— Mais est-ce que, toi, tu veux me revoir ? Cette relation, peu importe le nom qu'on lui donne, ça va dans les deux sens.

Il me fait asseoir à califourchon sur ses genoux de façon à ce que nos yeux se retrouvent à la même hauteur.

— C'est mon vœu le plus cher.

Je souris.

— Vraiment ?

Une de ses mains remonte sous mon tee-shirt, me caresse l'échine, quand l'autre est toujours plantée sur mes fesses.

— Oui. Je n'ai pas eu ma dose.

Dois-je comprendre que notre relation à un terme ? Qu'une fois qu'il en aura eu assez de moi, assez du sexe, assez de ma compagnie, il s'en ira sans jamais se retourner ? Cette idée même me retourne l'estomac.

— Quand auras-tu ta dose ?

Il vaudrait mieux que je le sache maintenant pour ne pas avoir le cœur brisé plus tard.

— Je ne suis pas certain de l'avoir un jour, princesse, me souffle-t-il, et les saltos de mon estomac s'amplifient, mais pour des raisons bien différentes.

Je remonte les mains à ses épaules et enfouis les doigts dans la douceur de ses cheveux.

— Ce qui nous arrive est un peu dingue, non ?

— Si quelqu'un m'avait dit, il y a deux semaines, que je tomberais fou amoureux d'une fille, je lui aurais dit d'aller se faire soigner.

Je déglutis, le souffle court.

— Tu es amoureux de moi ?

Les mots ont bien failli se coincer dans ma gorge.

Il hoche la tête et écarte la main dans mon dos. En comparaison, je me sens toute petite.

— C'est illogique, mais rien ne me semble plus évident que d'être ici, avec toi. Les gens vont penser qu'on est fous, mais, parfois, le cœur, le corps et l'âme savent qu'ils ont trouvé leur moitié.

Je pose mon front contre le sien, inhalant cette odeur qui lui est propre et totalement masculine.

— Mammoth ?

— Oui ?

— Je ne te partagerai avec personne.

Il s'écarte et me regarde de ces yeux gris cendré qui m'ont captivée la première fois que je les ai vus.

— Je ne te partagerai pas non plus. Soyons bien clairs. Si on est ensemble, on est ensemble, et avec personne d'autre. Je ne veux pas me trouver à Daytona à me demander ce que tu fais ou qui tu te fais.

Il en va de même pour moi. Si j'ai envie de cul, je saute sur ma bécane et, en deux temps, trois mouvements, je suis là pour profiter de ma princesse.

Je deviens toute chaude et humide, parce que je sais que Mammoth est à moi et que je suis à lui. Je ressens un peu de tristesse aussi, car j'ignore quand je le reverrai. Cela pourrait se compter en mois, mais je prie, connaissant son appétit sexuel, pour le voir au moins une fois par semaine.

— Tu peux pas rester dans le coin ?

Il secoue lentement la tête.

— Non, je peux pas. J'ai des choses à régler au club. Pour le quitter, je dois mettre les choses en marche. Je ne peux pas partir sur un coup de tête.

— Tu quittes le club à cause de moi, à cause de nous ?

— Au fond de moi, je savais que j'avais fait mon temps. Sauf que, maintenant, j'ai une raison de partir. Une raison de recommencer à zéro. Une raison d'aller de l'avant.

— En gros, ça veut dire « oui », je le taquine, ce qui me vaut une claque sur les fesses.

J'ai la peau qui me picote et se réchauffe sous l'impact et j'adore la sensation, surtout quand sa paume en apaise le feu l'instant d'après.

— Tu es une allumeuse, déclare-t-il de ce ton suave et emmiellé, plein de promesses et d'avidité.

— Je vais toujours au bout des choses, bébé.

Je descends les mains le long de son torse et les referme sur sa queue à travers le jean.

— Jusqu'au bout.

— Oui, oui, je sais, murmure-t-il tout en approchant le visage pour que nos lèvres s'effleurent.

Dans combien de temps ta nouvelle copine de chambrée débarque ?

— Elle arrive demain matin.

— Ça me laisse toute la nuit pour parvenir à mes fins et me permettre de tenir les prochaines semaines.

Je retiens mon souffle. Une nuit entière rien qu'à deux, sans qui que ce soit pour nous entendre, nous interrompre ou tenter de ruiner notre partie de jambes en l'air, est exactement ce dont j'ai besoin, moi aussi, pour tenir les prochaines semaines. Semaines ? Il a parlé de semaines. Je n'ai pas le temps d'y réfléchir que ses lèvres fondent sur les miennes et me volent l'air que je viens tout juste d'inhaler.

Je m'empresse de défaire le bouton et la fermeture à glissière de son jean, prête à voir mon Prince Albert dont je me suis languie toute la semaine.

Je m'apprête à glisser les mains à l'intérieur de son pantalon quand ses doigts se referment autour de mes poignets et me les retirent du jean. J'ouvre les yeux et m'écarte de lui pour le dévisager. Un sourire amusé danse sur ses belles lèvres.

— Trésor, cette nuit m'appartient, et toi avec. À partir de maintenant, tu ne décides plus. Fais ce que je t'ordonne, et tu obtiendras tout ce que tu veux.

Son ton est tellement sérieux que j'ai des frissons dans le bas-ventre.

— Je suis à toi, dis-je dans un murmure.

Je suis incapable de parler plus fort. Ma voix trahirait le désir qui monte en moi.

— Tu es à moi, répète-t-il, et je ressens un tressaillement d'excitation entre les cuisses. Lève les bras.

Je m'exécute aussitôt et, l'instant d'après, le tee-shirt que je portais a disparu et se retrouve sur le sol.

Ses yeux ne quittent jamais les miens, bien que j'aie la poitrine à l'air.

— Mets tes mains derrière le dos.

Je place rapidement les bras dans mon dos, ce qui fait saillir mes seins et les rapproche de lui.

— Comme ça ? Je demande d'une voix rauque tout en m'humectant les lèvres.

— Comme ça.

Il passe une main dans mon dos et emprisonne mes poignets entre ses doigts.

Je me sens nue. Certes, je le suis et l'ai déjà été devant lui auparavant, mais je me sens complètement vulnérable. Son regard délaisse mon visage, chemine le long de ma gorge, avant d'atterrir sur ma poitrine.

— La perfection, murmure-t-il.

Mes mamelons durcissent instantanément, comme s'ils suppliaient ses incroyables lèvres de les envelopper. Aucun autre homme n'a suscité une telle réaction chez moi. Je suis comme une chatte en chaleur chaque fois qu'il se trouve dans les parages, prête à me plier à ses quatre volontés.

Je prends une grande inspiration et m'efforce de rester calme quand mon corps ne l'est absolument pas.

— Vais-je avoir le droit au *Mammoth intégral* ?

Il secoue la tête tout en écartant les genoux, m'ouvrant grand les cuisses.

— Pas encore, princesse. Mais bientôt.

Je ravale la plainte qui me brûle la langue. Je veux voir l'homme en action. Voir ce qui a suscité tout ce pataquès chez ma grand-mère. J'ai lu des trucs. J'en ai regardé plus encore, mais je n'ai jamais connu que du sexe moyen… Enfin, ça, c'était avant que Mammoth débarque dans ma vie et chamboule tout.

De sa main libre, il parcourt ma clavicule. Son regard fait un aller-retour entre mes yeux et ma gorge.

— Tu veux aller dans un club ? En apprendre les principes ?

— Oui, dis-je, le souffle court. Je veux tout savoir. Tout tester.

À cette simple caresse, aussi légère qu'une plume, ma peau tout entière se couvre de chair de poule, mes tétons durcissent un peu plus, comme s'ils réclamaient de l'action.

— Voyons voir si tu arrives à suivre des ordres élémentaires. Si tu y parviens, j'y réfléchirai. Il y a beaucoup à emmagasiner, mais je suis un homme patient… pourvu que tu sois une élève volontaire.

— Je suis volontaire.

Bon Dieu, je le suis vraiment. Je veux la totale. Je le veux, lui, tout entier. Chaque morceau, chaque once de vice et de plaisir qu'il peut m'offrir. Je ne crois pas avoir autant désiré quelque chose dans ma vie qu'en cet instant.

À peine les mots ont-ils franchi mes lèvres qu'une lueur s'allume dans ses yeux. Je savais qu'il aimerait les entendre autant que j'ai eu plaisir à les dire.

— Gentille fille.

La chaleur de ce compliment que je n'aurais jamais accepté d'un autre homme m'envahit comme jamais. Je m'en délecte, comblée par l'effet que de tels mots doux et le désir dans ses yeux me procurent. Je veux lui faire plaisir, car je sais qu'au bout du compte il m'en donnera aussi.

La main près de ma clavicule trace un chemin entre mes seins jusqu'à mon nombril et glisse entre mes cuisses.

— Toujours aussi mouillée, princesse, murmure-t-il, alors qu'il se penche en avant pour plonger ses dents dans la chair de mon cou.

Je manque de défaillir, submergée par la douleur de la morsure et le plaisir, tandis que ses doigts fouillent la moiteur de mon sexe. Je renverse la tête, lui offrant libre accès à ma gorge, et avance les hanches pour tenter d'en obtenir plus.

— Gourmande, s'exclame-t-il dans mon cou, avant de retirer sa main, privant mon corps de ses caresses. Leçon numéro un... Je te donne du plaisir. Tu ne t'en empares pas.

Je m'apprête à m'excuser ou éventuellement argumenter, parce que je suis ainsi, lorsque sa main sort de nulle part et me claque l'entrejambe. Mon corps décolle sous l'effet de surprise, n'ayant que l'arrière de mes cuisses en appui sur les siennes pour se propulser.

— La vache !

Le picotement entre mes jambes afflue et reflue, avant de s'apaiser enfin, laissant place à un battement encore plus intense.

Je n'ai pas le temps d'ajouter quoi que ce soit

que ses doigts reviennent déjà. Cette fois, ils sont sur mon clitoris et tournent à présent autour de la zone à la sensibilité exacerbée, toujours endolorie par la claque.

— Tu abandonnes déjà ? Tu veux passer à un truc plus soft ?

Je noue les doigts, incapable de remuer les mains, toujours captives des siennes.

— Non.

Grave non. C'est trop bon. Meilleur que tout ce que j'ai connu jusqu'ici. Et cette claque ? Elle m'a prise au dépourvu, mais, bon sang, à voir la façon dont mon corps s'est enflammé et les battements dans mon clitoris, aussi intenses que ceux de mon cœur, j'en veux encore.

Je baisse les yeux et vois le sourire sur ses lèvres tandis qu'il gémit contre ma peau. Je n'arrive pas à détacher mon regard de Mammoth dont la bouche descend, encore et encore, jusqu'à ce qu'elle se retrouve si proche de ma poitrine que je peux sentir son souffle chaud me caresser la peau.

Je dois vraiment prendre sur moi pour ne pas me frotter contre ses doigts, pour ne pas traquer le plaisir que m'offrent ses mains. Je ne bouge pas, prisonnière, immobile dans ses bras, objet de plaisir parfaitement consentant sur ses genoux.

Sa langue fait le tour de mes mamelons, et je ferme les yeux. Mon sexe se contracte, mendiant qu'on le comble. Par je ne sais quel étonnant miracle, ses doigts qui orbitaient autour de mon clitoris se glissent à nouveau entre mes replis humides et me pressent le sexe.

Oui ! J'ai envie de les supplier, de les implorer

de se plonger en moi, mais, là encore, je garde le silence. Mes orteils raclent le sol. Mon corps n'est relié à rien, si ce n'est à Mammoth.

Lorsqu'il referme enfin les lèvres sur la pointe d'un sein et la suce, j'étouffe un cri de plaisir et, me relâchant sous la caresse, je manque de basculer en arrière. Ses bras me retiennent, me maintiennent en place, ouverte, disponible, pendant que ses doigts s'enfoncent en moi et me remplissent de la plus délicieuse des manières.

Au départ, il se montre délicat, la douceur des pénétrations se mêlant à la brusquerie de sa bouche contre mes seins, mais la douleur prévaut toujours et surpasse presque celle infligée par la précédente claque.

Son pouce glisse maintenant contre mon clitoris chaque fois qu'il entre en moi et disparaît lorsqu'il se retire, encore et encore, propulsant vers le haut mon corps qui se rapproche inexorablement de l'orgasme dont j'ai désespérément besoin. J'ai le souffle court et haletant tandis qu'il aspire mon mamelon, usant de ses dents pour modifier la sensation et mordant avec juste ce qu'il faut de pression pour ajouter à ce cocktail jouissif un picotement de douleur.

Je suis proche, si proche. Je suis tendue au maximum et tente de trouver le sol avec mes pieds, en vain. Mes orteils en sont trop loin et ses jambes sont trop longues pour avoir une véritable prise. Ma *gourmandise*, comme il l'appelle, me vaut une morsure plus aiguë qui m'arrache un cri de plaisir autant que de douleur. Putain de bordel de merde. C'est un mélange de sensations terriblement décadent qui me rapproche un peu plus de l'orgasme : je sens l'air dans mes poumons s'évaporer, ma peau devient moite, mes parois internes se contractent et en redemandent.

Mammoth écarte ses lèvres de mes seins mouillés et palpitants au moment où il insère un doigt supplémentaire dans mon sexe et me pénètre plus fort.

— Tu aimes ça ? me demande-t-il, la voix rauque de désir.

— Oui ! je scande, insatiable. Oh oui ! oui !

— Sors ma queue, m'ordonne-t-il tout en me libérant les poignets sans jamais cesser de me doigter.

Ce n'est pas facile de m'affairer avec ses bras dans le passage, mais je m'exécute. Mon regard se porte sur son visage dès lors que j'ai son membre dur comme l'acier au creux de ma paume.

— Branle-moi, princesse. Montre-moi comment tu aimerais me sauter.

Je ne marque aucune hésitation. Mon pouce remonte sous son membre jusqu'à cet endroit sensible qui rend tous les hommes fous. Je n'ai pas fait quelques va-et-vient que ses doigts quittent à nouveau mon corps.

— Je veux que ce soit cette petite chatte gourmande qui me baise plutôt que ta main. Mets-toi à quatre pattes sur le lit.

Putain, enfin ! Plus que tout, j'ai envie que son incroyable queue surmontée d'un bijou me remplisse et me caresse en profondeur. Qu'elle me pilonne jusqu'à ce que je hurle d'extase. Je saute de ses genoux comme si j'avais le feu aux fesses, grimpe sur le lit pour me mettre à genoux, le cul en l'air, et attends que ce fichu braquemart m'envoie au septième ciel.

Il s'aligne derrière moi, mais je garde le visage tourné vers l'avant. Je n'ose pas le regarder, car je ne suis pas certaine d'y être autorisée. Pas question que je gâche ce moment. Je suis toute contractée, à deux doigts de jouir. Je sais que seuls quelques puissants coups de reins et ce fichu piercing pour cogner sur mon poing G suffiront à me pousser vers un orgasme qui me fera grimper aux rideaux et me laissera toute groggy et vidée.

Ses mains sont sur mes fesses, son pouce tout proche de cet endroit que je n'ai laissé aucun homme approcher, et je me raidis sur le coup.

— On t'a déjà prise par là ? me demande-t-il tout en effleurant mon anus avec le doigt.

— Non, je murmure, incapable d'élever la voix. Jamais.

— Tu en as envie ?

— Je ne sais pas, dis-je en toute honnêteté.

On m'a dit que la sodomie était chouette, mais la plupart des mecs avec lesquels j'ai couché n'étant dotés d'aucune aptitude extraordinaire en matière de vagin, il était exclu que je les laisse approcher de mon cul. Totalement exclu. Avec Mammoth, c'est envisageable, et je ne doute pas un seul instant qu'il me ferait du bien.

Le lit se creuse et ses mains disparaissent. Je coule un regard derrière moi et l'observe en train de descendre son jean à ses pieds, de le pousser sur le côté, avant de passer une main derrière sa nuque pour ôter son tee-shirt. Le voir nu, le corps couvert de piercings et de tatouages, me fait toujours autant d'effet. Je pourrais l'admirer jusqu'à la fin des temps sans jamais m'en lasser. Étudier le tracé, les courbes et les sillons de ses muscles.

Il enroule la main autour de sa queue et se met à la caresser sur toute la longueur. J'en ai l'eau à la bouche et je rêverais de refermer les lèvres autour du renflement de son gland.

— Tourne la tête et pose-la contre le matelas, m'ordonne-t-il.

Je le regarde, hébétée, l'espace d'un instant. Lorsque je m'aperçois qu'il ne bouge pas et me fixe des yeux, je presse la joue contre la couette et mon cul remonte plus haut dans les airs, le sexe offert comme si je l'invitais à y entrer.

Je n'ai pas à attendre longtemps avant de sentir ses mains à nouveau sur mes fesses et sa queue s'enfoncer en moi, me remplir. Centimètre par centimètre, il se glisse lentement à l'intérieur, me torture du plus délicieux des plaisirs. Il m'agrippe les hanches, les doigts mordant ma chair, entre entièrement et s'arrête. Il se penche au-dessus de mon dos et porte la bouche tout près de mon oreille.

— Je vais te baiser salement, princesse. Si salement que t'en auras le souffle coupé. Si c'en est trop pour toi, demande-moi d'arrêter. Compris ?

Je m'humecte les lèvres et salive à l'idée qu'il me tringle à l'image d'une bête sauvage.

— Compris.

Je ferme les yeux tandis que sa langue me balaie la joue, comme s'il goûtait ma chair.

Il écarte ses hanches de mon corps et se retire complètement. Je me raidis, m'attendant à ce qu'il replonge aussitôt en moi, or il n'en fait rien. Je rouvre les yeux et prends garde de ne pas tourner la tête, mais l'observe du mieux que je peux pour voir ce qu'il fabrique. Il me prend les mains et les soulève du matelas pour me tirer légèrement en arrière.

Lorsqu'il me pénètre avec force, je n'ai aucune marge de manœuvre. Mon sexe se prend de plein fouet le coup de reins. Il ne se radoucit pas, s'enfonce brutalement en moi, ressort, m'éperonne, et je suis projetée en avant, de quelques centimètres seulement, avant d'être tirée en arrière par les bras, empalée sur sa queue.

Je rebondis pratiquement sur lui, murmurant des mots qui n'ont aucun sens tandis que l'orgasme, sur lequel j'ai surfé durant ce qui m'a paru des heures, s'accroît, s'ancre plus profondément en moi. Je crie, incapable de tenir ma langue :

— Oui !

Je pourrais vite devenir accro à ce genre de baise et ne plus m'en passer.

Il pousse un grognement et me pénètre plus fort, plus profondément. Le piercing à son gland caresse le bon endroit pour me précipiter dans la spirale du plaisir. Je suis incapable de respirer, des larmes coulant sur mes joues, et je... me pisse dessus ?

Je suis trempée.

Le lit est trempé.

Tout ce qui se trouve sous la ceinture est mouillé. Mes poumons se vident et j'ai besoin de toujours plus d'air. Mon corps est parcouru de tremblements et mes yeux se révulsent tandis que les vagues du plaisir déferlent sur moi les unes après les autres. Je n'ai pas le temps de penser au fait que j'ai pu uriner sur lui, ni même de m'en soucier, et, à la façon dont il me sabre, grognant de plaisir, jurant à chaque coup de boutoir, il s'en fiche pas mal.

Je suis étendue là, toute molle, prisonnière de ses mains, pendant que ses mouvements se font plus amples, plus rapides et plus frénétiques, comme s'il pourchassait cet orgasme aussi désespérément que je l'ai fait plus tôt. Un instant plus tard, il pousse un hurlement – un putain de hurlement de bête sauvage – et se laisse retomber contre mon dos, haletant.

La seule chose à laquelle je pense à ce moment-là est... que j'en veux encore.

mammoth

IL EST des choses dans la vie dont j'ai toujours rêvé, mais que je n'ai jamais eues. Une grande famille soudée n'en faisait pas partie. C'était avant que je rencontre les Gallo. Découvrir leur quotidien et les voir interagir m'a donné envie de posséder un fragment de ce bonheur.

Quand j'étais petit, je n'ai jamais rien désiré d'aussi fort, excepté revoir mon père. Ma mère était fantastique, seulement elle ne pouvait pas combler le trou que sa mort avait creusé au sein de notre petit noyau familial. Qu'il ait été un héros ou non m'importait peu. C'était un manque terrible que de ne pas l'avoir dans ma vie, à me façonner, à m'éduquer et à me montrer comment devenir un homme.

Je ne m'en suis pas trop mal sorti, malgré les déménagements à répétition, ma mère enchaînant les petits boulots pour maintenir la famille à flot. Certes, elle touchait la pension militaire de mon père, mais ça n'a pas été de tout repos d'élever seule un abruti comme moi. Elle a toujours voulu m'offrir ce qu'il y avait de mieux : les meilleures écoles, les vêtements de marques, les jouets dernier cri. Elle devinait peut-être qu'il y avait un vide en moi et cherchait à le combler par des choses matérielles, dans l'espoir d'effacer la douleur causée par l'absence de mon père.

Ce vide s'est réduit lorsque je me suis engagé dans l'armée, mais il s'est rouvert, m'avalant presque tout cru, quand je l'ai quittée. Après ça, les Disciples m'ont accueilli comme l'un des leurs. Ce n'était pas tant les virées, les nénettes et l'argent qui m'attiraient. Pour moi, intégrer ce club de motard relevait davantage de la camaraderie et de la fraternité.

Seulement, après avoir rencontré les proches de Tamara, après les avoir vus évoluer ensemble, avoir vu l'amour qu'ils se portaient, j'ai compris que je voulais tout ce qu'ils possédaient. Je voulais cette grande famille, pleine à craquer d'amour et de rires, avec l'assurance d'avoir toujours quelqu'un pour me soutenir.

Il y a deux semaines, j'ai laissé Tamara dans sa chambre d'étudiante, lui promettant de revenir dès que je le pourrais. J'avais beaucoup de choses régler dans ma tête, au club, et avec mes frères. J'ai donné le change, croyant que quitter le monde des bikers serait chose aisée, mais ça n'arrive que rarement. Et si quelqu'un y parvient, il ne lui reste pas bien longtemps à vivre.

Princesse : Tu viens demain ?

Moi : Évidemment.

Je ne manquerais pour rien au monde une réunion de famille avec Tamara. Ses parents ont bien tenté de m'intimider, comme si le tempérament de sa mère pouvait suffire à me faire prendre mes jambes à mon cou. Ils se gourent. Ils ignorent ce que c'est que d'avoir une arme pointée sur la tempe. Moi, non. Entre l'armée et le club, il m'est arrivé un tas de saloperies en une décennie, et s'il y a bien une chose qui ne m'effraie pas, c'est un barbecue en famille.

Princesse : Tu m'as manqué.

Moi : Tu m'as manqué aussi.

Putain. Le contraire eût été impossible. Il faut dire que personne ne m'a jamais manqué avant qu'elle ne débarque au club, les cheveux en bataille et la langue bien pendue. Cette fille est un ouragan qui change le paysage sur son passage, moi y compris.

— Mammoth, beugle Morris de l'autre côté de la pièce.

Je relève le nez du téléphone et délaisse ma conversation.

— À la Chapelle !

— Alors, prêt ? me demande Eagle, qui se tient de l'autre côté du bar, une bière à la main. Il se pourrait que tu ne voies pas le lendemain.

Je pose mon verre sur le comptoir et lui rends son regard.

— C'est un risque que je suis prêt à prendre.

— Est-ce qu'elle vaut la peine que tu y laisses la vie ?

J'acquiesce d'un hochement de tête tout en me levant, prêt à affronter Morris et Tiny.

— Elle la vaut jusqu'au dernier souffle.

Le sourire d'Eagle est immédiat.

— J'aurais jamais pensé te voir un jour devenir baba devant une gonzesse.

— Moi non plus.

Je range le téléphone dans ma poche arrière, paré à entendre ce que Morris et Tiny pensent de ma décision de quitter le club.

C'est maintenant ou jamais. Il m'est impossible de planifier l'avenir si je suis au point mort, et c'est exactement le cas en tant que membre des Disciples. Je suis à l'arrêt. Je ne vais nulle part, si ce n'est au trou, puisque, tôt ou tard, tout le monde finit par se faire pincer.

— Bonne chance, me lance-t-il avant de porter la bouteille à ses lèvres et d'avaler ce qu'il aimerait me dire.

Très peu sont parvenus à s'arracher à cette vie sans finir en prison, six pieds sous terre ou placés sous protection. Moi, je n'envisage aucune de ces options. Jamais je ne balancerai mes frères, mais je ne tiens ni à aller en prison ni à mourir. Je ne demande qu'à profiter de la vie, à aimer une brave femme et à faire partie d'une famille que je n'ai jamais eue.

Si mon histoire avec Tamara finit par se terminer, je l'accepterai. Quitter le club est le premier pas à faire pour retrouver ma vie d'avant et me remettre sur les rails pour me construire un avenir. Si je ne le fais pas maintenant, il n'y aura plus aucune échappatoire possible. Je ne peux pas rester, car Tamara n'est pas une *régulière* et jamais elle n'appartiendra à cet univers, malgré toute la bonne volonté du monde.

Tous les yeux sont tournés vers moi tandis que

je me dirige vers la Chapelle. Tous ici savent de quoi nous allons discuter dans cette pièce. Les murs ont des oreilles, tout particulièrement au sein de ce groupe et lorsqu'il est question de la vie du club.

À mon entrée, Morris et Tiny sont assis en bout de table et discutent, bien que leurs regards soient braqués sur moi.

— Referme la porte et assieds-toi, m'ordonne le président.

Il pointe le menton en direction du fauteuil qui se trouve face à moi.

J'essaie de déchiffrer leur expression, en vain. Ils restent de marbre, le visage dénué d'émotions. Je referme la porte, nous murant dans cette pièce où se décide la majeure partie de nos vies au sein de la fraternité.

Je m'assieds aussitôt, prêt à me battre pour mon avenir. Je ferai tout ce qu'ils me demanderont, dans la mesure du raisonnable, tant que je retrouve la liberté.

— Morris dit que tu veux parler de ton avenir, commence Tiny tout en se frottant la barbe. Alors nous voici. Parle.

Je me penche en avant, pose les mains jointes sur la table, et les regarde droit dans les yeux.

— Je veux quitter le club.

Tiny s'adosse à son siège, la tête inclinée sur le côté, et me rend mon regard.

— Entièrement ?

J'acquiesce d'un hochement de tête et Morris se penche pour murmurer quelque chose à l'oreille à Tiny, dont les yeux sont braqués sur moi. Je ne m'avise pas de détourner le regard ni de gigoter. Pas quand je me trouve assis en face de ces deux-là à négocier pour ma liberté. Ils reconnaissent la faiblesse. Ils savent la détecter à des kilomètres. Il faut dire qu'ils me connaissent bien, aussi : cela fait six ans qu'on s'est trouvés, après que j'ai quitté l'armée.

— Pourquoi ? demande Tiny lorsque Morris s'écarte de son oreille.

— Je veux déménager sur la côte ouest et monter un business.

— Mon salaud, lâche Morris dans sa barbe tout en secouant la tête. Cette fille t'a eu, pas vrai ?

— C'est la réalité qui m'a eu, et un peu cette fille aussi.

Je suis honnête avec eux. Certes, Tamara en est en partie la raison, mais pas entièrement. Je ne comptais pas vivre pour le restant de mes jours au club. Je ne suis jamais resté bien longtemps à un endroit et ne me suis jamais imaginé devenir sédentaire.

Morris soupire et se fait craquer le cou comme si je lui causais une gêne physique.

— Ces Gallo sont toutes les mêmes. Elles vous retournent le cerveau et la pine. À vous tous. D'abord, Pike. Ensuite, toi... Vous leur courez dans les bras sans un regard en arrière.

— Ça fait un moment que je songe à partir. Tu connais mon passé. J'ai toujours voulu combler ce vide que j'avais en moi depuis l'enfance. Toujours été en quête de quelque chose.

Morris hoche la tête comme s'il comprenait, mais Tiny, cet enfoiré, ne bouge pas d'un poil.

— J'ai aimé faire partie de cette fraternité, mais je crois que l'heure est venue pour moi d'aller de l'avant, de prendre mon envol, de trouver ma place dans ce monde.

— Tu crois qu'on va te laisser passer cette porte, nous faire *bye bye* de la main et disparaître, comme ça ? me demande Tiny, les yeux plissés, avec cet air de salaud sans cœur que je lui connais.

— C'est ce que j'espère, mais sachez que je ferai tout ce que vous me demanderez pour que ça arrive.

Tout a un prix. Rien n'est gratuit dans la vie, pas même la liberté.

— Tout ce bordel pour une nénette, marmonne Tiny, qui secoue la tête et me prend pour un homme faible.

Je suis loin d'en être un et je suis encore moins un crétin. Trouver une femme bien, une personne qui, tour à tour, me fait rire et me casse les burnes, c'est une occasion que je ne compte pas laisser passer. Je sais pertinemment que cette vie n'est pas faite pour elle. Sa famille ne lui permettrait pas de me rejoindre ici et je ne dormirais pas sur mes deux oreilles.

— Laisse-nous voir comment gérer la situation et on t'appellera. Il y a des conséquences à laisser quelqu'un s'en aller, surtout toi, et ça a un coût.

— J'en ai conscience, dis-je avant de me lever.

Ils restent assis en silence, me regardent quitter la pièce et attendent que j'aie refermé la porte pour se remettre à discuter.

Eagle m'attend au bar, la même bière à la main.

— Alors ?

— Alors rien.

Je me rassieds sur le tabouret que j'occupais avant que Morris ne m'appelle à la Chapelle.

— Ils débattent de mon avenir.

Eagle hoche lentement la tête, un sourire aux lèvres.

— Eh bien, c'est bon signe. Ils auraient pu te coller un pruneau dans le ciboulot et mettre fin à la discussion.

Dit comme ça, j'imagine que c'est effectivement bon signe. Je ne suis pas entré dans la pièce en me disant qu'ils me tueraient, mais la possibilité existait. Je n'aurais pas été le premier homme à me faire descendre dans l'enceinte de ces murs et je n'aurais certainement pas été le dernier non plus.

— Je déteste devoir demander la permission pour faire ma vie, je marmonne. C'est comme être à l'armée, mais en pire.

Je me penche au-dessus du bar et m'empare de la bière qu'il s'était certainement mise de côté pour sa prochaine tournée.

— Tu savais dans quoi tu t'engageais. Tu signais pas un contrat avec l'Oncle Sam. Le serment que t'as prêté, ça n'a rien à voir. Il est plus mortel que celui fait à l'armée et n'a pas d'expiration. Si tu voulais pas finir ta vie ici, pourquoi t'être impliqué au départ ?

Je dévisse la capsule et, d'une pichenette, fait atterrir le couvercle de métal dans la poubelle derrière le bar, comme je l'ai fait des milliers de fois auparavant.

— À l'époque, j'avais pas les idées en place. Tout se mélangeait et j'étais paumé. La vie militaire, c'est une chimère, et quand tu en sors, tu en sors. C'est une cassure nette. Le quotidien que tu connais depuis des années se volatilise, d'un coup d'un seul. En un claquement de doigts, la famille que tu avais disparaît. Quand je suis tombé sur vous, les gars, j'étais en quête de quelque chose, n'importe quoi, en vérité. Si j'avais eu les idées claires, je n'aurais pas intégré le club. Sauf que je craquais complet.

— Encore maintenant, marmonne-t-il avec un sourire. Pour ce joli petit cul. Comme les autres, d'ailleurs. Ces filles ont un truc.

— J'ai jamais ressenti ça pour qui que ce soit, admets-je.

Je me confie rarement sur mes sentiments, parce que les gars ne parlent jamais de ça.

Eagle est différent. Il a toujours été un ami pour moi. Une personne avec laquelle je peux parler librement sans être jugé. Lui de même. On forme une équipe au sein du club. Pourtant, je n'ai jamais réfléchi à la manière dont mon départ pourrait l'affecter.

— Je suis désolé de t'abandonner. Tu es mon meilleur ami, ici. Quelqu'un qui assurera toujours mes arrières, je le sais.

— Poursuis ton bonheur. Je suis heureux comme un pape, ici. Je n'ai ni famille ni enfants. Sans le club, je n'ai pas grand-chose. C'est pas parce que tu pars que je tirerai un trait sur toi. Je suis certain qu'on boira une autre bière ensemble, à moins qu'ils...

— Oui.

Je porte la bouteille à mes lèvres et descends la

moitié de ma bière, parce que, bordel, je pourrais bien ne pas sortir d'ici vivant. Cette possibilité est bien réelle, même si j'essaie de me convaincre du contraire. Je me suis engagé auprès de ces hommes et ai prêté un serment que je romps à présent.

Mon téléphone se met à vibrer dans ma poche, mais je l'ignore. C'est probablement un texto de Tamara. J'ai trop de choses à gérer ici et, pour l'heure, je n'ai pas la tête à lui parler. Je veux pouvoir lui apporter une réponse claire avant de l'avoir de vive voix.

Quelques secondes plus tard, le portable d'Eagle se met à sonner et mon regard se porte sur l'écran. Le nom de Pike y apparaît.

— Tiens donc ! s'exclame-t-il avant de le prendre et de décrocher. Oui ?

Ses yeux me fixent tandis que Pike lui fait un monologue d'une bonne minute.

— Je pense que tu ferais mieux d'en parler avec Mammoth.

Je hausse les sourcils et mon cœur se met à cogner dans ma poitrine. Je resserre les doigts autour de la bouteille.

— Me parler de quoi ?

— Tiens.

Eagle me passe le téléphone, avant de lever les mains et de prendre congé.

— Pas mes affaires ni ma nana.

— Qu'y a-t-il ? je demande à Pike tout en portant le téléphone à l'oreille.

Je fais de mon mieux pour ignorer le nœud qui grandit dans mon estomac.

— J'ai essayé de t'appeler, crétin, mais tu répondais pas.

—J'étais au beau milieu d'un truc, Pike. Crache le morceau. Je dois retourner voir Morris et Tiny.

— C'est Tamara.

— Qu'est-ce qui se passe ?

— Elle est partie voir Crow avant qu'on le transfère dans un autre État et qu'il commence à purger sa peine.

J'ai un mouvement de recul comme si on venait de me coller un poing dans la figure.

— Elle est partie faire *quoi* ?

—J'ai entendu Gigi en discuter avec elle. J'imagine que Crow l'a appelée parce qu'il voulait lui parler, s'excuser de son attitude et lui demander de passer le voir avant de quitter la Floride. Je tenais à ce que tu le saches.

— Fils de pute...

— D'après ce que j'ai compris, elle se dirige vers Gainesville. J'ai aucune idée de l'endroit où il est détenu. Si je n'étais pas à des heures de route de là, je partirais pour l'en empêcher.

—Je vais m'occuper de leur cas, moi.

Une bile me remonte dans la gorge.

— Vas-y mollo avec elle. Elle ne réfléchit pas comme quelqu'un du club.

— La fidélité, elle devrait comprendre, par contre.

— Elle est fidèle, Mammoth. Fidèle comme tout, mais quand un de ses amis est dans le besoin, elle fait tout pour l'aider.

—Un ami ?

Je lâche un rire amer.

— Crow n'est l'ami de personne.

— Le jour où ils se sont rencontrés, ça a matché entre eux. Pas sur le plan sexuel. Je lui avais dit que je l'étriperais s'il posait les mains sur elle. Tu dois juste faire comprendre à Tamara qu'elle a merdé en allant le voir et qu'elle aurait dû au moins t'en parler avant.

— Je termine ce que j'ai à faire avec Tiny et Morris et je me mets en route.

— Bonne chance et ménage-la.

La ménager ? Elle pourra s'estimer heureuse si elle arrive à s'asseoir durant la semaine qui aura suivi ses conneries. Je me suis montré trop gentil avec elle. Je n'ai pas posé les bases de notre relation. Elle a besoin d'être encadrée, dirigée, qu'on lui fixe des limites, et je suis l'homme qu'il faut pour ça.

— À plus, Pike.

Je mets fin à l'appel, car je n'ai pas besoin qu'on me materne et me dise comment m'y prendre avec les femmes.

— Ça craint, cette histoire, commente Eagle. Tu pourrais y laisser la peau. À quel point connais-tu cette fille ? Tu peux vraiment avoir confiance en elle ?

Il reprend le téléphone dans l'étau de ma main.

— Mammoth ! appelle Morris, bien que son ton soit neutre, indéchiffrable.

— Eh merde ! je lâche.

Cette journée va-t-elle passer de merdique à désastreuse ?

— Si tu meurs, sache que j'ai été heureux de te

connaître, me dit Eagle, et il est parfaitement sérieux.

— Moi aussi.

Je m'écarte du bar, le corps entièrement crispé. Il ne tourne dans ma tête que le visage de Crow et la vision de ma copine assise sur ses genoux.

D'un pas raide, je marche en direction de la Chapelle, furax, prêt à encaisser ce qui m'attend. Tiny et Morris sont déjà de retour à leur place, en bout de table, et me regardent avec leur putain d'air impassible.

— On s'est entretenus.

Morris me désigne le même siège sur lequel j'étais assis plus tôt. Il veut m'y voir, le cul posé.

— On a tranché.

Je m'installe dans le fauteuil et serre les poings au-dessus des genoux, sous la table. La rage qui me traverse, cette colère à l'encontre de Crow et de Tamara, est tellement forte que je pourrais frapper n'importe quoi et n'importe qui, y compris les deux hommes assis face à moi.

— On ne peut pas te laisser partir, commence Tiny tout en glissant l'index sur cette table en bois où toutes les décisions clés du club sont prises.

— Pas entièrement, ajoute Morris lorsque je me raidis et suis à deux doigts de leur dire d'aller se faire foutre. Mais on est arrivés à un compromis.

— Quand comptais-tu partir ? me demande Tiny.

— Dans neuf mois.

— Elle est en cloque ?

Je secoue la tête.

— Ce sera la fin de ses études.

— Durant les neuf prochains mois, tu nous appartiens, m'annonce Tiny. Après ça, tu resteras à notre disposition. Si on veut déplacer un truc sur la côte ouest, tu t'en chargeras. Si on a besoin de régler une affaire là-bas, tu t'en occuperas. Tu ne seras plus rattaché au QG, mais c'est tout. Si on décide d'ouvrir un nouveau chapitre là-bas, tu en seras membre.

— J'accepte, dis-je, parce qu'au moins ils m'offrent une porte de sortie, même si c'en est une minuscule. C'est bon ?

Pour l'heure, tout ce qui m'importe, c'est d'aller trouver Tamara et de démêler ce bordel avec Crow.

— C'est bon, fiston, me confirme Morris tandis que je me lève, prêt à me tirer d'ici. Où vas-tu comme ça ?

—J'ai une fille à aller voir.

Et je quitte la pièce d'un pas décidé pour aller directement à ma bécane.

tamara

LA PIÈCE RESSEMBLE en tout point à ce que l'on voit à la télévision. Nous, les gens libres, sommes placés en rang d'oignons, le téléphone sur le côté et les détenus derrière la vitre. Il se dégage une froideur de cet endroit. Les murs sont recouverts d'une peinture gris mat et le lino blanc ne semble pas avoir été nettoyé depuis des semaines. Je ne veux même pas penser aux combinés et aux centaines de personnes qui les ont touchés depuis la dernière fois qu'ils ont été désinfectés.

Je ne sais pas ce que je fous ici. La dernière fois que j'ai vu Crow, j'avais envie de lui flanquer le plus gros des coquards. Il m'a traitée comme de la merde, m'a jetée dehors comme si j'étais un rebut. Or, quand il m'a téléphoné aujourd'hui, m'a confié qu'on le transférait dans un autre État pour purger une peine de prison et a demandé à me voir, je n'ai pas pu refuser.

Qui ferait ça ? Ce type a beau avoir agi comme un salaud avec moi, quel mec ne l'est pas un jour ou l'autre ? Nous avons tissé une sorte de lien, lui et moi. Une amitié, peut-être, que j'ai mal interprétée, dont je me suis fait tout un monde dans ma tête. À présent, ça n'a plus d'importance. Il s'apprête à passer des années à l'ombre.

Les Gallo pardonnent beaucoup de choses. Ils sont ainsi. Tout le monde peut faire une connerie un jour ou l'autre. En revanche, si cela s'était passé autrement, si je n'avais pas rencontré Mammoth, je sais pertinemment que ma famille n'aurait jamais accepté que je me languisse d'un type en prison.

Je gigote sur mon siège et triture l'ourlet de ma jupe, incapable de rester en place, parce que j'entends les murmures pleins de chagrin et de larmes autour de moi. Des petites amies et des épouses venues voir leur moitié, privées de leur contact pour Dieu sait combien de temps.

Surgissant de nulle part, Crow apparaît de l'autre côté de la vitre, dans cet uniforme orange de détenu, les mains menottées. Il n'a plus rien de cet homme avec lequel je flirtais il y a quelques semaines à peine. Un gardien de prison l'accompagne et le pousse vers le siège vide avant de lui ôter les menottes. Les yeux de Crow ne me quittent pas et sont emplis d'une émotion que je ne leur avais jamais vue avant. De la tristesse.

Il pointe le menton en direction du téléphone près de moi avant de décrocher le sien à sa droite. J'ai la lèvre inférieure qui tremble, submergée par la peine. Que je sois en colère contre lui ou non, voir quelqu'un ainsi contraint et retenu prisonnier est dur à supporter.

Il m'adresse un tendre sourire tandis que je lève le combiné et le porte à mon oreille.

— Salut, ma jolie, dit-il avec douceur.

J'ai l'impression de retrouver le Crow avec lequel je flirtais il n'y a pas si longtemps de cela.

— Salut, je me contente de répondre, bien décidée à ne pas lui accorder de mots doux après la façon dont il m'a traitée.

— Merci d'être venue.

Je baisse les yeux lorsque la réalité du lieu et de ce qui va lui arriver me rattrape.

— Je me suis dit qu'on avait des choses à se dire...

Je relève la tête et le regarde bien en face. Mes doigts se resserrent autour du combiné.

— ... un chapitre à clore.

— Je savais que ça arriverait.

— Quoi donc ?

— Je savais que j'allais faire de la prison, et pas qu'un peu. Trop d'années pour te demander de m'attendre.

— Tu aurais pu m'en parler. Je ne cherchais rien de sérieux, Crow. Je ne voulais pas être ta régulière. Je voulais juste qu'on passe un peu de bon temps ensemble. C'est tout. Tu n'avais pas à jouer les connards et à m'envoyer balader.

Il hoche la tête d'un air entendu et son regard balaie mon visage comme s'il s'efforçait d'en mémoriser chaque détail.

— Je pouvais pas, poupée. Avoir un avant-goût, et puis plus rien derrière ? Un mec plus gourmand que moi ne se serait pas gêné. Il se serait servi de toi et aurait volé ton cœur pour puiser ensuite dans sa mémoire et surmonter les années de merde qui l'attendaient. Moi, pas.

— Tu n'aurais rien volé du tout, puisque je m'offrais librement à toi. Tu aurais pu justement te faire quelques souvenirs à revivre encore et encore pendant ton temps ici.

Crow avance sur sa chaise et approche le visage de la vitre, le plaçant directement sous l'éclairage faible des plafonniers. C'est la première fois, depuis qu'il s'est assis, que je le vois bien. Il a une sale mine. Ces yeux autrefois expressifs sont cerclés de noir et flanqués de quelques rides que je n'avais jamais remarquées avant. On dirait qu'il a vieilli du jour au lendemain.

— J'avais promis à Pike de ne jamais poser les mains sur toi, mais, bordel, poupée, tu m'as pas rendu la tâche facile.

— Fait chier, ce Pike ! je lâche tout en me rapprochant de la vitre à mon tour pour tenter de me nicher dans mon box et d'oublier qu'on se trouve dans une pièce bondée de monde. C'est un connard.

Crow secoue la tête.

— Non, ma grande. C'est un type bien. Il veille sur toi, c'est tout. Un mec ne fait pas ça à une femme, sauf s'il l'aime et la respecte. Sois indulgente. Il essayait de t'éviter une peine de cœur.

— Une peine de cœur ? je m'exclame tout en secouant la tête. Crow, chéri, t'es canon et, crois-moi, on aurait baisé comme des lapins, mais je n'allais pas tomber amoureuse de toi.

Il hausse un sourcil comme si je me racontais des histoires. Moi, je sais ce qu'il en est.

— Je voulais juste passer du bon temps, pas me caser.

— J'aurais bousillé les chances des autres mecs, ma jolie.

Il esquisse un sourire fiérot, comme s'il croyait à ses propres salades.

— Tu vas tirer combien ?

— Sept ans. Peut-être cinq, si j'obtiens une réduction de peine.

Il parvient à répondre sans même ciller.

— Sept ans ? je répète, médusée.

J'essaie de m'imaginer ce que ça représente. Il y a sept ans, j'avais quatorze ans et j'entrais au lycée. Sept années, c'est long, surtout quand on est enfermé, sans aucune possibilité de sortir.

Crow hoche lentement la tête. Il continue de balayer mon visage des yeux et coule un regard en direction de mes seins.

— Oui. Ça aurait pu être pire, mais j'ai plaidé coupable pour alléger ma condamnation.

— Qu'as-tu fait, au juste ?

— J'ai tué un homme, me dit-il comme s'il parlait de la pluie et du beau temps.

J'écarquille les yeux et, l'espace d'un instant, j'ai du mal à respirer. J'ai flirté avec cet homme. J'allais coucher avec lui, l'ajouter à mon tableau de chasse. Je n'ai jamais pensé à lui demander son casier judiciaire et encore moins s'il avait déjà zigouillé un mec. Je me penche en avant et baisse la voix.

— Tu as tué quelqu'un ?

Il hausse les épaules.

— C'était pas n'importe qui. C'était un connard et il le méritait.

— Sept ans pour avoir commis un meurtre ?

— On se bagarrait. J'ai pas voulu le tuer, c'est arrivé comme ça. Comme c'était pas prémédité, j'ai pris sept ans en renonçant à un procès.

— Si c'était un accident, pourquoi ne t'es-tu pas battu pour faire entendre justice ? Je veux dire… sept ans, ça paraît vachement long, derrière les barreaux.

— Poupée, quand un mec a un casier long comme le mien, il a conscience des batailles qu'il peut gagner et de celles qu'il va perdre. J'allais faire de la prison, de toute façon. Pourquoi se battre quand c'est inévitable ? La seule chose que je pouvais faire, c'était réduire le nombre d'années où je pourrirais dans ce trou à rat.

— Ça me paraît injuste, je murmure.

— La vie est injuste, poupée.

— Oui.

— Si elle était juste, je serais dehors, à fourrer ces belles cuisses au lieu de cet enfoiré de Mammoth.

Je fais la grimace lorsqu'il prononce ce nom. Je n'ai pas dit à Mammoth que j'allais rendre visite à Crow. Je savais qu'il serait fâché, et même si j'aurais dû au moins l'avertir de ce voyage, je n'ai pas pris la peine d'ouvrir la boîte de Pandore. Je lui en parlerai demain et affronterai sa déception ou même sa colère. Crow est un ami. Certes, je suis allée au QG pour le trouver lui en premier lieu et non Mammoth, mais j'ai fini dans les bras de l'homme qu'il fallait.

Je relève le menton.

— Qu'as-tu contre Mammoth ?

Je me sens obligée de prendre la défense de celui qui n'est pas là pour le faire lui-même.

— Il ne te mérite pas.

— Parce que toi, oui ?

Je passe un bras autour de ma taille et me mords les lèvres pour m'empêcher d'en dire davantage.

Il lève une main, les ailes sur sa peau pleinement déployées, avant de se passer les doigts dans les cheveux.

— Non.

Il pousse un long soupir saccadé.

— Je suis une belle ordure, mais il ne te mérite pas plus que moi. Tu devrais te tenir à l'écart d'un mec comme ça, poupée. T'as trop de caractère pour lui. T'es trop coriace pour être soumise à un maniaque du contrôle comme lui.

Je lève un sourcil.

— Un maniaque du contrôle ?

Ces mots pourraient servir à décrire Crow et à peu près n'importe quel autre mec de la planète.

— Il fait des trucs pervers. Des trucs auxquels tu ne voudrais pas te frotter. Je voudrais pas qu'il t'arrive quelque chose.

— Parce que, maintenant, tu te préoccupes de ma sécurité ?

Crow jette un regard autour de lui et j'entends au bout du fil des mots étouffés que je n'arrive pas à saisir.

— Il ne me reste qu'une minute ou deux. Laisse-moi parler et écoute.

Je hoche la tête, car l'heure n'est pas aux répliques percutantes. Et puis, je ne le reverrai plus. Du moins, durant les cinq prochaines années, au minimum.

— Je suis désolé d'avoir été con. Je suis désolé de t'avoir blessée. Je suis désolé de t'avoir rejetée ce soir-là. Je suis désolé pour un tas de trucs te concernant. Je m'en veux d'avoir écouté Pike et de ne pas avoir pris ce que tu m'offrais, mais j'aimerais que tu saches...

Il couvre le combiné d'une main et crie quelque chose à quelqu'un dans la pièce avant que ses yeux ne reviennent sur moi.

— Je n'ai jamais voulu te faire souffrir, Tamara. Écris-moi de temps à autre. Rappelle-moi les belles choses de la vie. Tu peux faire ça pour moi ?

J'acquiesce d'un hochement de tête, tandis que les larmes me montent aux yeux. J'ignore pourquoi je pleure. Ce n'est pas comme s'il y avait un truc entre nous. Au mieux, il était une connaissance, et nous n'avons passé que quelques heures ensemble, mais j'ai quand même de la peine pour lui.

— D'accord, Crow. Je t'écrirai.

Il s'adosse à sa chaise, avant de se lever enfin.

— Quel beau salaud, ce Mammoth.

Il secoue la tête tout en tendant les poignets au gardien de prison, le combiné coincé entre l'oreille et l'épaule.

— Ce connard ne te mérite pas, poupée. Quand tu découvriras cette facette de lui qui ressortira bientôt, j'en ai bien peur, fuis. Fuis le plus loin possible.

Je cligne des yeux pour chasser mes larmes

tandis qu'on lui passe les menottes aux mains et qu'il me met en garde contre Mammoth comme si c'était lui, le meurtrier, et non Crow.

Il relève le menton et m'adresse un sourire plein de douceur.

— Au revoir, poupée, me lance-t-il avec un clin d'œil. À la prochaine.

— Au revoir, dis-je tout en me levant, avant de le saluer d'un signe de la main.

Sa silhouette en habit orange disparaît par une porte. Il ne se retourne pas, ne m'accorde rien d'autre, simplement des excuses et une mise en garde contre les vices de Mammoth, dont je connais déjà l'existence.

Mammoth, qui va être très, très fâché une fois qu'il aura appris que je suis venue ici, dans cette prison, sans prendre la peine de mentionner ce voyage. D'autant plus que j'ai rendu visite à Crow et que les deux hommes ont un passé. Ce n'est pas comme si je me devais de le prévenir chaque fois que je vais voir un ami, parce que, moi, je ne sais pas ce qu'il fait au QG ni même qui il se fait.

— Madame ? m'appelle une femme près de la porte que j'ai franchie plus tôt. Il est temps d'y aller.

Elle me sourit lorsque je regarde dans sa direction, encore ébranlée d'avoir vu Crow dans cet état et de savoir que je ne le reverrai jamais.

Quand il sortira, nous n'aurons toujours rien en commun, aucune raison d'être amis. Nous n'avons pas fréquenté les mêmes cercles ni vécu dans la même ville. À supposer que je sois encore avec Mammoth, cela n'y changerait rien, puisqu'ils ne s'apprécient guère. C'était plutôt limpide.

Je traverse la salle d'attente miteuse avec la file de gens. Tous essuient leurs larmes, sauf moi. Dieu merci, il ne s'est rien passé entre Crow et moi. Je n'aurais pas voulu que cela devienne ma vie, mon avenir, mon univers. D'un autre côté, il y a Mammoth. Il fait partie du même club que Crow. Sortir avec lui ne m'expose-t-il pas au même chagrin ?

Je plisse les yeux lorsque les rayons du soleil frappent mon visage et me dirige vers ma voiture garée sur le parking. Je marche, les yeux baissés, et songe à ce qui aurait pu se passer dans un sens ou dans un autre. C'est alors qu'une ombre élancée et dense couvre le sol, les contours d'une moto se rattachant à la silhouette, et mon cœur s'arrête de battre. Je relève brusquement la tête et trouve Mammoth appuyé contre le siège de sa bécane, le regard braqué sur moi. Il ne dit pas un mot. Il se contente de me fixer de ses yeux de glace.

— Salut, bébé !

Je tente de masquer l'inquiétude dans ma voix.

Il a les bras croisés et l'expression de son visage en dit long. Il est furax, et pas qu'un peu. Il est tellement en colère que je me demande si sa promesse de fessée n'est pas sur le point d'être honorée, et bientôt.

— Princesse.

Je continue d'avancer, veillant à marcher d'un pas assuré et agir comme si je n'avais pas été prise en faute.

— Qu'est-ce que tu fais là ? je demande.

— J'allais justement te poser la même question.

Il me lance un regard perçant qui me file un pincement au ventre, et pas dans le sens où j'aurais envie de lui sauter dans les bras et de m'empaler directement sur sa queue.

Seuls quelques mètres nous séparent. La distance est suffisamment grande pour qu'il ne puisse pas m'atteindre. Même si j'ai confiance en lui, je ne l'ai jamais vu à ce point en colère. Je relève le menton et affiche ma plus belle impassibilité.

— Crow voulait me présenter ses excuses avant de partir. J'ai décidé de le laisser vider son sac et de faire de même, histoire de s'être tout dit.

Il m'observe longuement. Ses yeux passent de mon visage à mon corps et notent les habits fades que j'ai passés tout spécialement pour cette occasion. Je ne comptais pas me présenter devant un prisonnier dans une tenue osée. Ça a beau être Crow, en aucun cas je ne voulais lui donner de fausses idées.

— Il faut qu'on parle, déclare Mammoth. Tu as dépassé les bornes.

Je pose une main sur la hanche et fronce le nez.

— Dépassé les bornes ?

Il hoche la tête et me lance un regard de reproches.

— On s'était fait des promesses, toi et moi, et tu en as déjà trahi une. Je n'ai qu'une parole, mais, toi, en as-tu une ?

— T'es sérieux, là ? je demande, les yeux ronds.

Je tends le bras en direction de l'édifice en brique derrière moi.

— Je suis venue ici pour faire mes adieux au type, pas pour le sauter ! Ce n'est rien qu'un ami et, comme avec tous mes amis, quand on m'appelle à l'aide ou quand on demande à me voir, je fais ce que font les amis...

Je lui lance un regard noir, bien disposée à lui flanquer, moi aussi, une fessée si nécessaire.

— ... je me pointe !

Mammoth descend tout à coup de sa moto et se met à marcher vers moi. Je bats en retraite devant sa présence imposante. Seulement, mes jambes sont plus courtes que les siennes et ses enjambées plus grandes. En un rien de temps, il m'a rattrapée, tend la main pour me toucher le visage, et je tressaille.

— Princesse, me dit-il avec, cette fois, plus de douceur. Je ne suis pas fâché que tu sois ici. Je ne suis même pas fâché que ce soit à Crow que tu rendes visite.

Sa paume contre ma joue, il me caresse tendrement le visage.

— Ce qui me préoccupe, c'est que tu n'as même pas pris la peine de m'en parler. Notre relation n'est rien sans la communication et la confiance. D'ailleurs, l'un ne va pas sans l'autre. Je ne veux pas d'une liaison où tu ne serais pas franche avec moi.

— Je m'excuse. Je pensais que tu me dirais non.

— Je ne vais pas diriger ta vie. Quand tu seras sur le point de faire un truc dangereux pour toi ou pour nous, je m'exprimerai, mais un peu de foi en ma capacité à ne pas me comporter comme un gros con serait la bienvenue.

L'esquisse d'un sourire aux lèvres, il ajoute :

— Par contre, ça ne va pas rester sans suite.

Je déglutis et agrippe son tee-shirt.

— Ça ne va pas rester sans suite ?

Son pouce passe sur ma mâchoire, avant de caresser la peau sous ma lèvre inférieure.

— Je vais te suivre jusque chez toi et prendre une chambre d'hôtel dans les environs. On ira à ta réunion de famille demain et on terminera la conversation là-bas.

— Mmh...

C'était peut-être une mauvaise idée.

— Ne te sens pas obligé de venir. T'es un homme très occupé. Je suis sûre que t'as autre chose à faire.

— Je viens, princesse. J'ai promis à ta famille que je serais là. Fais-moi confiance, une punition n'arrive jamais sans récompense.

Je lève un sourcil.

— Alors en quoi est-ce une punition ?

— Tu verras, me dit-il tout en frottant ses lèvres contre les miennes, avant de reculer. Je te suis.

— D'accord, je murmure, un peu étourdie par toutes ces perspectives cochonnes et la peur.

On parle de Mammoth. Il s'est toujours montré généreux quand il s'agissait de plaisir. J'espère simplement qu'il ne l'est pas autant pour les punitions.

mammoth

—VIENS PAR LÀ.

Je me tapote la cuisse, assis sur le rebord du lit, et regarde Tamara se dandiner nerveusement.

Elle se tord les mains et m'observe, tête baissée.

— Tu tiens vraiment à faire ça ?

J'acquiesce d'un hochement de tête.

— On va juste discuter. Je n'ai pas envie que tu sois à l'autre bout de la pièce pendant qu'on parle, c'est tout.

— Tu ne vas pas me donner une fessée ? murmure-t-elle.

— Pas encore, dis-je en toute honnêteté. Pas tant qu'on n'aura pas tiré les choses au clair et qu'on ne se sera pas mis d'accord. Allez, viens là.

L'instant d'après, elle est assise sur mes genoux et ses mains remontent sur mon torse nu jusqu'à ce que ses doigts trouvent mes piercings.

— Je m'excuse, répète-t-elle pour la dixième fois depuis qu'elle m'a aperçu devant la prison.

—Je sais.

Je passe les mains à sa taille et la tourne vers moi pour qu'on puisse avoir cette discussion les yeux dans les yeux. J'ai toujours vécu selon des principes, un ensemble de règles, sans compliquer les choses. L'entre-deux, ça n'a jamais été mon truc. Ça laisse trop de place aux erreurs d'interprétation.

— Ça va, princesse. Tu peux arrêter de t'excuser.

— Pourquoi cette discussion, alors ? murmure-t-elle tout en baissant les yeux, comme gênée.

Je lui relève le menton, parce que je veux voir ses beaux yeux noisette.

— Il te reste un an à faire à l'université.

— Neuf mois, me corrige-t-elle, avant de se mordre la lèvre, comme si j'allais me fâcher pour avoir été interrompu.

— Neuf mois.

Je lui adresse un petit sourire et lui caresse la joue avec le pouce pour tenter de la calmer.

— Veux-tu récupérer ta liberté durant ces neuf mois ?

Ses sourcils retombent immédiatement et son nez se fronce.

— Ma liberté ?

— Oui. Tu n'as peut-être pas envie de te lancer dans une relation pour le moment. On va peut-être trop vite. Après tout, ça ne fait que quelques semaines qu'on se connaît.

Elle secoue la tête.

— J'ai l'impression que ça fait plus longtemps.

— C'est une bonne ou une mauvaise chose ? je demande, un brin amusé.

— C'est une bonne chose, me dit-elle, affichant son beau sourire. J'ai l'impression de te connaître depuis toujours. Du moins, j'ai pas envie de me souvenir de l'époque où tu n'étais pas dans ma vie.

Je serre ses hanches.

— Moi aussi, Tam, moi aussi... Mais je comprendrais que tu n'aies pas envie de t'engager dans une relation. Tu es encore si jeune. Peut-être trop pour qu'un vieux con comme moi te bride.

— Tu es jeune, ment-elle.

Elle fait courir ses doigts sur mes pectoraux et remonte les mains pour les poser sur mes épaules.

— Te fous pas de moi, trésor. C'est toi, la jeune, ici. À vingt et un ans, je pense que j'aurais pas été prêt à me caser. Je pense même qu'à trente ans, je l'étais pas jusqu'à ce que je te rencontre.

— Je ne veux être avec personne d'autre, Mammoth. Je ne veux que toi.

— Alors on se doit d'être honnêtes et transparents sur tous les sujets.

Elle arque un sourcil.

— Tous ?

— Tous.

Elle cligne des yeux et se mord un coin de lèvre l'espace de quelques secondes, avant de me demander :

— Comme quoi ?

Je pose la main à plat sur son dos et la tiens tout près de moi, ne laissant que très peu d'espace entre nous.

— J'ai parlé à Morris et Tiny. Je dois rester chez les Disciples durant les neuf prochains mois. Même après ça, je n'aurai pas complètement récupéré ma liberté. Je dépendrai encore d'eux, d'une certaine façon, jusqu'à ce qu'ils n'aient plus besoin de moi. Pourras-tu faire avec ?

— Je pense que oui.

Elle ravale sa salive et sa bouche retombe aux commissures.

— Est-ce que ça veut dire que tu feras des trucs illégaux ?

Je hausse les épaules et choisis de rester honnête.

— Je ne sais pas bien ce qu'ils vont me faire faire. Je ne peux pas te promettre de rentrer dans le droit chemin tant que je serai sous leur coupe, princesse.

— Je ne supporterais pas de devoir te rendre visite en prison comme je l'ai fait avec Crow. Ça m'arracherait le cœur, Mammoth. Je serais complètement dévastée.

— Je ne finirai pas comme lui. Ça, je t'en fais la promesse.

— Comment peux-tu en être sûr ?

— Fais-moi confiance, c'est tout. Je te promets que tu n'auras jamais à me voir derrière les barreaux.

Elle baisse à nouveau les yeux et rapproche un peu plus ses fesses de moi pour se placer juste au-dessus de mon paquet.

— Pendant qu'on fait dans l'honnêteté... Peux-tu me promettre, genre, vraiment, que tu ne baiseras pas avec Sadie ni avec qui que ce soit d'autre ? Est-ce que tu peux tenir des semaines sans sexe ?

— Et toi, tu peux tenir des semaines sans sexe ?

je rétorque, parce que j'ai beau être un homme, je ne suis pas un obsédé sexuel.

— Évidemment !

Je rabats quelques mèches de ses cheveux derrière une oreille.

— Si tu as envie de ma queue, il te suffit de me le demander, et j'arriverai. L'inverse vaut aussi. Si j'ai envie de toi, je m'attends à ce que tu sois réceptive à ma visite.

— Est-ce que je peux venir au QG ou ça m'est interdit ?

— Tu peux venir au QG quand tu veux.

Elle sourit.

— Ici, j'ai pas beaucoup d'intimité.

Elle fait un signe de tête en direction du bordel que sa copine de chambrée a semé un peu partout dans la pièce, comme si un squatteur s'était installé là et avait investi les lieux.

— La vie privée n'existe pas au QG, mais, au moins, je dispose de ma propre chambre.

— Et en ce qui concerne ce qu'il y a dans ton coffre... ?

— Tu veux jouer, bébé ? On peut jouer.

Ses joues rosissent.

— Je veux jouer.

Elle connaît la phrase magique. Celle qui m'excite.

— Tu veux le *Mammoth intégral* ?

— Peut-on faire un essai et voir comment ça se passe ? J'aimerais bien tout essayer au moins une fois. J'ai jamais été une dégonflée.

Je me mets à rire. J'adore son enthousiasme.

— On peut faire un essai, et si c'en est trop pour

toi ou que tu veux calmer le jeu, on ajustera. Ou plutôt, je tenterai de m'adapter à toi.

— On pourra aller dans un club libertin ?

Puis elle ajoute sur un ton suppliant :

— S'il te plaîîît !

Mon rire redouble.

— Bien sûr.

— Alors, carrément ! Je suis partante !

Elle remue les sourcils.

— Parce que tout ça, c'est grave chaud.

— Ne crois pas que ce sera toujours simple ou drôle, Tamara. Je ne suis pas facile. Je ne tolère pas les coups comme celui que tu m'as fait aujourd'hui. Aller voir Crow, c'était la ligne rouge.

— Eh bien...

Elle se redresse et colle son intimité sublime contre ma queue.

— ... la mienne, c'est Sadie et à peu près toutes les connasses du QG. Tu leur parles pas, tu les touches pas et tu leur envoies aucun message.

— Marché conclu ! je m'empresse de répondre. Je l'ai jamais fait de toute façon.

— Tu ne vas pas dans un club sans moi... jamais.

— Pas de problème. Bon, parlons des limites que tu ne veux pas franchir au lit. C'est important. Toute la relation est basée sur la confiance et la communication. Hormis aujourd'hui, ça a toujours été le cas. Par contre, j'ai besoin que tu sois entièrement transparente avec moi sur le sexe. Tu peux faire ça ?

Elle sourit.

— Parler de sexe ?

— Oui.

— Évidemment.

Elle me fait un clin d'œil.

— C'est mon sujet favori ! Surtout quand ça te concerne.

— Je vais te donner une liste à parcourir et, ensuite, on discutera de chacun des éléments avant de commencer à explorer ta sexualité et tes limites.

— Mammoth...

— Quoi, princesse ?

— Je dois choisir des mots d'alertes, non ?

— Je vois que tu n'es plus tellement novice.

Elle se met à rire et hausse innocemment les épaules.

— J'ai appris les bases, principalement dans les bouquins érotiques que je chipais à ma tante Izzy.

— Pourquoi ne suis-je pas surpris ? Mais, oui, on doit avoir des mots d'alerte. Que veux-tu utiliser pour dire *stop* ?

— Mmh...

Elle se mordille les lèvres et fouille mon regard.

— Stop ?

Je secoue la tête.

— Il faut que ce soit un mot que tu ne lâcherais pas par accident durant le sexe. Comme *ananas*. Un mot que tu retiendras.

— Mmh... Pas *ananas*. C'est trop long. *Yacht* ?

— Va pour *yacht*. Et si quelque chose te fait hésiter ou si j'atteins tes limites ?

Elle lève les yeux, en pleine réflexion.

— *Cuillère*.

— *Cuillère*, ça marche aussi. Donc, *yacht* pour *stop* et *cuillère* pour *avertissement*. Ça me permettra surtout de m'assurer qu'on est sur la même longueur d'onde.

— Bon, s'exclame-t-elle tout en glissant les mains de mon torse à mon entrejambe. On peut commencer ? Je suis impatiente. J'aimerais apprendre à m'agenouiller correctement. Je sais que tante Izzy le fait. J'ai entendu ma famille en faire des messes basses. Mes tantes en sont presque jalouses, par moments.

— Parfois, céder le contrôle à quelqu'un peut s'avérer plus libérateur que tout, lui dis-je tout en lui tapotant les fesses jusqu'à ce qu'elle descende de mes genoux.

Elle écarquille les yeux.

— C'est ce que dit ma tante, elle aussi.

— On va bien voir, princesse. Déshabille-toi.

J'observe chacun de ses mouvements et de ses expressions faciales pour m'assurer qu'elle le fait de plein gré et qu'elle ne cherche pas simplement à me faire plaisir.

Elle ôte son débardeur et le laisse retomber au sol près de ses pieds, avant de passer une main dans le dos et de dégrafer son soutien-gorge.

Je m'assieds et la regarde avec fascination. Chaque centimètre de son corps m'a manqué durant cette semaine où l'on a été séparés. Je n'ai pas oublié à quel point elle est belle. C'est impossible. Simplement, le fait de la voir en chair et en os, de pouvoir toucher sa peau, embrasser ses lèvres me fait brutalement comprendre à quel point je l'ai à la bonne. À quel point je la désire tout entière, corps et âme.

Elle ne me quitte pas des yeux tandis qu'elle

déboutonne son short en jean et en descend la fermeture Éclair, révélant son pubis entièrement lisse. Ma bouche salive instantanément lorsque me revient en pleine figure, tel un jet de briques, le souvenir de son goût sucré.

— À genoux.

Elle s'humecte les lèvres, sa respiration ralentit et ses pupilles se dilatent tandis que je me mets debout, face à son corps dénudé, et résiste tant bien que mal à l'envie folle de la toucher.

— Souviens-toi de tes mots d'alerte, et prononce-les dès que nécessaire. Ne me laisse pas outrepasser tes limites, sans quoi la confiance sera brisée et on régressera.

Elle hoche la tête tout en me fixant du regard, comme si elle était à deux doigts de me sauter au cou pour me baiser.

— Maintenant, agenouille-toi.

J'appuie sur ses épaules lorsque je la vois cligner des yeux, interloquée par la sévérité de mon ton.

Elle se courbe et se met à genoux devant moi.

— Comme ça ? demande-t-elle, la tête relevée.

Elle a déjà oublié une des règles.

Je tends la main et pince la pointe durcie d'un de ses seins, juste ce qu'il faut pour obtenir son attention, mais pas assez fort pour la faire pleurer. Je les ai suffisamment sucés, mordillés aussi, pour connaître sa frontière entre plaisir et douleur.

Je lui rappelle de se taire tout en exerçant une torsion avec les doigts jusqu'à ce qu'elle inspire brièvement et redresse le dos.

Elle me répond par un hochement de tête et,

prenant un de ses genoux, je la manipule pour lui faire prendre la position exacte, lui montrer de quelle façon je souhaite la voir se présenter à moi.

— Comme ça.

Je fais courir le revers de mes doigts d'un genou à l'autre en passant par la taille. Un frisson la parcourt.

— Ouvre-toi à moi. Toujours.

Je pousse sur ses épaules et redresse sa posture, avant de placer ses bras de façon à ce que ses mains reposent près des genoux. Elle observe attentivement mon visage tandis que je lui manipule le corps.

— Se placer dans cette position avec grâce demande du temps et de l'entraînement, mais je sais que tu y arriveras, princesse. À présent...

Je me lève et regarde de toute ma hauteur ce corps magnifique, réceptif et prêt, puis je me rapproche et place mon entrejambe au niveau de son visage.

— Ouvre mon jean.

Sans l'ombre d'une hésitation, elle tend les bras et défait le bouton et la fermeture de mon pantalon d'un geste vif.

— Sors ma queue.

Sa petite main sexy est dans mon jean, les doigts enroulés autour de mon sexe pour l'extirper du tissu, comme si elle mourait de faim et que ma queue était son prochain repas.

— Mets tes mains derrière le dos et croise-les.

L'espace d'un instant, ses sourcils retombent, avant que son visage redevienne neutre et que ses mains se placent là où je leur ai demandé d'être.

Elle est tellement belle ainsi. Je n'ai jamais vu plus jolie fille. Les seins en pointe, n'attendant que d'être titillés par moi. Le corps exhibé. Les lèvres luisantes, déjà trempées par le désir. Putain. J'ignore ce que j'ai fait pour être si chanceux. En tout cas, j'espère que c'était suffisant pour mériter cette femme à tout jamais.

J'empoigne ma queue et m'astique le manche tout en prêtant attention à la façon dont ses yeux s'embrasent pendant qu'elle n'en perd pas une miette. Elle aime regarder. Une voyeuse, peut-être. Voilà un point auquel on répondra ultérieurement, une fois qu'elle sera en lieu sûr, dans l'enceinte d'un club de mon cru.

J'avance jusqu'à ce que ma queue se retrouve pratiquement pressée contre ses lèvres et réclame sa douce chaleur.

— Ouvre la bouche.

Elle obtempère sans hésitation : elle entrouvre ses délicieuses lèvres, les yeux sur moi, brûlants de désir, tandis qu'elle tire la langue et m'offre sa bouche.

Je prends une grande inspiration et m'efforce de ne pas lui montrer à quel point elle me fait de l'effet, alors que je place mon gland sur sa langue et, lentement, m'enfonce profondément entre ses lèvres. Je manque de me retirer quand je sens mon sexe cogner le fond de sa gorge. Or, elle n'a pas même un haut-le-cœur et sourit presque lorsqu'elle referme la bouche sur ma verge.

Je baisse une main pour pincer un de ses tétons entre mes doigts et sens le gémissement contre ma queue lorsqu'elle referme les yeux. Elle aime ça.

Elle l'aime plus hard que je ne l'aurais imaginé, mais ça ne devrait pas me surprendre. Cette fille est une tigresse. Purement et simplement.

Je pourrais rester là toute la journée, à lui ramoner la bouche, à jouer avec ses seins, seulement je sais que sa colocataire sera de retour dans une heure et il y a tant de choses que j'aimerais faire avec Tamara, tant de choses que j'aimerais *lui* faire. Je veux la baiser, qu'elle me sente en elle, gravé profond pour des jours et des jours.

Quelques coups de bassins supplémentaires, et je me retire, laissant ma queue retomber entièrement de ses lèvres. Elle ouvre brusquement les yeux et je lui caresse la joue pour apaiser une quelconque anxiété.

— Sur le lit, princesse. Face contre le matelas, les fesses en l'air, son sexe visible.

En bonne petite tigresse avide de sexe, elle se hâte de prendre la position. On devra travailler sur l'élégance, mais, bordel, je suis un homme heureux.

— Ouvre un peu plus les jambes.

Je veux voir entièrement sa nudité. Je me penche en avant et place mon visage devant ce bijou.

— Tiens tes fesses écartées.

Elle marque un temps d'arrêt, mais lorsque je claque une de ses cuisses, elle s'empresse d'attraper ses fesses et de les écarter. J'entends une brève inspiration en provenance de la tête de lit, toutefois elle se mord la lèvre et se retient de dire ce à quoi elle pense.

— Yacht ou cuillère ? je demande tout en caressant le carré de peau que je viens de frapper.

Elle ne répond rien.

Bravo, c'est bien.

— Réponds-moi, Tamara. Yacht ou cuillère ?

— Aucun des deux.

Je place les mains de part et d'autre de ses hanches, emprisonnant ses bras contre ses flancs, et me penche en avant pour faire courir ma langue sur ses replis humides et savourer Tamara pour la première fois depuis une semaine. Et, doux Jésus… Elle est aussi exquise que dans mon souvenir.

Elle pousse un petit cri aigu et se contorsionne lorsque j'enfouis le visage entier entre ses cuisses, le nez pratiquement dans son anus. Rien à foutre.

Le sexe, c'est le sexe.

Un trou est un trou.

Un corps, c'est fait pour être honoré, et j'ai bien l'intention de la prendre sous toutes les coutures. Bientôt, je connaîtrai chaque centimètre de son corps et veillerai à ce qu'il ne reste pas une surface de peau qui n'ait été touchée ni un endroit qui ne m'appartienne.

Je la tiens fermement et passe la langue entre ses replis jusqu'à ses fesses. Le corps pratiquement effondré contre le matelas, elle se cambre un peu plus et tend le derrière à mes lèvres, comme si elle en redemandait.

Je remonte la langue, passe sur ses reins et suis sa colonne vertébrale jusqu'à son cou. J'approche la bouche de son oreille, si bien que j'ai le torse plaqué contre son dos.

— Je veux te prendre par tous les trous, princesse. Même celui-là.

Je touche l'orifice de son cul et en fais le tour avec l'index.

— Tu en as envie ?

Son muscle se contracte contre la pulpe de mon doigt.

— Oui, murmure-t-elle tout en fermant les yeux.

— Bientôt, princesse. Ce soir, j'utiliserai mes doigts, j'irai doucement, et on verra si la sensation te plaît. Rappelle-toi de te servir de tes mots d'alerte si ça devient trop limite pour toi.

— Oui.

— Les mains. Posées. De chaque côté du corps.

Je ne veux rien entre son sexe et le mien.

Sitôt fait, je pousse sur son dos pour que son cul se relève un peu plus. D'une main, je lui maintiens les hanches en l'air et atténue ainsi la pression qu'elle pourrait ressentir dans ses membres jusqu'à ce qu'elle s'habitue à la position. De l'autre, je fais courir mon gland entre ses replis mouillés pour le lubrifier, avant de la pénétrer brusquement, jusqu'à la garde.

Sous l'impact de mon bassin, son corps est poussé en avant sur le matelas. Si elle étouffe un cri, elle garde néanmoins le silence jusqu'à ce que mon pouce trouve son fondement et en presse délicatement la petite ouverture.

Je lui crache sur le cul et laisse ma salive dégouliner sur son orifice et recouvrir mon doigt. À la prochaine pénétration, je presse le bout de mon pouce contre son anus, de façon à ce que son muscle se détende jusqu'à ce que je sois presque à l'intérieur. Il se resserre et se relâche, encore et encore, à chaque coup de reins, si bien que l'intégralité de la première phalange finit par se retrouver en elle.

Pas même un geignement ne s'échappe de ses lèvres tandis que j'approfondis les caresses et retire le pouce avant de l'enfoncer de nouveau, cette fois un peu plus loin. Son corps tout entier frémit d'être ainsi rempli par ma queue et mon doigt. La double pénétration est une sensation complètement différente. C'est un cran supérieur dans l'échelle du plaisir qui ne semble pas le moins du monde la rebuter, et un frisson me parcourt l'échine à la pensée de toutes les possibilités que cela m'offre.

Je ressors le pouce sans cesser de la pénétrer en cadence. Portant la main à la bouche, je me lèche l'index pour le recouvrir de salive, prêt à découvrir si elle peut supporter une pénétration plus profonde.

Elle laisse échapper un gémissement dès que je lui touche à nouveau l'anus et y enfonce le doigt pour lui baiser le cul. Des petits grognements s'exhalent de sa bouche grande ouverte, une tâche de bave marquant le matelas près de ses lèvres.

Je la pilonne. Lorsque ma queue ressort de sa délicieuse intimité, mon doigt s'enfonce dans son cul serré, et vice versa, créant un tout nouveau niveau de sensation. Son corps est parcouru de frissons, ses organes tremblent, et elle gémit de plus en plus fort à mesure que s'enchaînent ma queue et mon doigt en elle.

En quelques minutes, je n'y tiens plus et mes coups de reins se font plus rudes, si bien qu'elle avance de quelques centimètres à chaque pénétration. Nos corps sont couverts de sueur. Elle jouit dans un cri et ses parois internes se resserrent autour de ma queue et de mon doigt. Me voilà trait comme le pis d'une vache au fil des vagues et des crêtes du plaisir jusqu'à ce qu'elle se retrouve toute haletante. Je lui succède, incapable d'arrêter l'orgasme qui me balaie, avant de m'effondrer sur elle, nos corps collant l'un à l'autre.

— C'était parfait, princesse, je lui murmure tant bien que mal à l'oreille tandis que je reprends mon souffle. Absolument parfait.

Elle acquiesce d'un « mmh », incapable de bouger — ou peut-être n'est-elle pas certaine d'y être autorisée. La seule chose que je sais en cet instant, c'est que je suis là où je devais être.

mammoth

— JE VOIS que tu es venu, me lance Mme Gallo, qui me regarde remonter l'allée des grands-parents maternels de Tamara.

Je repense aux innombrables orgasmes que j'ai donnés à sa fille depuis la veille.

— Bien sûr, madame Gallo, dis-je, sans laisser à Tamara le temps de répondre, m'exprimant peut-être même à sa place. Je ne raterais ça pour rien au monde.

Maxine m'étudie du regard avant de tourner les yeux vers sa fille, que je tiens par la taille.

— Pourquoi tu ne dis rien ?

D'une petite pression à la ceinture, je lui donne le signal de parler. Nous essayons diverses choses pour tester sa capacité à obéir.

— Ben, non, maman. Je pensais pas que tu t'adressais à moi, c'est tout.

Madame Gallo m'observe d'un drôle d'air et cligne des yeux à plusieurs reprises.

— Il se passe quelque chose. Un truc ne va pas ?

— Non, proteste sa fille, avant de me regarder. Un truc ne va pas, bébé ?

— Non, princesse. La vie est belle.

— Que se passe-t-il ? s'enquiert le père de Tamara, qui vient de passer la tête par la porte. Tout le monde attend et vous êtes là, tous les trois, à jacasser.

— Rien, rétorque son épouse avec un geste désinvolte. Je disais bonjour et j'essayais de le mettre en garde.

Me mettre en garde ? Si j'arrive à supporter les gars du club et la vie de militaire, je dois pouvoir endurer une réunion de famille.

Anthony Gallo sort et passe un bras autour de sa femme comme j'ai le mien autour de Tamara. Ses yeux sont braqués sur moi et observent, avec l'attention d'un faucon, la façon dont j'agrippe sa fille.

— Aucune mise en garde ne peut le préparer aux Washington, trésor. Soit il nagera, soit il coulera.

Je ris de bon cœur et baisse les yeux sur ma nana.

— Dois-je m'inquiéter ?

Elle hausse les épaules et se blottit contre moi.

— Nan. Ils veulent juste te faire peur. Ce côté-là de ma famille n'a rien de différent de l'autre. Les deux sont cinglés, mais rien que tu ne saches surmonter, bébé.

Anthony Gallo mime un haut-le-cœur.

— Je crois que je viens de vomir dans ma bouche.

— Papa ! le rabroue Tamara. Arrête ton cinéma.

C'est pas comme si j'avais ma langue au fond de sa gorge.

Anthony titube en arrière, la main sur le torse.

— C'en est trop pour mon cœur. Tais-toi, Tamara.

— Je le répète, je ne suis plus vierge, monsieur J'ai Sauté Tout Tampa À Mes Grandes Heures.

Anthony blêmit et laisse retomber le bras tout en serrant son épouse contre lui.

— Il n'y a jamais eu que ta mère.

Cette remarque lui vaut une tape d'un revers de main de la part de son épouse.

— Oui, bref. Je vais avoir besoin d'une bière pour traverser cette journée. Qui en veut ?

— Moi ! s'exclame Tamara.

Dès que ses parents ont le dos tourné, elle lève les yeux vers moi et me demande tout bas :

— T'es d'accord ?

— Deux bières, pas plus. Et pas d'autre alcool. Je te veux lucide, ce soir.

— On va au club ?

Elle remue les sourcils.

— Non, mais on a encore des choses à travailler.

Je lui décoche un clin d'œil malicieux.

Ses joues s'empourprent, mais le sourire sur ses lèvres en dit long.

— Deux bières, murmure-t-elle. Reçu cinq sur cinq !

— Supermimi.

Au moment où elle s'apprête à m'envoyer paître, je lève un sourcil et lui pince la taille. Elle referme aussi sec la bouche.

— Qui avons-nous là ? s'exclame un homme de l'âge des parents de Tamara, lorsque nous entrons dans le petit vestibule de cette modeste maison du centre-ville de Tampa.

— Arrête, Denzel, lui reproche Maxine. Ne nous fais pas honte.

— Attends un peu, dis-je, tournant le regard vers Tamara. Il s'appelle Denzel Washington ?

— Oui. C'est trop naze.

Elle se met à rire et je me joins à elle. L'homme a dû déguster toute sa vie avec un nom aussi célèbre.

— Oncle Earl va halluciner, s'exclame l'homme tout en secouant la tête. Quand il verra ce type…

Il fait un geste dans ma direction, balayant l'air d'une main.

— … avec des tatouages et des piercings des pieds à la tête, il risque bien de nous faire une attaque et d'y rester.

— Arrête un peu ton cinéma, crétin.

Denzel lève les mains en signe de capitulation.

— Je dis juste que ça va être drôle.

— Où est Brenda ? l'interroge Maxine.

— Dans les parages. Probablement en train de dissuader Ruth de lui donner des cours de cuisine. Ma femme est douée pour une chose, et ce n'est pas la pâtisserie…

Denzel nous décoche un clin d'œil.

— … si vous voyez ce que je veux dire.

— Beurk, tonton. T'es dégueu.

Tamara fait mine d'avoir la nausée.

— Ne parle pas de tante Brenda comme ça. Par pitié, je ne supporte pas toutes ces discussions sur le sexe avec vous. Vous êtes vieux. Trop vieux pour continuer à le faire à votre âge.

— Ma chérie, réplique son oncle, qui se rapproche, pose une main sur son épaule et lance un bref coup d'œil dans ma direction. Quand on aime quelqu'un, l'âge n'est qu'un nombre. Et, peu importe les problèmes de hanches, tu trouves toujours un moyen de démontrer ton amour.

— Putain, à l'aide, marmonne Tamara.

— Je prendrai bien une bière, dis-je pour lui offrir cette échappatoire qu'elle réclame désespérément.

— Par ici, me lance Maxime, tout à coup mielleuse, un peu comme un gourou avant de vous faire avaler sa boisson miracle qui fera fondre vos tripes et vous les faire régurgiter par la bouche dans un flot d'écume.

Elle me jette en pâture aux loups, le sait et en savoure chaque moment.

Les effluves qui flottent dans la maison touchent au divin. Mon estomac se met à gargouiller pendant qu'on traverse la cuisine pour rejoindre le porche arrière. Dès lors qu'on a franchi la porte, les mouvements se suspendent.

Tous les invités se tournent vers nous et nous regardent, bouche bée... Bon, en réalité, ils me dévisagent, moi.

— Que se passe-t-il ? demande un vieillard, qui plisse les yeux dans notre direction, une canne à la main. Expliquez-moi, bon sang !

— Tais-toi, idiot, le rabroue une dame tout aussi âgée, peut-être sa femme, avant de lui coller une tarte sur l'arrière du crâne.

— Tu as de la chance d'être toute frêle, Clara, autrement je te coucherais sur mes genoux pour te rappeler qui est le chef, ici, réplique-t-il tout en se frottant l'arrière du crâne.

— Bon sang, ils ne changent pas.

Tamara me presse la taille.

— Désolée, ajoute-t-elle tout en me regardant, le visage inquiet.

— Princesse, ne sois pas désolée. C'est ta famille. Je suis sûr que tout ira bien. Respire.

— Respire, se répète-t-elle, avant de prendre une bouffée d'air et de la retenir quelques secondes. Res-pire.

— Venez par là !

Le vieillard nous fait signe d'avancer, quand le reste des invités ne bouge toujours pas.

— Je veux mieux vous regarder.

— S'il trouvait que j'avais beaucoup de tatouages, il va nous chier une pendule en voyant Mammoth, déclare Anthony à sa femme.

Je comprends alors qu'il s'agit de Earl Washington et que je suis bon pour me prendre un savon.

— Mazette, s'exclame Clara, la dame près de Earl, tandis que j'approche.

Je suis si grand que je jette une ombre sur elle et le reste de la tablée.

— Eh bien, eh bien ! En voilà, un gaillard costaud !

La femme tend la main pour tâter mes biceps.

— Très costaud.

— On l'appelle Mammoth, tantine, lui confie Tamara, souriant comme si elle avait gagné à une tombola ou à une putain de loterie en étant à mon bras, quand, en réalité, c'est totalement l'inverse.

— Ma fille, ce nom lui va comme un gant.

Les deux femmes gloussent et oncle Earl grommelle.

— On n'y voit goutte avec ce soleil. Quelqu'un pour me faire un peu d'ombre, s'il vous plaît ? Les vieux peuvent mourir sous le cagnard, tout le monde s'en fout.

Je me rapproche et lui offre ce qu'il réclame, me servant de mon corps pour le satisfaire. Sa mâchoire se décroche de stupeur lorsqu'il me découvre enfin : tatouages, piercings, cheveux longs.

— Est-ce qu'elle te tresse les cheveux ? me raille-t-il, se tamponnant parfaitement de mon imposante carrure.

— Earl, le rabroue une autre femme d'un âge intermédiaire et qui avance vers nous. Tu as besoin d'être désagréable tout le temps ?

— À mon âge, je fais ce que je veux, Ruth. Un jour, tu comprendras qui est le chef, et ce n'est pas toi.

Ruth lève les yeux au ciel. Tamara se retourne et me lâche immédiatement pour courir dans les bras de la femme.

— Mamie ! Bon Dieu, ce que tu m'as manqué !

La mère de Maxine. Je vois que la ressemblance s'est perpétuée de génération en génération. La beauté des femmes Washington est manifeste et indéniable.

— Tu m'as manqué aussi, ma chérie.

Sa grand-mère la tient à bout de bras pour la regarder attentivement.

— Tu as bonne mine. Ça faisait longtemps, très longtemps que je ne t'avais pas vu un si beau teint, mon enfant.

— C'est grâce à lui, explique Tamara tout en tendant le pouce au-dessus de son épaule. Il me rend heureuse, mamie.

Les yeux de mamie Washington se posent sur moi, me dévisagent et parcourent mon corps. Elle me jauge, déterminant à ma seule apparence si je suis digne de sa petite-fille.

— C'est un plaisir de vous rencontrer, madame, dis-je, sans lui laisser le temps de se forger l'idée fausse que je suis un rustre impoli. Je suis très honoré que vous me receviez.

Son regard revient sur Tamara et, sans même répondre à ma déclaration, elle dit :

— Je comprends mieux cette tête d'amoureuse transie. Tu as enfin trouvé un homme prêt à supporter ton grain de folie.

— Il est bien plus que ça, mamie. Mammoth...

Tamara se tourne vers moi et me fait signe de lui donner la main.

— ... je te présente ma grand-mère. Mamie, voici Mammoth, mon grand costaud.

— Je vois ça, répond Ruth sur un ton malicieux, avant de me décocher un clin d'œil. Je ne peux qu'imaginer, mon enfant.

— Allons, mamie ! s'exclame Tamara, surprise.

— Je suis âgée, pas morte. Je sais reconnaître un bel homme quand j'en vois un, et celui-là...

Elle fait un pas en arrière et me détaille une nouvelle fois des yeux.

— ... est bien alléchant, chérie.

Si j'étais sujet au rougissement, j'aurais le visage cramoisi à l'heure actuelle. J'ai l'habitude que les femmes me sortent des trucs osés. J'ignore si c'est ma taille, les tatouages, les cheveux longs ou une combinaison des trois qui met leurs hormones en ébullition.

— Tu as mon approbation pour celui-ci, déclare-t-elle.

— Putain, j'en reviens pas ! marmonne le père de Tamara en aparté. Moi, ils m'ont chargé. Mais lui...

Il roule des yeux.

— ... il a le droit à : « Comme tu es beau, bienvenue dans la famille. »

Earl se tourne vers Anthony.

— C'est que ta vilaine trogne était dure à encaisser. Mais, tu t'es bonifié grâce à nous.

— N'importe quoi, rétorque Anthony. Tu ne me trouvais pas assez bien pour Max, c'est tout.

— Et c'est toujours le cas, même si je dois bien admettre que tu nous as donné de beaux enfants, réplique Earl. Et, par je ne sais quel miracle, tu as réussi à rendre cette petite heureuse et à la garder en bonne santé.

— Ah ! Tout de même !

— Et je dois aussi reconnaître que tu es doué pour ramener à ton vieil oncle une bière. Allez ! Montre-moi à quel point tu m'aimes et va m'en chercher une bien fraîche !

— Vieux débris, marmonne Anthony.

Earl agite sa canne et passe la langue sur sa lèvre inférieure.

— Si je meurs à cause de la chaleur, ce sera de ta faute.

— Quel comédien !

— Blanc-bec, va.

— Ils sont toujours comme ça ? je demande à Tamara.

— Oui. Ils sont comme chien et chat, mais, au fond, ils s'aiment.

Je la crois sur parole. Ça ne saute pas aux yeux, cependant je n'étais pas là ces deux dernières décennies pour voir comment leur relation a évolué et s'est développée.

— Bon, assieds-toi, Mammoth.

Earl pivote d'un seul tenant, trop âgé pour simplement tourner la tête.

— Anthony ! Ramènes-en une aussi à ce garçon.

Je souris en dépit des bougonnements du père de Tamara et du regard mauvais qu'il me jette.

— Merci, monsieur.

— Ce garçon est bien élevé. Ça me plaît. Les jeunes d'aujourd'hui ne connaissent pas les bonnes manières. Celui-là en a toujours manqué.

Earl pointe sa canne en direction d'Anthony et j'ai toutes les peines du monde à ne pas rire.

Ces gens sont impitoyables envers lui, mais avec moi, ils sont gentils. Peut-être cherchent-ils à m'amadouer pour faire tomber le couperet au moment où je m'y attendrai le moins.

Anthony tend une bière à Earl, avant de m'en remettre une, maugréant tout du long au sujet d'un *putain d'ingrat*. J'imagine qu'il s'agit de Earl, mais ça pourrait tout aussi bien être moi.

— J'ai cru comprendre que tu avais été militaire, me dit le vieillard, qui porte la bouteille à ses lèvres. Quelle branche, fiston ?

— L'armée de terre, monsieur.

— Assieds-toi. Nous avons beaucoup à nous dire.

Tamara me tapote les fesses et me sourit.

— Installe-toi, bébé. Je vais filer un coup de main en cuisine pendant qu'oncle Earl et toi, vous échangez vos anecdotes de l'armée. Il adore parler de l'époque où il a servi au front.

Elle m'assied pratiquement sur la chaise.

— Personne, ici, n'a fait l'armée. Ils ont préféré aller à l'université. Aucun ne comprend vraiment la fierté et le sentiment de dévouement et de sacrifice que peut avoir un soldat après avoir servi la nation. C'est bon de pouvoir en discuter avec quelqu'un, pour une fois. Il aura fallu attendre des décennies pour qu'une des femmes nous ramène un militaire à la maison.

Tamara est encore à mes côtés et dévisage Earl. Elle se demande si c'est une bonne idée de nous laisser seuls.

— Viens, ma chérie, lui lance Ruth. Tout ira bien. Oncle Earl va le barber, à part ça il a un bon fond.

Tamara se penche vers moi et approche la bouche de mon oreille.

— Est-ce que je peux te laisser ?

Je tourne la tête et nos lèvres se touchent presque.

— Vas-y, princesse. Je m'en sortirai. Par contre,

si tu continues à me faire des courbettes, on va être obligés de rentrer de bonne heure.

La jubilation pétille dans ses yeux. Elle sait exactement ce qu'elle fait. C'est une provocatrice, mais, au bout du compte, on en ressort tous deux satisfaits.

— Earl, sois gentil, l'avertit Clara, avant de partir en direction de la maison avec Tamara, Ruth et Max non loin derrière.

Anthony nous quitte également et part rejoindre tranquillement Denzel, assis à quelques tables de là.

— En vérité, je joue la comédie, m'explique Earl tout en levant sa bière. Plus je vieillis et fais semblant d'être fou, plus ils me fichent la paix. Les femmes de cette famille peuvent rendre les hommes chèvres, mais fais comme si tu l'étais déjà à moitié, et la vie t'en sera facilitée.

Je me mets à rire et lève ma bouteille de bière.

— Vous avez un style qui me plaît, monsieur.

— Bon, soldat, où as-tu servi ?

— J'étais affecté au commandement Sud, près de Miami, et j'ai été déployé quelques fois en Afghanistan.

Earl se redresse.

— J'ai servi en Corée. Une guerre souvent oubliée, mais les pertes ont été considérables.

Je fais une grimace. Même si une guerre reste une guerre, je n'aurais échangé pour rien au monde ma place avec la sienne. J'ai connu plusieurs vétérans de la guerre de Corée, et beaucoup d'entre eux refusaient d'évoquer cette période de leur vie. Non pas qu'ils n'en étaient pas fiers. Simplement, ce qu'ils avaient traversé était bien trop douloureux pour en revivre le souvenir, ne serait-ce qu'en mots.

— On m'a raconté les atrocités qui s'y déroulaient, monsieur. Je n'imagine pas ce que ça a dû être pour vous.

— À l'époque, les unités étaient ségrégées.

— Vraiment ? je demande, atterré. Je pensais que ça avait pris fin après la Seconde Guerre mondiale.

Il secoue la tête.

— Oui, la loi a changé. Truman a signé le décret, mais les généraux sur le terrain n'étaient pas de cet avis. C'était une autre époque, fiston.

— Pour moi, c'est inimaginable de vivre dans un monde où l'on serait séparés en fonction de la couleur de notre peau, surtout quand on est prêt à mourir au nom de cette même nation qui nous divise.

Earl secoue la tête.

— On a fait ce qu'on avait à faire pour ce pays qu'on aimait et qui ne nous le rendait pas toujours.

— Je suis navré.

C'est la seule chose que je trouve à répondre, même si je n'y suis pour rien.

— Allons ! Ce n'était pas toi le saligaud d'officier qui envoyait des jeunes hommes se faire massacrer, poussés sur le front comme de la chair à canon.

J'esquisse une nouvelle grimace en prenant conscience du cauchemar qu'il a vécu.

— C'est certain, mais ces généraux n'ont pas plus d'états d'âme aujourd'hui. Nous ne sommes que des numéros, un corps encore chaud capable de pointer une arme. J'ai eu le plus grand des honneurs à servir mon pays, pourtant les horreurs que j'ai vues pendant ces années-là me suivent toujours.

— Elles te hanteront à tout jamais. Il te faut juste comprendre un jour que ce sont ces horreurs qui ont permis aux autres d'avoir une bonne vie. Tu as sacrifié une partie de ta raison pour tous ceux qui sont assis autour de toi aujourd'hui, heureux et insouciants.

— Tous ?

Je pointe le menton en direction d'Anthony.

— Même lui, me répond Earl. J'aime cet homme. Depuis le jour où je l'ai rencontré. Il a été un bon mari pour ma petite Maxie. Je ne le lui dirai jamais en face, mais je lui suis reconnaissant d'être entré dans sa vie à un moment où elle était dans une mauvaise passe. Il lui a donné un nouveau souffle.

Un jour, je connaîtrai l'histoire qui se cache là. En attendant, il ne m'appartient pas de poser des questions et il n'appartient pas à Earl de la raconter.

Une heure plus tard, Tamara est de retour à mes côtés et tient une assiette pleine à ras bord d'un mets si alléchant qu'il me faudra bien plus d'une séance de sport pour en brûler les calories.

— Mamie a préparé cette assiette tout spécialement pour toi, m'annonce-t-elle d'une voix douce, avant de poser le plat devant moi. Elle dit que tu auras besoin d'énergie pour me *mater*.

Elle me décoche un clin d'œil et ajoute :

— Si seulement elle savait.

Je l'attire sur mes genoux et lui embrasse la joue et le cou, savourant le sucré-salé de sa peau.

— Je t'aime, princesse, et j'aime ta famille, aussi. Les deux côtés. Tous autant qu'ils sont.

Le sourire de Tamara s'élargit.

— Tu aimes ma famille ?

— Oui. Tu as vraiment de la chance.

Je l'entoure de mes bras et enfouis le nez dans son cou.

— Une putain de chance de les avoir dans ta vie.

— Ils font partie de la tienne aussi, maintenant, Mammoth. Tu n'es plus tout seul. J'espère que tu es prêt à te farcir un paquet de dîners et de réunions de famille, parce que la mienne ne se retrouve pas que pendant les fêtes et pour des funérailles. Tu peux encore fuir.

Je lui prends le menton d'une main et soutiens son regard.

— Je n'irai nulle part. Je ne me suis jamais senti aussi bien quelque part, autant en paix, que quand je suis avec toi.

— Je t'aime, me murmure-t-elle en retour. J'aurais jamais pensé dire ça à quelqu'un avant que je te rencontre.

Je sais alors que ma place est ici. Ma vie d'errance ne m'attire plus.

Je veux un ancrage.

Un endroit où me sentir chez moi.

Une famille.

Tamara Gallo pour toujours.

UN MOIS PLUS TARD...

C'est toujours aussi fort entre nous. Mammoth se montre patient, me forme, me façonne, éveille un pan de ma sexualité dont je ne soupçonnais pas l'existence.

Vous m'auriez demandé, deux mois plus tôt, si j'étais d'accord pour me soumettre à un homme, pour qu'on me donne des ordres, pas seulement au lit, mais à d'autres occasions, je vous aurais rétorqué d'aller vous faire foutre avec vos conneries.

Or, je me serais plantée. Sur toute la ligne.

Lâcher prise renferme un pouvoir et une certaine liberté. **Je ne me soucie plus de le satisfaire, je n'ai plus à me demander** ce qu'il aime ou ce qu'il veut. **Il me le dit,** se montre très clair sur ses désirs.

Je ne me suis jamais sentie utilisée ou malmenée. Uniquement aimée et vénérée. Certes, il a de la poigne, mais je le lui rends bien, récoltant des punitions, juste pour le plaisir d'en recevoir.

J'ai échangé avec tante Izzy sur la façon dont

elle gérait sa relation avec James, d'autant qu'elle est la femme la plus coriace que je connaisse. Elle m'a tout exposé, m'a expliqué le pouvoir que je détenais, même en tant que soumise. Elle a changé ma vision des choses, les remettant en perspective.

J'aime qu'on s'occupe de moi. J'aime que Mammoth fasse tout son possible pour me rendre heureuse, me donner du plaisir et veiller à mon bien-être. D'accord, je déconne pas mal et je finis toujours avec le cul tout rouge, mais il est plutôt compréhensif.

Les fessées, c'est ce qu'il y a de mieux. Qui aurait deviné que j'aimerais le picotement infligé par sa paume avant le plaisir offert par ses doigts ? Sûrement pas moi.

Pour la première fois depuis longtemps, je suis pleine d'espoir pour l'avenir. Je me fiche pas mal du regard des gens et ne me soucie que de celui de Mammoth. Si notre couple leur pose un problème, tant pis pour eux.

Je me sens aimée, et c'est tout ce qui compte. Aimée par un homme bien qui respecte ma famille et qui a été accueilli à bras ouverts par elle. Par oncle James, peut-être pas, mais il s'est radouci un peu au sujet de Mammoth. Il a compris que j'étais là où j'avais envie d'être avec l'homme avec lequel j'avais envie d'être. Oncle James ferait bien de se détendre de temps à autre. Personne ne lui rabâche ce qu'il fait au lit avec tante Izzy, pas même Thomas, qui est son meilleur ami.

— Princesse, on est retard. Mais qu'est-ce qui peut te prendre autant de temps ? s'exclame Mammoth devant la porte de la salle de bain tandis que j'applique une dernière couche de mascara.

J'examine mon reflet dans le miroir, m'imprégnant de la nouvelle Tamara. Celle qui est plus joyeuse et mieux dans sa peau qu'elle ne l'a jamais été. C'est Mammoth, le responsable de tout ça. Je ne me suis jamais sentie autant à ma place qu'à ses côtés. J'éprouve comme un sentiment d'appartenance et une raison d'être.

— J'ai réservé pour vingt heures, et on ne va pas nous attendre.

— Je croyais qu'on allait boire un verre ? je crie à travers la porte, passant un doigt sur ma lèvre inférieure pour en matifier le rouge.

— Non, princesse, on va dans un club.

J'écarquille les yeux et pousse un cri d'exclamation, laissant tomber la brosse de mascara sur le meuble de la salle de bain pour courir à la porte.

— Tu veux dire *un club libertin* ? je demande, ouvrant le battant à toute volée, si bien que je manque de me cogner à la porte.

Mammoth se met à rire et s'appuie contre le mur. Il est si élégant que j'ai presque envie de ne pas partir. Presque. Sauf qu'il a dit *club libertin*, et que je le supplie d'y aller depuis que j'ai découvert qu'il fréquentait ce genre d'endroits.

— Je nous ai eus des passes pour ce week-end et j'ai rempli toute la paperasse pour obtenir les autorisations. J'ai dû faire jouer quelques-unes de mes relations, mais, si tu es partante, c'est bon.

—Je suis partante !

Je me jette à son cou et couvre son si beau visage d'empreintes rouge baiser.

— Carrément partante.

Il m'empoigne les fesses et écrase son sexe en érection contre moi.

— Alors finis de te préparer et tirons-nous d'ici. Une longue nuit nous attend.

— Je suis prête.

Lorsque je le pousse pour passer, il m'attrape par le bras et me tire doucement en arrière.

— Tu oublies un truc.

— Quoi donc ?

Je baisse les yeux sur ma tenue. De quoi peut-il bien parler ?

Il enfouit une main dans une de ses poches pour en sortir quelque chose. Lorsqu'il la rouvre, deux épais bracelets en argent apparaissent au creux de sa paume.

— Les ras-de-cous, c'est pas mon truc, mais ces bracelets te seront nécessaires pour ce soir. Ce sera suffisant pour montrer aux gens que tu es prise. Mon nom y est gravé. Ça ne laisse aucun doute sur celui à qui tu appartiens.

Mon estomac fait un bond et j'ai un tressaillement dans le bas-ventre. C'est officiel. Je fais un putain de pas de géant dans l'univers BDSM. Je le sais, j'ai bûché comme une folle et appris tout ce que je pouvais apprendre quand je trouvais du temps entre deux révisions de cours.

— Ils sont magnifiques, je murmure, lui tendant aussitôt les poignets pour qu'il me les passe.

J'ai hâte de porter sa marque.

— Ce ne sont pas que de simples bijoux, princesse. C'est un engagement.

— Je le sais. C'est mon vœu le plus cher.

Le sourire de Mammoth est immédiat.

—Je promets de t'offrir une nuit inoubliable.

— Et moi, je promets de t'offrir une vie dont tu voudras toujours te souvenir, dis-je, parce que je sais qu'un avenir plein de perspectives nous attend.

Je baisse les yeux et le regarde refermer les bracelets autour de mes poignets. Chacun d'eux possède une minuscule boucle, mais pour quel usage ? Je l'ignore. Peu importe. Ces bijoux sont de véritables œuvres d'art et un cadeau de Mammoth, le tout premier qu'il m'ait offert.

Ses mains n'ont pas quitté mes poignets et recouvrent mes bracelets en argent.

— Prête, princesse ?

—Je crois que oui.

Je ravale nerveusement ma salive. On ne joue plus.

Il remonte les mains le long de mes bras pour les poser sur mes épaules et me caresse pour calmer mes tremblements.

— Tu vas très bien t'en tirer. Rappelle-toi simplement ce qu'on a vu ensemble. Les choses qu'on a travaillées. Tout ce que tu as appris.

—Je ferai de mon mieux.

J'ai un paquet de nœuds dans le ventre. Cela fait un mois que je le supplie de m'emmener dans un club et, maintenant que c'est concret, je me demande si je n'ai pas fait une grosse bourde.

Il pointe la tête en direction de ma chambre.

—J'ai laissé une tenue pour toi sur le lit. Enfile-la et, après ça, on décolle.

—Tu m'as acheté des vêtements ?

Je cligne des yeux, surprise. Qui est cet homme et où est passé Mammoth ?

Son regard lubrique parcourt la petite robe noire que j'ai tout spécialement choisie pour ce soir.

— Il te faut quelque chose d'un peu plus... accessible.

Il me décoche un petit sourire satisfait et mon ventre se liquéfie. Voyant que je ne bouge toujours pas, parce que je suis sidérée de voir qu'il ne m'a pas seulement acheté des vêtements, mais une tenue cochonne, il me tapote les fesses et aboie :

— Allez, bouge ton petit cul ! Ma patience a des limites.

Je n'hésite plus. Je m'arrache à ses mains et cours à ma chambre. Je m'arrête net lorsque je vois la tenue posée sur le lit. Cochonne ? Certes, mais carrément élégante, si tant est que ce soit possible.

La minijupe est sobre, blanche et ultracourte. Si elle arrive à recouvrir mes fesses, ce sera un miracle. Le bustier, blanc également, est mignon, sans trop de tissu, juste assez pour me couvrir les seins. Et puis, il y a les chaussures. Rien d'extravagant. Pas de talons hauts. Ce sont des sandales, ce qui me désarçonne. Ce n'est pas le genre de chaussures que je porterais pour accompagner une tenue pareille, mais, de ce que j'en ai lu, la plupart des filles sont pieds nus. Dans tous les cas, il les a choisies pour moi, et si elles lui donnent envie de me culbuter jusqu'à ce que je m'évanouisse, alors je suis prête à ne plus les quitter.

— Laisse les sous-vêtements de côté, me crie-t-il du couloir.

Je ris intérieurement. Je n'en porte plus depuis le collège.

Je me change en moins de deux. Ce n'est pas compliqué quand il s'agit de ne passer que des bouts de tissus. Lorsque je ressors de la chambre, Mammoth est adossé au mur, les yeux rivés à ma porte, et attend patiemment.

Il approuve d'un « mmh » appréciateur, pendant que son regard passe sur mon corps. Ses pupilles s'embrasent et je comprends alors que mon allure dans cette tenue lui plaît. Il a toujours été fan de mon corps et n'a jamais raté une occasion de me le faire savoir. Sans perdre une seconde, il me prend la main et m'entraîne dans le couloir.

Sitôt qu'on entre dans le salon, Gigi, assise dans le canapé, lève la tête et me regarde de bas en haut avant d'arrondir les yeux.

— Dans quel genre de restaurant allez-vous ?

Pike relève à son tour le menton et manque de s'étouffer avec sa langue, non pas parce que je l'excite, mais parce qu'il est choqué.

— Putain de merde, marmonne-t-il dans sa barbe tandis qu'il secoue la tête et retourne à son téléphone.

— Ne nous attendez pas, dis-je, ignorant la question de ma cousine. On rentrera tard.

— C'est ton premier week-end prolongé à la maison, Tam. Je pensais qu'on allait passer la soirée tous ensemble.

Elle me sourit faiblement, déçue de voir que je la laisse tomber pour un mec.

— Plus tard, Gigi. J'ai promis à Mammoth de

passer la soirée avec lui. Demain, on fera un truc sympa tous les quatre.

— Et avec Lily, ajoute-t-elle.

J'oublie tout le temps que notre cousine vit à Tampa et n'est plus au campus.

— Et avec Lily. Mais elle a intérêt à vouloir faire la fête.

— Elle a vachement changé, la défend Gigi.

Je connais ma cousine depuis toujours, et il n'y a pas plus coincé que Lily.

Mammoth resserre la main autour de ma taille. C'est un message pour me dire de conclure sans paraître grossière.

— On verra en temps venu. Bon, on doit y aller. Souhaitez-moi bonne chance.

J'esquisse un sourire nerveux tout en tripatouillant mes bracelets et Gigi scrute mes nouveaux bijoux, les yeux plissés.

— Doux Jésus ! murmure-t-elle en me saluant de la main pendant que je m'empresse de passer la porte pour échapper à une foule de questions.

— On prend ta voiture, princesse. Donne-moi les clés.

Je lui tends mon trousseau sans y réfléchir à deux fois. Mes mains tremblent tellement que je ne pense pas être capable de conduire sans semer la pagaille sur la route. Mammoth prend les clés et m'ouvre la portière côté passager.

— Votre nuit de plaisir vous attend, ma chère.

Ce n'est peut-être pas un carrosse et je suis loin d'être Cendrillon, mais j'ai véritablement la sensation d'être une petite princesse et la femme la plus chanceuse de la planète.

Je parle à peine alors que nous filons à toute allure dans la circulation, rejoignant le centre-ville de Tampa en temps record. Mammoth ne conduit pas doucement en moto, et c'est pareil en voiture.

Le temps d'arriver sur le parking du club, et le trac s'est transformé en véritable crise de panique. Je tremble comme une feuille.

— Bébé, me dit Mammoth tandis que je me penche, le souffle court, craignant de m'évanouir. On devrait peut-être rentrer.

Il me frotte le dos pour me calmer.

— Non.

Je ferme les yeux, respire un bon coup, et tente de me reprendre.

— J'ai envie de le faire.

— Quand tu passeras ces portes, fais comme si tu étais quelqu'un d'autre. C'est le seul moment de ton existence où tu n'as pas à réfléchir. Je ne te lâcherai pas. Je ne laisserai personne te toucher ou te faire du mal. Il s'agit de nous, de ton plaisir, de ton expérience. Mais, si tu veux t'en aller, on s'en ira. À tout moment, tu peux me dire *yacht,* et je te ramène à la maison.

Je prends deux grandes respirations et presse les mains l'une contre l'autre. J'ai vraiment envie d'entrer dans ce club, et il a raison : je n'ai pas à réfléchir. Pour une fois, il me suffit de lâcher prise et d'être libre. Personne ne me connaît à l'intérieur de ces murs. La seule chose qui compte, c'est nous. J'aime faire de nouvelles expériences et j'ai rarement la frousse. Ce soir ne devrait pas faire exception.

Je redresse le dos et ouvre lentement les yeux.

—Je suis prête.

— Ce soir, nous regarderons les autres et, si tu te sens à l'aise, on se retirera peut-être dans une salle privée.

Je hoche la tête, sans un mot. Il ne m'a pas donné la permission de parler et c'est plus facile ainsi. Moins je m'exprimerai ce soir, mieux je me porterai.

L'instant d'après, il est hors de la voiture et en fait le tour.

—Je peux le faire.

Je respire un bon coup une dernière fois, avant que la portière s'ouvre et que la main de Mammoth apparaisse.

Je descends de voiture sans même trébucher et passe mon bras sous le sien. Ça y est, je vais dans un club libertin. *On* va dans un club libertin. Je m'apprête à pénétrer dans un univers dont je ne saisis pas encore bien tous les aspects, mais que je suis impatiente de mieux connaître.

— Bonsoir, monsieur, s'exclame un réception-niste lorsque nous franchissons les portes et dé-bouchons dans un hall sombre et richement décoré. Votre nom ?

— Bonsoir, répond Mammoth, qui tend deux tickets à l'homme. La réservation est au nom de Saint.

Quand le type pose ses yeux sur moi, je baisse aussitôt la tête et fixe le sol du regard.

— Vous pouvez me confier ses chaussures, à moins que vous préfériez qu'elle les garde.

—Vous pouvez les garder, confirme Mammoth,

avant de poser un genou à terre et d'ôter délicate-ment mes sandales.

Le ciment est frais sous mes pieds, mais pas froid. Cette sensation est la bienvenue, car je suis tellement nerveuse que j'en ai presque une suée.

— Passez une bonne soirée.

— Merci.

Mammoth repasse son bras sous le mien et me susurre à l'oreille :

— Viens, princesse. Je vais t'en faire voir de toutes les couleurs.

Et mon corps tout entier se couvre de chair de poule.

mammoth

ÊTRE ENTOURÉ d'une grande famille, même si ce n'est pas la vôtre, permet de remettre les choses en perspective. Je n'ai jamais considéré avoir manqué de quoi que ce soit dans la vie, mais, après avoir rencontré les Gallo, je comprends qu'on m'a privé de quelque chose.

Si j'avais eu une famille comme celle-ci, je ne me serais peut-être pas senti aussi paumé après avoir quitté l'armée, et je n'aurais jamais fini chez les Disciples. Je ne me serais pas retrouvé à leur botte, à faire le sale boulot à leur place pour Dieu sait combien de temps encore. Les choses auraient été différentes. J'aurais été différent.

Lorsque je regarde autour de moi dans cette pièce, je vois l'amour que ces gens se portent. S'il leur arrive de se battre comme des chiffonniers, au bout du compte ils seraient prêts à mourir pour les leurs.

J'aspire à avoir ce qu'ils ont et, depuis ma rencontre avec Tamara, j'ai été bien accueilli par tout le monde, même ses parents. Après m'avoir donné ma chance, ils ont constaté un changement chez leur fille. Elle est davantage posée et éprouve probablement la même sensation que moi. Elle est comme une longe, me rattachant à un point d'ancrage qui ne se cantonne pas qu'à ma propre personne et me donne une raison d'être.

Putain. Quand suis-je devenu cet incorrigible romantique ? C'est à cause de Tamara. Et des Gallo. Pike m'avait prévenu, il m'avait dit à quel point ils savaient retourner les cerveaux, surtout les femmes. Finie l'époque où les hommes faisaient la loi, comme au club de motard, parce que, dans cette maisonnée, c'est Maria Gallo, la reine des abeilles.

James, qui a bien tenté de me jeter dehors, a même commencé à s'habituer à moi. Il ne grommelle plus dans son coin chaque fois que j'entre dans une pièce. Nous limitons les conversations et n'évoquons jamais le passé.

Bear joue avec les poils de sa barbe.

— Bon, et ce club de motards ? Il te mène la vie dure ?

Je hausse les épaules. Je ne sais pas bien dans quelle mesure je peux parler. Je suis toujours un Disciple. J'aurais beau aller vivre au bout du pays, je pense que ça ne changerait rien. Ça restera toujours un problème pour moi.

— On a passé un accord.

— Ça, j'en doute pas, murmure-t-il. Et qu'en est-il de...

Il referme aussi sec la bouche lorsque Gigi, Tamara et Lily entrent dans la pièce.

— Coucou, tonton ! lui lance la première tout en lui ébouriffant les cheveux. Tu fais des misères à Mammoth ?

— Toujours, ma grande.

Il lui décoche un clin d'œil.

— Quand pars-tu, bébé ? me demande Tamara, qui se glisse sur mes genoux.

— Dans quelques minutes, princesse. Je dois retourner au QG.

Elle enfouit le visage au creux de mon cou et me renifle. C'est sa nouvelle lubie. Humer mon odeur la rend barjot.

— Quand vais-je te revoir ?

Mes mains trouvent ses hanches et la serrent. J'aurais aimé passer plus de temps avec elle.

— Dans quelques semaines. J'ai un tour à faire dans le Nord.

— Dans le Nord ? murmure-t-elle. Pour quoi faire ?

— Je peux rien dire. Les affaires du club.

Elle s'écarte et me regarde de ses grands yeux noisette.

— Tu seras prudent, promis ?

— Promis. Tu ne te débarrasseras pas de moi aussi facilement, trésor.

Avec un sourire, je repousse une mèche de son visage, avant de prendre sa joue au creux de ma main.

— Je t'aime, Tamara.

— Je t'aime aussi, Mammoth, murmure-t-elle tout en rougissant.

— Sortez les violons ! se moque Bear.

— Arrête, tonton, s'exclame Lily, qui passe un

bras autour de ses épaules, le regard braqué sur nous. Je les trouve super-mignons. J'espère que je vivrai la même chose, un jour.

— Pour ça, il faudrait que tu lèves le nez de tes bouquins, ma fille. On trouve pas ça...

Bear agite une main dans ma direction.

— ... à la bibliothèque.

— Je ne parlais pas forcément d'un type comme lui.

Elle lui donne une tape sur l'épaule.

—Je parlais d'un homme en général.

Bear tressaute bien que l'impact de la claque n'ait pas pu lui faire mal. Lily est petite et douce, et ne met pas assez de force dans ses coups pour qu'un homme, même riquiqui, ressente grand-chose.

— Tu pourrais parler d'une femme, petite, que ça me serait égal. Il faut que tu sortes un peu plus. Que tu fasses des rencontres.

— Elle ne fréquentera personne, proteste Mike, qui entre dans la cuisine et va droit au réfrigérateur. Elle ne se mariera pas non plus.

Bear est le premier à éclater de rire, suivi des trois filles.

— Tu es un corniaud, lui rétorque l'aîné, tout en secouant la tête. Ta fille grandit, Mike, et tu vas devoir t'y faire. Tu n'as plus la mainmise sur elle.

— Je l'ai jamais eue, bougonne le père de Lily, les yeux levés au ciel.

— T'en fais pas, papa. Je ne vais nulle part, pour l'instant. Et puis, même quand je déménagerai, tu me verras au salon tous les jours.

—Déménager ?

Mike devient tout pâle.

— Tu ne peux pas déménager.

— Donc, quand j'aurai trouvé un mec, tu veux qu'on emménage chez vous ? lui demande sa fille tout en étouffant un rire dans sa main.

Il n'y a pas si longtemps, Lily arrivait en pleurs chez Tamara et Gigi, car ses parents avaient perdu la boule en apprenant qu'elle abandonnait ses études. Manifestement, ils s'en sont remis, ont accepté sa décision et ont déjà tourné la page.

— Bon, je dois filer.

Je tapote les fesses de Tamara pour qu'elle se lève. J'aimerais arriver au QG avant la tombée de la nuit.

— Appelle-moi quand tu seras de retour au campus, d'accord ?

— Oui, maître !

Elle me fait un clin d'œil, et je me mets à rire, avant de passer un bras dans son dos et de me pencher pour l'embrasser.

— Raccompagne-moi dehors.

— Au revoir, Mammoth, me lance Gigi, suivie du reste du groupe.

Je les salue d'un signe de main au lieu de leur parler, car, dans cette famille, les adieux peuvent durer une éternité. C'est une des choses que j'ai apprises à leur sujet, et j'ignore si je m'y ferai un jour.

La mère de Tamara est à la porte et nous attend, Anthony à ses côtés.

— Nous avions quelque chose à vous dire.

Tamara coince un doigt dans la ceinture de mon jean.

— Quelque chose ne va pas, maman ?

— Non, tout va bien, ma chérie.

Sa mère lui sourit, avant de tourner les yeux vers moi.

— Ça concerne Mammoth.

— Oui, madame ?

Je souris nerveusement. Cette femme pourrait donner des sueurs froides à n'importe quel homme. Elle est féroce. Tout comme sa fille.

— Je me suis trompée à ton sujet. Je t'ai jugé trop vite, sur l'apparence et non le fond. Certes, tu es un biker, mais pas que. Il y a autre chose derrière tes tatouages et tes piercings. J'ai vu à quel point le visage de ma fille s'illumine quand tu es dans la pièce. Je sens à quel point elle est heureuse quand tu es tout près. Je la sens en paix avec elle-même.

Maxine me sourit, tandis que des larmes se forment dans ses yeux.

— Tout ça, c'est grâce à toi, et je te serai éternellement reconnaissante d'être entré dans sa vie.

— Suis-je mourant ? je demande, car Maxine Gallo déborde rarement de gentillesse.

— Non, mon enfant, mais je me devais de te le dire. J'aurais dû le faire plus tôt, mais je ne trouvais pas les mots. Nous te voyons comme un membre de la famille, je tiens à ce que tu le saches. Tu es des nôtres, à présent. Si tu as besoin de quoi que ce soit, tu nous appelles. Si tu as besoin d'aide, tu cries.

Elle ouvre grand les bras, avance vers moi et les enroule autour de mon corps.

— Nous sommes ta famille, à présent.

Si j'avais la larme facile, je fondrais en pleurs. Jamais je ne me suis senti aussi aimé et accepté qu'en cet instant.

LILY

DANS LA JOURNÉE, il y a toujours un moment où j'ai envie de frapper quelqu'un. Et là, c'est maintenant, sauf que je fais de mon mieux pour me retenir, parce qu'aujourd'hui, ce quelqu'un, c'est mon père.

Il m'a prise sous son aile depuis que j'ai laissé tomber mes études, m'enseignant tout ce qu'il y a à savoir sur Inked et toutes les parties du corps que l'on peut percer, dont certaines que je n'aurais jamais crues possibles.

L'homme est la quintessence du parent surprotecteur, gravitant sans répit autour de moi durant mes journées de travail, et même à la maison. Quand j'étais petite, je trouvais ça mignon. Même au lycée, ça ne me dérangeait pas, parce que ce gros bêta m'aimait et me le montrait.

Aujourd'hui, à vingt et un ans, c'est lourd. Très lourd.

Et puis, il y a le fait que je suis Lily. La douce. La fille sage. La seule personne de la famille qui se retient de dire ce qu'elle a sur le cœur pour ne pas faire de vagues, ou du moins ne pas attirer l'attention sur elle.

— Je sais, papa !

Je souffle, pose le menton au creux de ma paume et regarde par la vitrine du salon.

— Tu m'as vue le faire des centaines de fois. Je peux sincèrement me débrouiller toute seule maintenant.

Ses yeux s'arrondissent et il renverse la tête comme si mes mots lui avaient fait l'effet d'une claque.

— Je sais, trésor, me répond-il tout en hochant la tête. Je sais.

Il y a un *mais* qui va suivre. Il y en a toujours un. Mon père n'arrive jamais à donner raison à qui que ce soit sans ajouter un bon gros *mais*, balançant son opinion qu'il ait tort ou non.

— Mais...

Et voilà ! Tellement prévisible.

— Bon, d'accord, s'empresse-t-il d'ajouter lorsqu'il me surprend en train de rouler des yeux. Tu peux faire le prochain client qui franchira la porte. Toute seule, comme une grande.

Je me redresse, bouche bée, parce que mon père ne cède jamais aussi facilement.

— Vraiment ?

Il tapote de son gros doigt le grand calendrier qui repose sur le bureau d'accueil.

— C'est un simple piercing au téton, dans une heure. Tu pourrais le faire les yeux fermés.

— À ce stade, je pourrais tous les faire les yeux fermés.

Je repousse son doigt pour voir les autres rendez-vous du jour. Le salon est ouvert depuis une heure et, jusqu'ici, l'activité a été extrêmement calme. Tout est complet, mais ce n'est pas surchargé… rien d'insurmontable toute seule.

— Tu n'as qu'à prendre ta journée, emmener maman déjeuner dans un endroit sympa et me laisser prendre le relais. Qu'en dis-tu ?

Avec un battement de cils, je le supplie de me dire oui. S'il y a bien une chose que je sais sur mon père, c'est qu'il ne me résiste pas.

Il passe le bras derrière la tête et se frotte la nuque tout en balayant du regard la salle d'attente déserte.

— Je n'en sais trop rien, Lily. C'est un sacré cap.

— Tout le monde est là.

Je tends le bras vers l'arrière-boutique où tous préparent leur matériel ou sont affairés avec leur premier client du jour.

— En cas de problème, il y a oncle Joe ou Anthony. Et puis…

Avec un petit sourire, je pose une main sur son torse.

— … maman est en congé aujourd'hui et la maison est vide.

Pouah. Je tombe bien bas. Me voilà en train d'appâter mon père avec un argument douteux pour pouvoir respirer un peu, mais aux grands maux les grands remèdes, y compris celui de suggérer à vos parents de faire des cochonneries.

Le visage de mon père s'éclaire.

— Ça lui ferait sûrement plaisir de manger un morceau avec moi.

— Oui, je marmonne tandis qu'il m'embrasse sur le haut du crâne, sans plus se préoccuper de me laisser seule au salon pour la première fois. Tu vas lui faire sa journée.

— La mienne aussi, murmure-t-il dans mes cheveux.

Dégoûtant, mais ça marche.

— Ce sont des piercings tous bêtes, aujourd'-hui. Quelques tétons et oreilles, et deux nombrils, ajoute-t-il.

— L'éclate.

Je ne cherche même pas à dissimuler le manque d'enthousiasme dans ma voix. Qui aurait cru qu'autant de femmes avaient les tétons percés ? Le chiffre est ahurissant et grossit de jour en jour.

La porte du salon s'ouvre au même moment et je pousse un cri d'exclamation. J'ai l'impression de voir un fantôme. Un homme que je n'ai pas revu depuis cinq ans, parce qu'il était parti faire l'armée. Du moins, c'est ce que tante Suzy m'a dit.

— Ça alors ! Jett !

Je m'arrache des bras de mon père et cours re-joindre le garçon pour lequel je craquais un max quand j'étais ado.

— Tu es en vie !

— Lily !

Il écarte les bras et me rattrape quand je m'é-crase contre lui, l'escaladant presque.

— Pourquoi je le serais pas, hein ?

Son rire est grave, généreux... et incroyable-ment sexy, aussi.

Lorsqu'il est parti, il n'était encore qu'un garçon. Un garçon que j'avais vraiment à la bonne, sans jamais l'avoir dit à quiconque. Il était plus vieux, branché, quand, moi... je ne l'étais pas. Sans Tamara et Gigi, j'aurais passé mes midis à la bibliothèque, préférant la solitude et la fiction à la triste réalité de ma vie.

Jett, lui, était populaire. Les filles craquaient toutes pour lui et les garçons auraient voulu être à sa place. Il a toujours eu en lui ce gène de la coolitude que je n'ai jamais réussi à développer, encore aujourd'hui.

— Non, c'est sûr...

Je ris et lui donne une tape sur le torse lorsque mes pieds touchent enfin le sol.

— ... mais tu es parti et on ne t'a plus jamais revu.

Je hausse les épaules et renâcle en même temps, avant de faire une grimace et de reculer d'un pas. *Putain, Lily. Pourquoi fallait-il que tu ries comme une truie ?*

J'ai à peine baissé le front pour éviter son regard obsédant que ses doigts viennent se placer sous mon menton et me forcent à relever la tête.

— Je n'ai jamais eu de permission assez longue pour pouvoir rester à Tampa. Quand je rentrais, vous étiez tous en cours, à vous mettre du plomb dans la tête et à vous embellir, pendant que, moi, je me faisais botter le cul.

Oh, là là ! Oh, là là ! Il vient de dire que je suis devenue jolie, non ?

Non. Il ne doit pas parler de moi.

Il se la joue cool, c'est tout, Lily.

C'est Jett, après tout. Un dragueur de première catégorie.

Évidemment qu'il ne parle pas de moi.

De Tamara ou Gigi, à la rigueur, mais pas de moi, parce que je suis Lily, l'intello, la fille la moins branchée du lycée et de la ville tout entière, d'ailleurs.

— J'ai laissé tomber les études.

J'ai lancé ça de but en blanc, parlé sans réfléchir, comme ça m'est toujours arrivé au lycée quand il était dans les parages.

Certaines choses ne changent jamais. Voilà pourquoi je l'évitais à l'époque. Chaque fois qu'il se trouvait près de moi, j'avais littéralement une diarrhée verbale. Je débitais les trucs les plus embarrassants que peut sortir une fille en présence d'un mec canon.

Ses doigts se resserrent sur mon menton et je le vois hausser les sourcils.

— Tu as quoi ?

— J'ai laissé tomber l'université, je murmure, comme si c'était un secret inavouable que je n'assumais pas de dire tout haut.

— Ça alors, Jett ! s'exclame mon père, qui traverse la pièce jusqu'à nous. Regardez-moi ça !

Les doigts de Jett quittent mon visage devant l'ombre de mon père et de sa main tendue.

— Monsieur Gallo ! Vous n'avez pas changé. Content de vous voir.

Il sourit, et je jurerais devant Dieu que la blancheur de ses dents pourrait éclairer une pièce tout entière.

Mon père le salue d'une poignée de main et, de l'autre, lui palpe carrément le biceps.

— L'armée a fait de toi un homme, fiston. Un vrai de vrai.

Un sourire naît au coin des lèvres de Jett face à mon père qui le pelote. Papa est obsédé par les muscles. Dans sa jeunesse, il était un gros malabar et un boxeur émérite. Aujourd'hui, il ne vit que pour sa famille et pour Inked.

— Merci, monsieur.

Mon père lâche enfin les bras volumineux de Jett et tourne la tête en direction de l'arrière-boutique.

—Joe ! Jett est là.

— Jett ? crie oncle Joe depuis le salon de tatouage comme s'il avait mal entendu son frère.

Jett est bien là, en chair et en os, et plus attirant que jamais. Tout en lui est à tomber. Même ses pieds sont mignons, et je *déteste* les pieds. Son visage est hâlé et arbore la plus belle des barbes naissantes.

Je reste plantée là, à le regarder comme s'il était une célébrité et moi une fan empotée, trop en admiration pour formuler des mots. Il me lance un regard, me décoche un clin d'œil, et je manque de m'évanouir.

— Nom de Dieu, s'exclame Joe dès qu'il entre dans la salle d'attente et l'aperçoit. Ça fait deux ans que je n'avais pas revu ta tronche de cake.

— On peut pas dire que la tienne soit plus jolie, tonton, mais ce qui est sûr, c'est qu'elle est bien plus vieille, le raille Jett tout en lui donnant l'accolade.

Oncle Joe le tient par les épaules et le scrute des pieds à la tête comme il le ferait d'un fils qu'il n'aurait pas revu depuis une éternité.

— Sophia ne m'avait pas dit que tu rentrais.

— J'ai fait la surprise à mes parents ce matin.

— Lily, tu veux bien qu'on passe en revue le carnet de rendez-vous ? me demande mon père, mais je secoue la tête et chasse sa question de la main sans répondre. Ou bien tu préfères que je reste ici toute la journée ?

Sa remarque suffit à ce que je m'active. Beau mec ou non, je n'ai pas envie que mon père s'attarde ici et me colle aux basques comme un toutou.

Je tourne le dos et laisse oncle Joe et Jett discuter ensemble, tandis que mon père et moi parcourons une nouvelle fois le carnet de rendez-vous. Je jette un coup d'œil au beau gosse tout en faisant mine de lire l'agenda, alors qu'en réalité, je regarde ses mains bouger et les muscles de ses bras lorsqu'ils se contractent.

— Quel bon vent t'amène ici ? Je n'ai pas de créneau disponible aujourd'hui, mais je peux t'en trouver un avec quelqu'un s'il le faut.

— Non, tonton. Je ne suis pas venu me faire tatouer, mais, si c'était le cas, je voudrais que ce soit par toi.

Je me tourne enfin vers mon père et commence à le pousser vers la sortie.

— C'est bon, papa. J'ai pigé. Rentre à la maison et va passer du temps avec maman.

— Si tu rencontres un problème, ma chérie, appelle-moi.

Il m'embrasse sur la joue et n'est plus qu'à un pas de la porte.

— Alors, tu es là pour quoi ? demande Joe à Jett.

— Je veux me faire percer.

Mon père suspend le pied en l'air comme si on venait de lui empoigner les parties. Il se retourne et dévisage Jett, une main sur la poignée de porte.

Oncle Joe pointe la tête dans ma direction.

— Eh bien, Lily est là. Tu as déjà une idée de ce que tu veux ?

Oh, putain, la vache. Jett veut se faire percer. Ce qui veut dire que ce sera moi. Je vais percer le mec le plus canon du lycée. Celui sur lequel je passais mon temps à rêvasser.

Il esquisse un sourire en coin et lance un regard dans ma direction.

— Un Prince Albert.

Mes yeux s'arrondissent.

Ceux de mon père ne deviennent pas simplement ronds, ils sont près de jaillir de leur orbite.

— Je reste, annonce-t-il.

Il repose le pied à terre et lâche la poignée de porte.

— Certainement pas, s'exclame Joe, qui vole à ma rescousse. Tu étais sur le point de partir, alors pars. Lily peut le faire. Tu l'as formée pour ça et elle en a déjà fait avant.

Je pique un fard lorsque je repense à toutes ces fois où j'avais une queue en main et mon père sur le dos. Tu parles d'un moment gênant. Si l'on met de côté le fait de se faire surprendre en plein acte ou en train de faire caca, je ne vois pas ce qu'il y a de plus embarrassant.

Oncle Joe tend un pouce vers l'arrière-boutique.

— Si elle a besoin d'aide, Anthony est là. Pike peut aussi l'assister.

Mon père secoue la tête.

— L'attirail de Jett n'est pas à prendre à la légère. C'est trop délicat pour qu'on laisse quelqu'un comme Lily s'en charger seul.

Je glousse. Entendre mon père parler du pénis de Jett et du fait de *m'en charger* seule me fait rire.

— Écoute-toi parler !

Joe flanque une tape sur l'épaule de son frère et le pousse vers la sortie.

— Ne t'en fais pas pour l'*attirail* de Jett. Lily sait se débrouiller, y compris avec un pénis.

— Qu'on me pende, je murmure tout en me couvrant le visage pour cacher mes joues rouges.

— On parle du pénis de Jett, là, proteste mon père.

Oncle Joe croise les bras et lui lance un regard noir.

— Et qu'est-ce qu'il a de spécial ?

J'entrouvre les doigts pour leur jeter un coup d'œil, trop mortifiée pour regarder qui que ce soit en face, surtout Jett, qui me fixe des yeux.

Mon père hausse les épaules.

— Rien, mais c'est Jett.

— Allez, fiche le camp d'ici ou j'appelle Mia et lui dis que tu aurais pu passer la journée avec elle, mais que tu as préféré jouer les baby-sitters avec ta fille de vingt et un ans, tout ça parce qu'elle devait toucher un pénis.

Mon Dieu. Si seulement ils pouvaient arrêter de

prononcer le mot *pénis*. D'autant qu'on parle de celui de mon crush du lycée.

Mon père lève les mains en l'air pour capituler.

— C'est bon, je m'en vais, mais je veux un rapport complet et j'exige qu'on m'envoie des messages.

— Et quels détails tu voudrais ? soupire Joe tout en roulant des yeux. La longueur de son pénis ?

— C'est bon, je me casse.

Mon père pousse la porte de Inked, agitant les bras dans tous les sens, tandis que sa bouche continue de s'animer. Je retire les mains de mon visage et, bouche bée, le regarde sortir en trombe dans un claquement de porte. Je n'arrive plus à l'entendre une fois qu'elle s'est refermée, mais le flot d'injures qu'il a lâché juste avant était assez violent, plutôt créatif et pour le moins grossier.

— Tu te charges de lui ? me demande Joe tout en pointant le menton en direction de Jett.

Je hoche la tête, toujours muette d'embarras.

— Bien.

Le sourire aux lèvres, il prend Jett par les épaules.

— Tu ne vois pas d'inconvénient à ce que ce soit elle qui te fasse ce piercing ?

Le regard de Jett revient sur moi.

— Tant qu'elle sait ce qu'elle fait et que je ne finis pas amputé, ça me va. Et toi, Lily ? Tu te sens à la hauteur ?

— Je sais m'occuper d'un pénis.

Je souris sans me rendre compte de ce que je viens de dire et à quel point c'est cochon.

Son sourire s'élargit et il me refait un clin d'œil. Mais qu'est-ce que je viens dire ?

« Je sais m'occuper d'un pénis ? » Putain, Lily.

Quand Jett est dans les parages, on dirait que mon cerveau se déconnecte du reste du corps. Cette journée va être longue, très longue, et elle vient à peine de commencer.

— Bon, je te laisse avec Lily.

Oncle Joe ne prête pas attention à ma remarque idiote et vient vers moi, le visage sérieux.

— Criez, les enfants, si vous avez besoin d'aide.

Je reste là, devant Jett, sans bouger. Ma bouche s'ouvre et se referme comme un poisson rouge qui se retrouverait hors de l'eau.

— Jett ?

La voix de Gigi est frappée de stupeur. Elle se tient à côté de moi et le regarde aussi, bouche bée.

— Je rêve ou tu es bien là ?

Tout ce que je parviens à faire, c'est cligner des yeux. Elle semble surgie de nulle part. Je ne l'ai ni vue ni entendue entrer dans la salle d'attente. J'ai l'esprit accaparé par Jett. Son membre. Mes mains. L'aiguille. Oh, mon Dieu. Je vais enfin découvrir la zone de son corps que j'ai toujours rêvé de voir.

— Salut, ma jolie !

Il fait courir une main dans ses beaux cheveux, ce geste cool qu'il a toujours eu.

L'instant d'après, elle est dans ses bras et lui embrasse frénétiquement les joues.

— Je ne pensais pas tu nous reviendrais en vie.

Jett écarte la tête pour éviter ses baisers.

— Arrête, Gigi !

Il rit et lui agrippe les bras pour tenter de mettre de l'espace entre eux.

— Tu me tues, là.

Elle lui flanque une tape sur le torse.

— Tu disparais pendant des années. Pas une lettre, pas un coup de fil, rien. Tu te volatilises, et après ça je ne devrais pas t'embrasser ?

Elle s'essuie les joues comme si elle pleurait et en fait des tonnes.

— C'est comme retrouver un frère après des années d'absence, alors je veux mes bisous avant que tu disparaisses à nouveau.

Les parents de Jett, Sophia et Kayden, sont amis avec tante Suzy et oncle Joe depuis bien avant notre naissance. D'après ce que je comprends, Sophia et Suzy partageaient la même chambre quand elles étaient étudiantes. Ça paraît difficile à croire quand on sait que Sophia est trop cool et tante Suzy... Disons qu'on se ressemble.

Jett sourit.

— Je n'irai nulle part. Je reste pour de bon.

Mon cœur manque de jaillir hors de ma poitrine à cette nouvelle. Non pas que cette information ait une quelconque importance, puisque nous n'avons jamais fréquenté les mêmes cercles. Et puis, c'est Jett et, moi, je suis Lily, la fille rasoir.

Gigi lui claque l'épaule. Elle vibre littéralement d'excitation.

— Il faut qu'on fête ça ! Tamara rentre ce week-end. Ça te dit une petite bringue, comme au bon vieux temps ?

Le bon vieux temps... Je ne l'ai jamais connu, moi. Les fêtes auxquelles ils allaient au lycée, je n'y assistais pas. Je restais à la maison pour lire, parce que je savais que mon père ne me laisserait pas y participer de toute façon. Le week-end, j'étudiais ou j'aidais ma mère à la clinique. L'ennui dans toute sa splendeur. J'aurais pu en être le symbole.

Jett lance un coup d'œil au-dessus de l'épaule de Gigi.

— Seulement si Lily vient.

Il me regarde bien en face.

Je cligne des yeux comme si j'étais en transe ou en train de rêvasser. J'essaie de comprendre ce qu'il raconte. Peut-être est-ce le fruit de mon imagination. Pourquoi le garçon le plus canon de Tampa me voudrait-il à cette soirée ? On s'éclate autant avec moi que si on regarde une peinture sécher sur un mur. Je sais bien que je suis fade et ça fait longtemps que je l'ai accepté.

— Bien sûr qu'elle vient ! répond Gigi à ma place.

— Elle pourrait avoir un rencard avec quelqu'un, avance-t-il, les yeux braqués sur moi.

Gigi renifle d'un air moqueur.

— Lily n'a jamais de rencards.

— Si, j'ai des rencards, je marmonne tout en fusillant du regard ma cousine.

— Ah ! D'accord.

Elle rit et roule des yeux.

— Tu es libre ce week-end ?

Je ne réponds pas tout de suite et fixe Jett. Nous nous regardons, les yeux dans les yeux, et je commence à avoir chaud.

— Je crois que oui, dis-je enfin avec un haussement d'épaules.

J'essaie de ne pas m'engager au cas où je me dégonflerais au dernier moment.

Gigi serre Jett une dernière fois dans ses bras.

— Génial ! Ça va être mémorable !

— Oui, rétorque-t-il tandis que ma cousine l'étreint.

Ses yeux ne me quittent pas.

— Je ferais bien d'aller préparer mon matériel, dis-je tout en reculant vers la salle de piercing. J'ai du boulot.

Je souris nerveusement en sentant son regard sur moi.

— Qu'es-tu venu faire à Inked ? lui demande-t-elle, lorsque je tourne les talons, courant presque pour les fuir.

— Je vais me faire poser un Prince Albert.

Gigi pousse un cri d'exclamation.

— Tu déconnes ! C'est une blague ?

— Je ne plaisante jamais quand il est question de mon engin, ma jolie.

Une fois dans la petite pièce, je referme la porte et me plaque contre le métal froid. Je peux le faire. C'est juste un pénis. J'en ai vu des tas depuis, au point que j'ai cessé de compter.

Un de plus, qu'est-ce que ça va changer, hein ?

* * *

Merci d'avoir lu *Fournaise*. J'espère que Mammoth vous a séduits. Ce n'est pas encore fini pour les Gallo ! Il y en a encore beaucoup à découvrir.

Cliquez ici pour lire **Brasier**.

Lily ne s'attendait pas à se trouver nez à nez

avec son ancien coup de cœur d'adolescence. Elle n'aurait jamais rêvé non plus qu'il lui fasse une proposition qu'elle ne pourrait pas refuser, un simple accord platonique qui ne tarde pas à dégénérer.

... ou bien tournez la page pour découvrir le premier chapitre de **Brasier**!

Chapitre premier

Dans la journée, il y a toujours un moment où j'ai envie de frapper quelqu'un. Et là, j'y suis, sauf que je fais de mon mieux pour me retenir, parce qu'aujourd'hui, ce quelqu'un, c'est mon père.

Il m'a prise sous son aile depuis que j'ai laissé tomber mes études, m'enseignant tout ce qu'il y a à savoir sur Inked et toutes les parties du corps que l'on peut percer, dont certaines que je n'aurais jamais crues possibles.

L'homme est la quintessence du parent surprotecteur, gravitant sans répit autour de moi durant mes journées de travail, et même à la maison. Quand j'étais petite, je trouvais ça mignon. Même au lycée, ça ne me dérangeait pas, parce que ce gros bêta m'aimait et me le montrait.

Aujourd'hui, à vingt et un ans, c'est lourd. Très lourd.

Et puis, il y a le fait que je suis Lily. La douce. La fille sage. La seule personne de la famille qui se retient de dire ce qu'elle a sur le cœur pour ne pas faire de vagues, ou du moins ne pas attirer l'attention sur elle.

— Je sais, papa !

Je souffle, pose le menton au creux de ma paume et regarde la rue à travers la vitrine du salon de tatouage.

— Tu m'as vu le faire des centaines de fois. Je peux sincèrement me débrouiller toute seule maintenant.

Ses yeux s'arrondissent et il renverse la tête comme si mes mots lui avaient fait l'effet d'une claque.

— Je sais, trésor, me répond-il tout en hochant la tête. Je sais.

Il y a un *mais* qui va suivre. Il y en a toujours un. Mon père n'arrive jamais à donner raison à qui que ce soit sans ajouter un bon gros *mais*, balançant son opinion qu'il ait tort ou non.

— Mais...

Et voilà ! Tellement prévisible.

— Bon, d'accord, s'empresse-t-il d'ajouter, lorsqu'il me surprend en train de rouler des yeux.

Tu peux faire le prochain client qui franchira la porte. Toute seule, comme une grande.

Je me redresse, bouche bée, parce que mon père ne cède jamais aussi facilement.

— Vraiment ?

Il tapote de son gros doigt le grand calendrier posé sur le bureau de l'accueil.

— C'est un simple piercing au téton. Dans une heure. Tu saurais le faire les yeux fermés.

— À ce stade, je saurais tous les faire les yeux fermés.

Je repousse son doigt pour voir les autres rendez-vous du jour. Le salon est ouvert depuis une heure et, jusqu'ici, l'activité a été extrêmement calme. Tout est complet, mais ce n'est pas surchargé… rien d'insurmontable toute seule.

— Tu n'as qu'à prendre ta journée, emmener maman déjeuner dans un endroit sympa et me laisser prendre le relais. Qu'en dis-tu ?

Avec un battement de cils, je le supplie de me dire oui. S'il y a bien une chose que je sais sur mon père, c'est qu'il ne me résiste pas.

Il passe le bras derrière la tête et se frotte la nuque tout en balayant du regard la salle d'attente déserte.

— Je n'en sais trop rien, Lily. C'est un sacré cap.

— Tout le monde est là.

Je tends le bras vers l'arrière-boutique où chacun prépare son matériel ou s'affaire avec son premier client du jour.

— En cas de problème, il y a Joe ou Anthony. Et puis…

Avec un petit sourire, je pose une main sur son torse.

— ... maman est en congé aujourd'hui et la maison est vide.

Pouah. Je tombe bien bas. Me voilà en train d'appâter mon père avec un argument douteux pour pouvoir respirer un peu, mais aux grands maux les grands remèdes, y compris celui de suggérer à vos parents de faire des cochonneries.

Le visage de mon père s'éclaire.

— Ça lui ferait certainement plaisir de manger un morceau avec moi.

— Oui, je marmonne tandis qu'il m'embrasse sur le haut du crâne, sans plus se préoccuper de me laisser seule au salon pour la première fois. Tu vas lui faire sa journée.

— La mienne aussi, murmure-t-il dans mes cheveux.

Dégoûtant, mais ça marche.

— Ce sont des piercings tout bêtes, aujourd'-hui. Quelques tétons et oreilles, et deux nombrils, ajoute-t-il.

— L'éclate.

Je ne cherche même pas à dissimuler le manque d'enthousiasme dans ma voix. Qui aurait cru qu'autant de femmes avaient les tétons percés ? Le chiffre est ahurissant et grossit de jour en jour.

La porte du salon s'ouvre au même moment et je pousse un cri d'exclamation. J'ai l'impression de voir un fantôme. Un homme que je n'ai pas revu depuis cinq ans, parce qu'il s'était engagé dans la marine. Du moins, selon les dires de tante Suzy.

— Ça, alors ! Jett !

Je m'arrache des bras de mon père et cours rejoindre le garçon pour lequel je craquais un max quand j'étais ado.

— Tu es en vie !

— Lily !

Il écarte les bras et me rattrape quand je m'écrase contre lui, l'escaladant presque.

— Pourquoi ne le serais-je pas, hein ?

Son rire est grave, généreux... et incroyablement sexy, aussi.

Lorsqu'il est parti, il n'était encore qu'un garçon. Un garçon que j'avais vraiment à la bonne, sans jamais l'avoir dit à quiconque. Il était plus vieux, branché, quand, moi... je ne l'étais pas. Sans Tamara et Gigi, j'aurais passé mes midis à la bibliothèque, préférant la solitude et la fiction à la triste réalité de ma vie.

Jett, lui, était populaire. Les filles craquaient toutes pour lui et les garçons auraient voulu être à sa place. Il a toujours eu en lui ce gène de la coolitude que je n'ai jamais réussi à développer, encore aujourd'hui.

— Non, c'est sûr...

Je ris et lui donne une tape sur le torse lorsque mes pieds touchent enfin le sol.

— ... mais tu es parti et on ne t'a plus jamais revu.

Je hausse les épaules et renâcle en même temps, avant de faire une grimace et de reculer d'un pas. *Putain, Lily. Pourquoi fallait-il que tu ries comme une truie ?*

J'ai à peine baissé le front pour éviter son regard obsédant que ses doigts viennent se placer sous mon menton et me forcent à relever la tête.

— Je n'ai jamais eu de permission assez longue pour pouvoir rester à Tampa. Quand je rentrais, vous étiez tous en cours, à vous mettre du plomb dans la tête et à vous embellir, pendant que, moi, je me faisais botter le cul.

Oh, là, là ! Oh, là, là ! Il vient d'insinuer que je suis devenue jolie, non ?

Non. Il ne doit pas parler de moi.

Il se la joue cool, c'est tout, Lily.

C'est Jett, après tout. Un dragueur de première catégorie.

Évidemment qu'il ne parle pas de moi.

De Tamara ou Gigi, à la rigueur, mais pas de moi, parce que je suis Lily, l'intello, la fille la moins branchée du lycée et de la ville tout entière, d'ailleurs.

— J'ai laissé tomber les études.

J'ai lancé ça de but en blanc, parlé sans réfléchir, comme ça m'arrivait toujours au lycée quand il était dans les parages.

Certaines choses ne changent jamais. Voilà pourquoi je l'évitais à l'époque. Chaque fois qu'il se trouvait près de moi, j'avais littéralement une diarrhée verbale. Je débitais les trucs les plus embarrassants que peut sortir une fille en présence d'un mec canon.

Ses doigts se resserrent sur mon menton et je le vois hausser les sourcils.

— Tu as quoi ?

— J'ai laissé tomber l'université, je murmure,

comme si c'était un secret inavouable que je n'assumais pas de dire tout haut.

— Ça alors, Jett ! s'exclame mon père, qui traverse la pièce jusqu'à nous. Regardez-moi ça !

Les doigts de Jett quittent mon visage devant l'ombre de mon père et de sa main tendue.

— Monsieur Gallo ! Vous n'avez pas changé. Content de vous voir.

Il sourit, et je jurerais devant Dieu que la blancheur de ses dents pourrait éclairer une pièce tout entière.

Mon père le salue d'une poignée de main et, de l'autre, lui palpe carrément le biceps.

— L'armée a fait de toi un homme, fiston. Un vrai de vrai.

Un sourire naît au coin des lèvres de Jett face à mon père qui le pelote. Papa est obsédé par les muscles. Dans sa jeunesse, il était un gros malabar et un boxeur émérite. Aujourd'hui, il ne vit que pour sa famille et pour Inked.

— Merci, monsieur.

Mon père lâche enfin les bras volumineux de Jett et tourne la tête en direction de l'arrière-boutique.

— Joe ! Jett est là.

— Jett ? crie oncle Joe depuis le salon de tatouage comme s'il avait mal entendu son frère.

Jett est bien là, en chair et en os, et plus attirant que jamais. Tout en lui est à tomber. Même ses pieds sont mignons, et je *déteste* les pieds. Son visage est hâlé et arbore la plus belle des barbes naissantes.

Je reste plantée là, à le regarder comme s'il était une célébrité et moi une fan empotée, trop en admiration pour formuler des mots. Il me lance un regard, me décoche un clin d'œil, et je manque de m'évanouir.

— Nom de Dieu, s'exclame Joe dès qu'il entre dans la salle d'attente et l'aperçoit. Ça fait deux ans que je n'avais pas revu ta tronche de cake.

— On peut pas dire que la tienne soit plus jolie, tonton, mais ce qui est sûr, c'est qu'elle est bien plus vieille, le raille Jett tout en lui donnant l'accolade.

Oncle Joe le tient par les épaules et le scrute des pieds à la tête comme il le ferait d'un fils qu'il n'aurait pas revu depuis une éternité.

— Sophia ne m'avait pas dit que tu rentrais.

— J'ai fait la surprise à mes parents ce matin.

— Lily, tu veux bien qu'on passe en revue le carnet de rendez-vous ? me demande mon père, mais je secoue la tête et chasse sa question de la main sans répondre. Ou bien tu préfères que je reste ici toute la journée ?

Sa remarque suffit à ce que je m'active. Beau mec ou non, je n'ai pas envie que mon père s'attarde ici et me colle aux basques comme un toutou.

Je tourne le dos et laisse oncle Joe et Jett discuter ensemble, tandis que mon père et moi parcourons une nouvelle fois le carnet de rendez-vous. Je jette un coup d'œil au beau gosse tout en faisant mine de lire l'agenda, alors qu'en réalité, je regarde ses mains bouger et les muscles de ses bras lorsqu'ils se contractent.

— Quel bon vent t'amène ici ? Je n'ai pas de

créneau disponible aujourd'hui, mais je peux t'en trouver un avec quelqu'un s'il le faut.

— Non, tonton. Je ne suis pas venu me faire tatouer, mais, si c'était le cas, je voudrais que ce soit par toi.

Je me tourne enfin vers mon père et commence à le pousser vers la sortie.

— C'est bon, papa. J'ai pigé. Rentre à la maison et va passer du temps avec maman.

— Si tu rencontres un problème, ma chérie, appelle-moi.

Il m'embrasse sur la joue et n'est plus qu'à un pas de la porte.

— Alors, tu es là pour quoi ? demande Joe à Jett.

— Je veux me faire percer.

Mon père suspend le pied en l'air comme si on venait de lui empoigner les parties. Il se retourne et dévisage Jett, une main sur la poignée de la porte.

Oncle Joe pointe la tête dans ma direction.

— Eh bien, Lily est là. Tu as déjà une idée de ce que tu veux ?

Oh, putain, la vache. Jett veut se faire percer. Ce qui veut dire que ce sera moi. Je vais percer le mec le plus canon du lycée. Celui sur lequel je passais mon temps à rêvasser.

Il esquisse un sourire en coin et lance un regard dans ma direction.

— Un Prince Albert.

Mes yeux s'arrondissent.

Ceux de mon père ne deviennent pas simplement ronds, ils sont près de jaillir de leur orbite.

— Je reste, annonce-t-il.

Il repose le pied à terre et lâche la poignée.

— Certainement pas, s'exclame Joe, qui vole à ma rescousse. Tu étais sur le point de partir, alors pars. Lily peut le faire. Tu l'as formée pour ça et elle en a déjà fait avant.

Je pique un fard lorsque je repense à toutes ces fois où j'avais une verge en main et mon père sur le dos. Tu parles d'un moment gênant. Si l'on met de côté le fait de se faire surprendre en plein acte ou en train de déféquer, je ne vois pas ce qu'il y a de plus embarrassant.

Oncle Joe tend un pouce vers l'arrière-boutique.

— Si elle a besoin d'aide, Anthony est là. Pike peut aussi l'assister.

Mon père secoue la tête.

— L'attirail de Jett n'est pas à prendre à la légère. C'est trop délicat pour qu'on laisse une novice comme Lily s'en charger seule.

Je glousse. Entendre mon père parler du membre de Jett et du fait de *m'en charger* seule donne à rire.

—Écoute-toi parler !

Joe flanque une tape sur l'épaule de son frère et le pousse vers la sortie.

— Ne t'en fais pas pour l'*attirail* de Jett. Lily sait se débrouiller, y compris avec un membre.

— Qu'on me pende, je murmure tout en me couvrant le visage pour cacher mes joues rouges.

— On parle du membre de Jett, là, proteste mon père.

Oncle Joe croise les bras et lui lance un regard noir.

— Et qu'est-ce qu'il a de spécial ?

J'entrouvre les doigts pour leur jeter un coup d'œil, trop mortifiée pour regarder qui que ce soit en face, surtout Jett, qui me fixe des yeux.

Mon père hausse les épaules.

— Rien, mais c'est Jett.

— Allez, fiche le camp d'ici ou j'appelle Mia et lui dis que tu aurais pu passer la journée avec elle, mais que tu as préféré jouer les baby-sitters avec ta fille de vingt et un ans, tout ça parce qu'elle devait toucher un membre.

Mon Dieu. Si seulement ils pouvaient arrêter de prononcer le mot *membre*. D'autant qu'on parle de celui de mon *crush* du lycée.

Mon père lève les mains en l'air pour capituler.

— C'est bon, je m'en vais, mais je veux un rapport complet et j'exige qu'on m'envoie des messages.

— Et quels détails tu voudrais ? soupire Joe tout en roulant des yeux. La longueur de son membre ?

— C'est bon, je me casse.

Mon père pousse la porte d'Inked et agite les bras dans tous les sens tandis que sa bouche continue de s'animer. Je retire les mains de mon visage et, bouche bée, le regarde sortir en trombe dans un claquement de porte. Je n'arrive plus à l'entendre une fois qu'elle s'est refermée, mais le flot d'injures qu'il a lâché juste avant était assez violent, plutôt créatif et pour le moins grossier.

— Tu te charges de lui ? me demande Joe tout en pointant le menton en direction de Jett.

Je hoche la tête, toujours muette d'embarras.

— Bien.

Le sourire aux lèvres, il prend Jett par les épaules.

— Tu ne vois pas d'inconvénient à ce que ce soit elle qui te fasse ce piercing ?

Le regard de Jett revient sur moi.

— Tant qu'elle sait ce qu'elle fait et que je ne finis pas amputé, ça me va. Et toi, Lily ? Tu te sens à la hauteur ?

— Je sais m'occuper d'un membre.

Je souris sans me rendre compte de ce que je viens de dire et à quel point c'est cochon.

Son sourire s'élargit et il me refait un clin d'œil. Mais qu'est-ce que je viens de dire ?

« Je sais m'occuper d'un membre ? » Putain, Lily.

Quand Jett est dans les parages, on dirait que mon cerveau se déconnecte du reste de mon corps. Cette journée va être longue, très longue, et elle vient à peine de commencer.

— Bon, je te laisse avec Lily.

Oncle Joe ne prête pas attention à ma remarque idiote et vient vers moi, le visage sérieux.

— Criez, les enfants, si vous avez besoin d'aide.

Je reste là, devant Jett, sans bouger. Ma bouche s'ouvre et se referme comme celle un poisson rouge qui se retrouverait hors de l'eau.

— Jett ?

La voix de Gigi est frappée de stupeur. Elle se tient à côté de moi et le regarde aussi, bouche bée.

— Je rêve ou tu es bien là ?

Tout ce que je parviens à faire, c'est cligner des yeux. Elle semble surgie de nulle part. Je ne l'ai ni vue ni entendue entrer dans la salle d'attente. J'ai l'esprit accaparé par Jett. Son membre. Mes mains.

L'aiguille. Oh, mon Dieu. Je vais enfin découvrir la zone de son corps que j'ai toujours rêvé de voir.

— Salut, ma jolie !

Il fait courir une main dans ses beaux cheveux, ce geste cool qu'il a toujours eu.

L'instant d'après, Gigi est dans ses bras et lui embrasse frénétiquement les joues.

— Je pensais pas que tu nous reviendrais en vie.

Jett écarte la tête pour éviter ses baisers.

— Arrête, Gigi !

Il rit et lui agrippe les bras pour tenter de mettre de la distance entre eux.

— Tu me tues, là.

Elle lui flanque une tape sur le torse.

— Tu disparais pendant des années. Pas une lettre, pas un coup de fil, rien. Tu te volatilises, et après ça je ne devrais pas t'embrasser ?

Elle s'essuie les joues comme si elle pleurait et en fait des tonnes.

— C'est comme retrouver un frère après des années d'absence, alors je veux mes bisous avant que tu disparaisses à nouveau.

Les parents de Jett, Sophia et Kayden, sont amis avec tante Suzy et oncle Joe depuis bien avant notre naissance. D'après ce que je comprends, Sophia et Suzy partageaient la même chambre quand elles étaient étudiantes. Ça paraît difficile à croire quand on sait que Sophia est trop cool, et tante Suzy... Disons qu'on se ressemble.

Jett sourit.

— Je n'irai nulle part. Je reste pour de bon.

Mon cœur manque de jaillir hors de ma poitrine à cette nouvelle. Non pas que cette information ait une quelconque importance, puisque nous n'avons jamais fréquenté les mêmes cercles. Et puis, c'est Jett ; moi, je suis Lily, la fille inintéressante.

Gigi lui claque l'épaule. Elle vibre littéralement d'excitation.

— Il faut qu'on fête ça ! Tamara rentre ce week-end. Ça te dit une petite bringue, comme au bon vieux temps ?

Le bon vieux temps... Je ne l'ai jamais connu, moi. Les fêtes auxquelles ils allaient au lycée, je n'y assistais pas. Je restais à la maison pour lire, parce que je savais que mon père ne me laisserait pas y participer de toute façon. Le week-end, j'étudiais ou j'aidais ma mère à la clinique. L'ennui dans toute sa splendeur : j'aurais pu en être le symbole.

Jett lance un coup d'œil au-dessus de l'épaule de Gigi.

— Seulement si Lily vient.

Il me regarde bien en face.

Je cligne des yeux comme si j'étais en transe ou en train de rêvasser. J'essaie de comprendre ce qu'il raconte. Peut-être est-ce le fruit de mon imagination. Pourquoi le garçon le plus canon de Tampa me voudrait-il à cette soirée ? On s'éclate en ma compagnie autant que si on regardait de la peinture sécher sur un mur. Je sais bien que je suis fade et ça fait longtemps que je l'ai accepté.

— Bien sûr qu'elle vient ! répond Gigi à ma place.

— Elle pourrait avoir un rencard avec quelqu'un, avance-t-il, les yeux braqués sur moi.

Gigi renifle d'un air moqueur.

— Lily n'a jamais de rencards.

— Si, j'ai des rencards !

Je la fusille du regard.

— Ah ! D'accord.

Elle rit et roule des yeux.

— Tu es libre ce week-end ?

Je ne réponds pas tout de suite et fixe Jett. Nous nous regardons, les yeux dans les yeux, et je commence à avoir chaud.

— Je crois que oui, dis-je enfin avec un haussement d'épaules.

J'essaie de ne pas m'engager au cas où je me dégonflerais au dernier moment.

Gigi serre Jett une dernière fois dans ses bras.

— Génial ! Ça va être mémorable !

— Oui, rétorque-t-il dans les bras de ma cousine.

Ses yeux ne me quittent pas.

— Je ferais bien d'aller préparer mon matériel, dis-je tout en reculant vers la salle de piercing. J'ai du boulot.

Je souris nerveusement et sens son regard sur moi.

— Qu'es-tu venu faire à Inked ? lui demande-t-elle lorsque je tourne les talons, courant presque pour les fuir.

— Je vais me faire poser un Prince Albert.

Elle pousse un cri d'exclamation.

— Tu déconnes ! C'est une blague ?

— Je ne plaisante jamais quand il est question de mon engin, ma jolie.

Une fois dans la petite pièce, je referme la porte

et me plaque contre le métal froid. Je peux le faire. C'est juste un membre. J'en ai vu des tas depuis, au point que j'ai cessé de les compter.

C'est quoi, un de plus ?

*Cliquez ici pour lire **Brasier**.*

à propos de l'auteur

Chelle est une écrivaine à temps éprise de légèreté,
accro aux réseaux sociaux et au café.
C'est une ancienne professeur d'histoire.

Vous trouverez plus d'informations sur les livres de
Chelle sur menofinked.com.
Recevez ma newsletter en vous inscrivant sur
menofinked.com/french

Rejoignez mon Groupe de Lecteurs Privé sur
Facebook - *facebook.com/groups/blisshangout*

facebook.com/authorchellebliss1

instagram.com/authorchellebliss

bookbub.com/authors/chelle-bliss

goodreads.com/chellebliss

amazon.com/author/chellebliss

twitter.com/ChelleBliss1

pinterest.com/chellebliss10

tiktok.com/@chelleblissauthor